日向子の道楽

自室で漫画を描く。（1980年代）
写真提供：講談社写真部

愛用の酒器　十二か月

一月

高杯は奈良の赤膚焼き、染付の磁器は京都の清水焼き。
着物は杉浦さんが三十歳ごろに誂えた西陣紋入れ染め絵羽袷（えばあわせ）で、
父方の丸に梅鉢の紋がある。

二月

隠居宣言後、旅先で注文し、一年後に届いた木綿の紬(つむぎ)。
大島の白生地を江戸小紋の赤の市松に染めて総裏にした。
酒器は所蔵品の中で最も重い、蒼(あお)いガラスと、ごつごつした陶器。

三月

二十歳ごろに誂えた山形の米織紅花染め「色黄八」にぐい呑みふたつ。
上気した肌色は宇治の「朝日焼き」。明るく温かい鼠は朝鮮の陶器らしい。

四月

狸囃子の置物と雀。動物の置物やおまけが好きで、もらったり買い集めたり。
ステンドグラスのような器はボロ市で求めたもの。
中に小さな桜の筋彫りがしてある盃は、手打ちソバ屋さんからいただいた。

五月

書斎の机は無垢のチーク。
一枚板から大工さんに作ってもらった。切子はたぶん薩摩のもの。
青磁色の猪口は、奥能登の手仕事にこだわる店でみつけた。

六月

隠居宣言より前に誂えていた京御召。着物の色柄にはうるさい杉浦さんだったが、
江戸風の縞模様については、父親が相談せずに仕立ててもよく着ていた。
酒盃は共に九谷の猪口。カエルは明治期、カタツムリは現代の作。

七月

九州八幡の工芸村で求めた手吹きのワイングラスは、もっぱら冷酒用に。
並んでいるのは大好きな船旅のおみやげのクリスタルの船の置物。

八月

大小のコップ。
大は気に入って居酒屋からゆずりうけたもの、
小は他で買ったテキーラグラス。

九月

同じ作家の「白い秋に、ふと手にしたくなる器」。
写真は愛犬プッチー（スピッツの雑種）。
置物は長瀞土産の河童。

十月

上海(シャンハイ)で買い求めた「玉盃」。

十一月

グラッパグラスは「ポリ」という酒造所で造られたもので、自慢の一品。
もう一品の蕎麦猪口は縁起が良いシメ縄の柄。
ステンドグラスのカタツムリのライトはブリスベンで手に入れた。
右の絵は最後まで描いていたお気に入りのキャラクター「ゆんちゃん」。

十二月

能登の産、輪島塗りと珠洲(すず)焼き。

鶴にも勝れ
亀にもまする
今日この
お家をば

漫画　1984年1月20日号　アサヒグラフ掲載
『徳若に御万歳』の最終ページ（みひらき）原画

「日本橋・魚河岸」の図
左は部分

新潮文庫

杉浦日向子の食・道・楽

杉浦日向子著

新潮社版

8638

杉浦日向子の食・道・楽　目次

食の章――ゴチマンマ！

道の章――酒器十二か月

楽の章——きょうの不健康

箸休め

口絵写真　鈴木雅也
本文挿画　杉浦日向子
編集協力　鈴木弘子

杉浦日向子の食・道・楽

正しい酒の呑み方七箇条

一、酒の神様に感謝しつつ呑む

二、今日も酒が呑める事に感謝しつつ呑む

三、酒がうまいと思える自分に感謝しつつ呑む

四、理屈をこねず臨機応変に呑む

五、呑みたい気分に内臓がついて来られなくなったときは、便所の神様に一礼して、謹んで軽く吐いてから、また呑む

六、呑みたい気分に身体がついて来られなくなったときは、ちょっと横になって、寝ながら呑む

七、明日もあるからではなく、今日という一日を満々と満たすべく、だらだらではなく、ていねいに、しっかり、充分に、呑む

以上。

食の章——ゴチマンマ！

ウマイとマズイ

なんで、まいにち、まいにち、食べるのだろう。たくさんの中から、あれやこれやと、そちこちで食べている。なんで、おなかがすくのだろう。食べなければ死んでしまうからなあ。体が生きろ、っていっているんだろうなあ。

駅のホームで、牛乳とあんパンの朝ごはんも、時の流れと風景にマッチして、それなりに充実してしあわせだ。

超高層ビルのレストランでスペシャルディナーをご馳走になっても、たぶんとてもおいしいのだろうけれど、仏壇の前で、ぼたもちを盗み喰いしているみたいに、落ち着かなくて、それほどしあわせではなかった。

駄菓子からフルコースまで、食べ物の値段には、ものすごく差があるけれど、どっちにも、ウマイとマズイがある。

いつも、ウマイものにばかり当たるわけではないが、それでいいと思う。マズイものがあるから、ウマイものがわかって、得したうれしい気分になるのだから。それを

いうと、マズくて、とても高価な珍味を、

「ふっふっふ、このウマさがわからんようでは、君はまだまだ……」

なんちゅうおっちゃんが必ず出てくるが、それはそれでいいと思う。いろんな味覚があるから、食は楽しい。

ところで、しゃれたニューオープンの店が紹介されると、どっと客が押し寄せる。テレビで有名なシェフの店も大行列だ。あれは、おなかが減っているから並んでいるんじゃない。最新情報を食べに来ているんだ。

「あの店行った？　オレ昨日行ったんだ」

「わ、すげ。で、どうだった？」

こんなの食じゃない。イベント参加だ。

彼らにとっては「流行の話題」の味が、ウマイのだ。

一個十円のあんこ玉をくわえて、近所の公園のブランコを揺らしながら、芽吹く木立のあいだから、明るい空を見上げて「ウマイなぁ」とつぶやいた、そんなウマさが懐かしい。

「ゴチマンマ」とは「ご馳走まんま」のこと。「ご馳走」は、字のごとく走り回って食を調えること。「まんま」は、赤ちゃんが初めに覚える言葉、食事のこと。また、マンマ・ミーア、イタリアのおっかさん（自分を育てたおふくろの味）のことでもあり、そのまんま、ありのままの、命をつなぐ基本の食の姿もイメージしている。

わたしたちの食はいま、どうなっているのだろう。そんな疑問を抱きつつ、「ゴチマンマ」でのぞき見してみたい。

おにぎりころりん

雑木林からチェインソーの音が止(や)むと、梢(こずえ)を渡る鳥の声が降ってきた。下手(しもて)の校庭からは、サッカーに興じる子供たちの歓声が、間をおいて湧(わ)き起こる。

男は積まれた丸太に腰を下ろし、首に掛けたタオルで手をごしごし拭(ふ)いて、工具袋から弁当包みを取り出した。中には、大ぶりの白いにぎりめしが三つ。隅に、たくあんと古漬け茄子(なす)。にぎりめしのひとつをつかみ、ちょっと傾けて眺めてから、がぶり、もぐもぐ。足を放り出して、天を仰いだ喉(のど)が、ごくん。

具は嘗味噌(なめみそ)。もの喰う男の後ろ姿は、耳とエラのあたりの、骨と筋肉がひくひくもっこりもっこり大きく動くのがよく見える。

女もそうなのだろうが、刈り込んだ毛に、そこの部分は、むきだしで日光にさらされ、がっちりした骨格だから、なお目立つ。

ホルスタインの幼牛が、授乳器の乳首に吸い付く動きとそっくりで、見るたび、「憐憫(れんびん)」ということばが浮かぶ。

ふたつめは、梅干し。種をふいっと吹き飛ばし、たくあんぼりぼり。みっつめは、焼いた荒巻き鮭の、塩っ辛い腹身が、焦げた皮ごとごろり。

水筒から、湯気のあがる焙じ茶を、ゆっくり注ぎ、ひとくち。ほうっ。白い息の牡丹が咲いた。どの木々の若葉も、日一日と空へ広がり、地面にだんだら模様の陽だまりを描く。

おにぎり、おむすび。どっちでもいいようなものだが、にぎりは「握り」で、拳の形で丸っこく、むすびは「結び」で、結び目の三つ角があるともいう。うっかり落とせば、丸のほうが転がりそうだが、急勾配なら、三角でも問題ないから「おむすびころりん」でいいのだろう。

コンビニのおむすび。イチニノサンでセロハンを左右に引けば、ぱりぱり海苔がご飯に巻き付く。具沢山、種類も豊富。エビマヨ、カルビ、天ぷら、とんかつ、カレー、オムライス、なんでもある。絶妙な手握り風を追求した最新マシンで日夜量産される。

デパ地下のおむすび。ひとくちサイズで、色々たのしめる。

カフェめしのおむすび。ワンプレートに、サラダやフルーツの副菜つき。飲み物は、抹茶シェイクかローズヒップティー。

おむすび持って、どこへいこう。屋上、噴水の近く、木陰のベンチ、団地の芝生、
神社の階段、花壇に囲まれた時計塔の下。
書類に埋もれた残業のデスクの上だけは、御免こうむりたい。

ひとりごはん

帰宅すると、ダイニングテーブルの上に、ラップした皿が、ぽつんとある。電子レンジに、それを入れて、温めボタンを押し、冷蔵庫から飲みものを出し、テレビを点ける。その動作はいともスムーズで、パジャマを着るより簡単に、小さな子供でもこなす。

ほどなく、レンジがピッピピッピピッと鳴る。温まった皿と飲みものを、テレビの前の床に置き、ぺったり座って食べる。あるいは、テレビを消して、それらを自分の部屋にもって行き、ベッドの上でマンガや雑誌を読みながら食べる。どっちにしろ、皿の方は、あんまり見ないで、黙って、手と口を動かしている。

後片付けの済んだキッチンは、空っぽの水槽みたいに、がらんとして、木のテーブルさえ、ひんやり感じる。だから、落ち着く場所へ、移動して、食べる。ひとりのダイニングは、寂しい。

ひとりぐらしではないのに、ひとりで食べる。大人も、子供も、それぞれ都合があるから、しかたがない。ふたりぐらしの、仲のよい夫婦も、別々に食べることが、ふたりの日常なので、

「いっしょに食べるの、ひさしぶりだね」という日には、テーブルに花を飾り、ワインを開けたりする。それほど、たまにしかない、特別な日なのである。

子供たちが、下ごしらえを手伝い、鍋奉行(なべぶぎょう)の、父や母の帰りを待つ日も、たまにはある。湯気の立つ鍋、それを囲む顔。

「いま、駅に着いた。なにかあと必要なもの、ない？　じゃ、すぐ帰る。シュークリームとプリン、買ったからね」

いっしょに食べる日のテーブルは、木の温もりを蘇(よみがえ)らせる。

「いっしょに食べると、おいしいね」

家族だけでなく、友人や知人で、いっしょに食べて、おいしいひとは、自分にとって、たいせつなひとだ。そんなひとがいる限り、ひとりで食べる食卓は、けっして寂しくないはずだ。

ひとりの時も、花を飾ろう。となりの席に、ぬいぐるみを座らせて、好きな音楽を

流そう。暖かい色のランチョンマットを敷き、テーブルで、食べよう。それが、出来合いの惣菜(そうざい)や冷凍食品でも、関係ない。温めたら、しっかり見て、食べよう。ひとが、ダイニングを、寂しがらせなければ、温もりは、そこにとどまるから。

ジャパリアン

かつて、オンナノコを口説く切り札として、「イタ飯食べに行こう」が定番だった。にわか予習で、「ラグーってのは、粗挽き肉のソースで、でも洋食のミートソースじゃないよ」とか、ワインリストを眺めて、初めてなのに、いつも呑んでいる口調で「バローロ、いいね」とか、ウンチクを得意気にふるまうのが、時勢だった。

それはそれで、パスタがスパゲッティーではなく、一皿目を指す「プリモ」がパスタ（穀類の料理）で、二皿目の「セコンド」が肉や魚の主菜だと、解っただけでも意義あるブームだった。

ホテルのメインダイニングが、王道のフレンチからイタリアンになったり、店員が怪しげなカタコトのイタリア語を操る店が、うじゃうじゃ増えたり、さながら狂想曲のような騒動だったが、やっとまっとうに、好みのアラカルトを注文できる雰囲気になった。いまこそ、イタリアンがおいしくなっている最中だ。

これまでは、本場の食材を、本場のシェフが、本場のレシピ通りにつくるのが最上とされてきた。ところが、本店と日本支店と、寸分違わぬ供し方にもかかわらず、味わいの感動が、はっきり異質なのだ。むしろ、無意味なこだわりと感じる。地場産の良い素材をイタリアンの理念で調理する、いわば日本発のジャパリアン。さいわいイタリアンの調理長は、他の分野に比べ格段に若く、進取の気風が漲っている。再現より、おいしいものができれば結果オーライで、和風とかじゃなく、新たなイタリアンの一皿である。

日本のイタリアンは、世界に誇れる分野になっている。ただ、客の意識が店に追いついていないのは残念だ。イタリアンといえば、陽気にカジュアルと思い込み、なんでも「シェアー」で、おしゃべりに夢中になって、料理が冷めるのにおかまいなし。いちばん悔しいのが、プリモのほったらかし。熱々にした皿に、極上の茹で加減で盛り付けられ、大急ぎで運ばれる一品。パスタは生き物で、一秒に一年歳をとるといわれる。十八歳でプリプリのお年頃でデビューしても、一分後には七十八歳になる。

たとえば、ボンゴレならだし汁をからめたパスタをとっとと食べ、アサリはワインのつまみに、後でゆっくりほじくればいい。そして、自分の注文した皿は、責任を持って自分で平らげるのが、基本的に美しい。

食事の作法

あらゆる場面に作法がある。

たとえば、電車の切符券売機の行列で。自分の番になってから、やおら行き先を頭上の案内板で探し、上着や鞄をまさぐって、財布を探し小銭を探し、乗り継ぎの買い方がわからず、取り消しボタンに続いて、呼び出しボタンを押し、駅員と長々話す人。あるいは、病院の待合室で、遺産の分配について、もめる人。または、乗合のエレベーターの中で、延々と、ディープキッスをする人。

人間、なんて、ララーラーララーラーラー。ま、いっか。いちいち目くじら立てるのも、メンドくさいし。そんなもんか。

たいていの無作法は、それぞれの事情で済むが、許し難いのが、食事の作法。といっても、テーブルマナー、ってんじゃない。

食に対する姿勢である。食は、命をつなぐ、最重要行為だから、その質（廉価・高価）に、差別はない。すべて等しく、ありがたいものだ。なのに、けっこう、テキトーなんだな、いつもこれが。

たとえば、「ながら喰い」。意識は他のことに集中していて、とりあえず手と口を動かして、食べ物の形態などは確認もせず、黙々と胃へ燃料源を送る。胃が膨れれば、うまいまずいもなく、それでいい。あるいは、「遊び喰い」。食べ物を、ぐちゃぐちゃパズルのように分解して、長時間かけて、つつき散らかし、ほったらかし。下げようとすると、マダといって、さらに遊んで散らかして、結局食べない。または、「欲喰い」。ビュッフェなどで、めったやたらに、てんこもりに取って来て、そのくせ、ごっそり残す。

皆、とても、不快な、作法だ。

日本には、「いただきます」という、うつくしい言葉がある。これに当てはまる言葉は、諸国に見当たらないらしい。造物主の神に対する感謝や、狩猟の喜びや、良い食事を、との祝詞はある。しかし、地上の生命（野菜、肉等）を、今戴いて、この身の存続ができます、という、「（御命）いただきます」こそ、率直敬虔な、基本の作法の一言ではないだろうか。

人は、サプリメントの錠剤や液体で、生きることができるようになった。それでも、それは、「食」とは、かけはなれている。

今こそ、人間最低限のマナーとして、大きな声で、「いただきます」を云おう。ただ一度きりの、この命への、礼讃として。

恋人の食卓

家族の食卓なら、定番の実のあるものがいい。友達の食卓なら、新味のある賑(にぎ)やかなものがいい。恋人の食卓なら。

まず、「恋人」という定義がむずかしい。それぞれが、いまのところ独身同士であることが大前提で、それ以外は「愛人」となり、寝食のほとんどを共にしていれば「情人」と呼ぶ。

恋人は、それぞれが、いまのところ、いちばん好きな相手であることも大前提であるが、競馬のゴールの写真判定状態で、いちばんが見極め難く、複数団子状態になっている場合もある。たとえ、いちばんが確定した後も、進路妨害や不正器具使用などが発覚して、あとから順番が入れ替わることだってある。

ともあれ、不安定な興奮そのものが、恋である。

愛人や情人の食卓は、とかく刹那(せつな)的でエキセントリックに走り、超豪華だったり、超糠味噌(ぬかみそ)臭かったり、波乱万丈である。

恋人は、無重力遊泳状態だから、シンプルな旧知の食材を、共に味わうことにより、一歩一歩理解を深め合えると思うのである。

グルメガイドで調べた店で、おたがい、食べたことのないプリフィクスのコースメニューを、あてずっぽうに選んで、「わ〜なにこれ〜すご〜い、どうやって食べるの〜わかんな〜い」と騒いでいるうちは、何度会食しても、ふたりの距離は縮まらない。もし、いまの恋人とのロングランを望むなら、カフェやバーで、映画やコンサートの感想をしゃべってるだけじゃ進展はない。

うどん、ラーメン、焼き鳥、とんかつ、お好み焼き、おでんなどのカウンターに行きなさい。食べ慣れた料理を、そのひとはどんなふうに注文して、どんな速度で食べるのだろう。なじみの店の店員さんや常連客とどんなふうに会話するのだろう。ほんのそれだけの日常の断片から、遠心力が生まれ、地に足が着くのが解る。

ふたりの食事のときには、たいてい、向き合って座るでしょう。恋人だったら、だめだめだめ。正面から見つめられると、ひとは無意識に顔をつくるから、本音が見えない。並んで座って、ふと横顔を見てごらん。無防備に、くつろいでいるから。それがそのひとの素顔なんだよ。

並んで座ろう、並んで食べよう。

正面だと、食べ物は小道具で、話題を探しながら食べるけど、並ぶと、食べ物が主役になるし、その合間に本音の言葉のやりとりができるから。

ほろ酔い気分

ほろ酔いかげんは、じつにいいものだ。どのくらいが、ほろ酔いかは、個人差がある。現在の時間と同席の面々を認識できて、自分ひとりで悠々帰宅するのが、ボーダーラインではなかろうか。

ひとは気持ち良く酔うために呑む。ちっとも酔わないほどなら呑まないほうがいい。その酔いかたが、おのおの切実な問題だ。

大きく分けて、三つのスタイルがある。

バーカウンターで呑むとき。このときは、雰囲気を呑む。ワンランク上の銘酒や、自分では作れないカクテルを、気の利いた肴で味わう。これは、場に酔うのであって、盃数を重ねるのは野暮。

次は、レストランで呑むとき。このときは、料理が主役で、美味しく食べ進むためだから、呑むのに没頭して、皿を冷ましてはいけない。へべれけになって、料理を残すのは、もっといけない。呑み足りないときは、完食してから追加なさい。

そして、家で呑むとき。我が家だから安心して、ついだらしなく手酌でグビグビいきそうだが、それは愚の骨頂。

我が家なればこそ、理想的な酔いを、日々探求できるのである。適当に呑んでいたのでは、呑むのではなく、呑まれることになる。過飲の常習により、酒量はおのずと増えるが、それは決して気持ち良く酔えているわけではない。寝転べば、即寝床の我が家こそ、落とし穴は、とてつもなく深いと知るべし。べし、べし。

基本は、ちゃんと食べながら呑む。ちゃんと食べられなかったら、呑むのを止める。とにかく食べなくちゃ、駄目だ。食べたうえでの酒量を知る。おのれの酒量を知らない酒呑みには、酒を楽しむ資格はない。命をつなぐ食事、それを彩る酒。ブローチのないドレスはあっても、ドレスのないブローチは、ありえない。酒がブローチであり、食事がドレスだと、考えてほしい。

素肌にブローチを着けたら痛いでしょ。それを何個も着けたら、どんなに奇麗なブローチでも、あなたは只の変な人だ。

お酒のあるテーブルは華やぐ。それは、温もりのある食事があってこそ、花咲く。

「呑むなら喰え、喰わぬなら呑むな」

きょうも、あしたも、美味しく食べて、美味しく呑もうね。

ところで、一番不味いのが「接待酒」。あれほど味気ないものはない。疲れで満腹、酔えば青黒くなる。逃げよう、なるべく。

和食って何？

日本ほど、毎日毎日、いろいろな料理をとっかえひっかえ、食べている国は、ないだろう。中国に住んだら、まず毎日、中華料理だし、イタリアに住んだら、毎日、イタリアンだ。「それが、どうした？」というくらいに、当たり前の食生活なのだ。

日本では、朝は味噌汁に納豆で、昼はパスタで、夜は酢豚なんて、日常茶飯のことだ。

メニューは、面倒臭くなるほど、ごちゃごちゃあり、飽食とは、日本の食事のことを云うのだろう。

何でも食べられる毎日は、しあわせなようでいて、アイデンティティーが薄まっている危惧(きぐ)がある。今の日本人に、食の定型なんてない。とりあえずウマけりゃいいのだ。

和食の定番、寿司(すし)、天ぷら、鰻(うなぎ)、蕎麦(そば)は、江戸後期に完成した。わりと新参のメニューであり、当時は斬新で奇抜な料理だった。

いずれも屋台から生まれたから、武士や上流階級の口には入らなかった。職人衆や小僧どんが、立ちのまま、小腹ふさぎにつまんでいくものだった。婦女子も、なかなか手を出しにくかったし、「買い喰い」を、はしたないとする上方でも広まらなかった。単身者の多い江戸でこそ流行った。

それが、今や、和食を代表する料理となって、海外からの、お客様には、寿司、天ぷらを真っ先にすすめるのだから、時代も変われば変わるものである。

現在、話題となる、和の名店は、洋の素材を巧みに生かすのが評判となっている。バター、生クリームは当たり前、フォアグラ、キャビア、トリュフ、オリーブオイル、バルサミコ酢、トウバンジャン、ズッキーニ、ポルチーニ、何でも和食になる。

和食って何だろう。

「だし」と云うひともいれば、抽象的に「こころ」と云うひともいる。

醬油味だと、和食らしい感じもするけれど、醬油が普及したのも、江戸中期以降で、そんなに歴史のある調味料ではない。

私たちの先祖が、ずっと食べてきた、伝統的和食とは、塩辛い副食（たくあん、梅干など）で、豆類や雑穀、たまに小魚と貝を並べた、ひたすらシンプルな食卓だった。

わずか、百年そこらで、日本人の食が、ここまで変わり、大丈夫なんだろうか。

生物の進化には、とてつもない時間がかかるのに、習俗は、あっという間に失なわれる。おいしいだけでは、多分、ダメだ。

バラエティーフード

焼肉屋さんのメニューに、「バラエティーミート」というのがあります。焼肉に詳しくない自分は、漠然と「気まぐれピッツァ」風に、牛、豚、鳥の肉が、少しずつ盛り合わせになっている、可愛(かわい)い一皿かとおもった。いざ出て来たら、見なれない内臓の色々な部分で、ふだんの精肉とは、風景の違う盛り合わせでした。

俗にいう「ホルモン」に近いのだろうか。ホルモンは、スタミナが付く滋養強壮食だから、そう呼ぶのかと信じていたら、上方でいう「放る物」、つまり、ふつうなら、ほかしてしまう（捨ててしまう）部分、という意味なのだそうだ。

なんだか、しっくり感動しました。

もともと、肉には興味がないので、血のしたたる霜降りステーキは、さっさと人に譲ってしまうほうだ。肉ジャガのコマギレや、だしがわりのベーコンは良くても、塊の肉を切り分けて頰ばりたいとはおもわない。肉は、自分にとって、必要食ではなく、たまに味わう珍味の一種でしかなかったのです。

ところが、沖縄に、しばしば旅行するようになってから、肉を食べる考えが、がらりと改まりました。

最初の洗礼は「ミミガー」。豚の耳のピーナッツあえ。次いで、「チラガーの煮こごり」。豚の顔の皮を茹(ゆ)でて味付けしたオードブル。それから「ティビチ」。とろとろに煮込んだ豚足。「ナカミジル」。豚の内臓を刻んで入れた澄まし汁。「チーイリチー」。豚の血の炒(いた)め煮のおかず。どれもこれも、すごく、おいしい。

肉は食べなくともいいが、これなら、ちょくちょく食べたい。ふだんのお惣菜(そうざい)のように、なにげに御馳走(ごちそう)になったが、実際作るとなると、丁寧な下ごしらえやら、何度もあくを取ったり、余分な脂(あぶら)を茹でこぼしたり、たいへんなスロークッキングなのでした。

この、手間をかけることを、ちっとも厭(いと)わず、むかしからの手法で、親から子へ、伝統食を伝えている。食べることは、命のリレーであって、バトンを取り落としてはいけないのだ。

いいな、とおもったのは、食材を丸ごと使い切る姿勢。食べやすい部位だけ取って、他を捨てるのが当たり前の毎日では、食の文化は永遠に根付かない。肉でも、野菜でも、魚でも、アタマからシッポ、骨の髄まで生かしてこそ、命の循環の、奇麗な輪となる。

おふくろの味

イタリア人の男性は、ほとんど例外なく、堂々たるマザコンだ。なにか、事あるごとに、両手でこめかみのあたりを鷲（わし）づかみにして「マンマ・ミーア！」と天を仰いで叫ぶ。

日本語では「おや、まあ、なんてことだ！」と訳され、男女ともに使う常套句（じょうとうく）なのだけれど、いかついおっさんだろうと、日に何回も、大袈裟（おおげさ）に頭を抱えて「わたしのお母さん！」と喚くのだから、たまらない。

そして、彼らは、どんなに素晴らしい料理に出会おうと、かならず「でも」と云（い）い、「やっぱり、マンマの味が一番さ！」と一蹴（いっしゅう）するのが掟（おきて）であり、イタリア中の妻が、生涯乗り越えられない壁となっている（それこそマンマ・ミーア！）。

我が国で云うところの「マンマ・ミーア！」は、さしずめ「神様仏様！」だろうか。「マンマの味」は「おふくろの味」。

ところが、昨今、「おふくろの味」という言葉は、もっぱら家庭の外で見かける。

弁当屋とか、コンビニの惣菜売り場とか。

おふくろの味、四天王に「肉じゃが」「ひじき煮」「きんぴら」「うの花（または、切り干し大根煮）」があげられる。

若い世代にとって、これらは成人してから、全国チェーン店の居酒屋で、初めて食べる味であることが多い。ちょっとレトロな感じはするものの、実際の郷愁とは無縁のようだ。

現代日本の「子どもの頃よく食べたことのある我が家の味」は、ハンバーグ、カレー、フライドチキン、ピラフ、スパゲッティーといった、カタカナ系に占められる。それも、手作りではなく、冷凍やレトルトの「袋もの」だったりする。それは、「おふくろの味」ではなく、「袋の味」と言える。「おや、まあ、なんてことだ」

どこの家庭にも、いくつかの袋が備蓄されている。だから、いつでも袋さえ見つければ、なんらかの食事ができる。しかも、その袋は、料理界のカリスマがプロデュースしたものだったり、厳選素材だったり、家庭では出せない味だったりする。無理して手作りにこだわる必要はないが、「楽しい食卓」の演出はしたほうがいい。なるべく一緒に食べよう。だめなら、せめてメモを添えよう。部屋を明るくして、きれいな器に、袋の写真より、おいしそうに盛り付けよう。そのひと手間で、「袋」が「おふくろ」へ、ぐっと近づくだろう。

たまごで宴会

子どものころ、ひどい偏食だった。たまごだけが好物で、ハンストばかりしていたから、祖母の家へ行くと、いつも、たまごづくしでもてなしてくれた。

夏休み、兄とふたり、子どもだけで泊まりに行った。わたしの皿は、毎日、朝昼晩、たまごづくしで、当人はいたってごきげんだったのだが、ある朝、裏表全身、耳の穴まで、びっしり、じんましんが出て、寝ている間に掻きむしったらしく、因幡の白兎になっていた。自分は真っ赤、祖母は真っ青。

その翌日には、けろりとして、たまごをねだったらしいが、もちろん食べさせてもらえなかった。

いまもたまごが好きだ。

不精なひとり暮らしには、「たまごかけごはん」が救世主。それに、具沢山味噌汁で、充実の食卓。あつあつの茹でたまごをはふはふ頰ばるのもいいし、目玉焼きの黄身をからめながら、大根おろしと食べるのもいい。簡単で美味しいし、おなかがしあわせ。

家に仲間が集まるとき、「産みたてたまご四十個入り」のボックスを注文する。野菜と酒を用意するだけで、おのおの、得意なたまご料理を、勝手にこしらえてもらう。即興が原則だから、特別な材料や、手間暇かかるレシピは却下。これが、けっこう、たのしい。

たまご焼きにしても、出し巻きだったり、甘い厚焼きだったり、目玉も、両面焼きや、半分折りだったり、ジューシーなスクランブルもあれば、ぽろぽろのそぼろもあり、ポーチや温泉たまごや素揚げもあり。調味料も、塩コショウ、醤油、ソース、ケチャップ、ふりかけ、塩辛、梅干し、アンチョビなどなど、さまざま。

お金もかからないし、老若男女（ろうにゃくなんにょ）の別なく、不思議なくらい、わいわい盛りあがる。人気作も数々あり、「高菜のオムレツ」と、「茄子（なす）とたまごの味噌炒め」は、定番。どちらも七十代の紳士の持ちネタ。小学四年生の男の子が考えた、「巣ごもりたまご」は、小鍋（こなべ）に砕いたポテトチップスと湯を入れ、煮たった真ん中にたまごを割り、好みの固さまでホールドして、マヨネーズをトッピングする。などなど。

それにしても、黄身と白身。こんなにも大きい単細胞。ありがたい。うれしい。命の根源。種の未来を、身の内に、いのりたい。

わたし自身は、茹でたまごを塩で食べるのが一番好きなのだが、それでは料理にならないので、毎回、困っている。

ひとりの楽しみ

家庭的な感じの飲食店だと、「女性でもひとりでも入りやすい雰囲気」とか、「カウンター席には女性の一人客の姿も見られる」とかいうのが、ディナータイムでの売りのひとつとなっている。

自分なんかは、旅も外食も、どこでもひとりが当たり前だから、とても不思議だ。実際、宿泊付きの旅行も、コース料理も、二人以上を基本に組まれている。パック旅行なら割増料金を取られるし、中華のコースでは注文は二人前からが原則だ。

つまりは、手軽な小旅行や、単品メニューが、個人に許された領域であるということか。ひとりバカンスや、ひとりフルコースは、世間的には認知外で、単なる我儘(わがまま)なのね。ひとりは損だ。

「だって、ひとりで行ったって、つまんないじゃない。あたしなんか、ひとりで飛行機乗ったことないし、ランチ以外は、ひとりでお店に入れないもん」と、友人。そんなことってあるかあ。

ところが、友人と同じような意見は大多数で、ディナーのフルコースに至っては、男性陣も、ひとりでは入る気がしないという。

なんだか、誘う友達がいないなんて気の毒に、と思われているみたいで心外だ。友人とだって食べるし、ひとりだって食べる。それだけなのに、ひとりディナーが寂しく見えるなんて、偏見だ。

そういえば、以前、本格イタリアンのコースをワインとゆっくり味わっていたとき。一組の男女が、こちらをちらちら見る。どんな料理かと、他人の皿をのぞき込むことは自分もあるが、そうではなくて、ひとりの食事に興味を持ったらしい。小声のつもりが丸聞こえ。「あの人きっと、二人で予約したのに、すっぽかされて、仕方なくボトルワインをひとりでガブ呑(の)みしてるよ、可哀想(かわいそう)に」

冗談じゃない。ひとりの楽しみ方を知らないくせに。二人には二人の、仲間には仲間の、それぞれの利点があるのは承知だし、十分味わってもいる。けれど、ひとりにはひとりにしかない時間が存在する。食事がメインの家庭的な店や、ちょっと一杯が目的の居酒屋にはない、いわゆる贅沢(ぜいたく)な時間を、ひとり静かに過ごす楽しみ。それが、おとなのゆとりというものではないだろうか。

女ひとりで食事をしていると、近くのテーブルから、ワインを振る舞われることもある。余計なお節介だ。好みのワインを好きなだけ呑む。こっちにはペース配分があるのだから、邪魔は野暮よ。

ピヨちゃん園

四つ年下の義姉が、家庭菜園を始めて、二年になる。都内のマンション住まい。スペースはない。初手は、ベランダ置きの、プラスチック・プランターで、ハーブやペッパーを、ホヤホヤ生やらかしていた。

今度、区民菜園に応募して当たり、踏み締める土のオーナーになった。自宅から、徒歩十五分の農地裏の空き地が、区民菜園になっている。一区画五坪を、希望者に一年間タダで貸してくれる。

ナス、キュウリ、ミニトマト、枝豆、オクラ、ニラ、なんたらかんたら。植えに植えたり、十九種。否(いな)、もう一種。左手前隅っこにオジギ草。これは、畑に来た時の、コンチワ用に植えた。義姉の名はヒロコ。故(ゆえ)に、五坪のゴールデン・ハーベストを、「ピヨちゃん園の恵み」と人（家族）は呼ぶ。

炎天下、毎日かかさず、えっさえっさ通って土いじり。汗と愛情の結実のご相伴に、ずいぶんあずかった。

しみじみうまい。えっさえっさの味がする。オイシイなんてもんじゃない。

生命の味、生味（せいみ）、そして、凄味（すごみ）だ。食べる、とは、ホントに凄い行為だ。命から命をいただいて日々を永らえる事だったんだ。

だから、食事前の「いただきます」って、いい日本語だ。きちんと言いたい。

4月　April　グリーンピース

犬を、だっこすると、あったかい。犬の平熱は人間より高いから温いのはとうぜんだが、とくとく刻む心音、むくむく息をする胴体、べろべろ愛想になめまくる舌、ひんやり冷たい鼻先、ケモノ臭い被毛、それらをまるごとぎゅっと抱くと、湯気が出そうなくらい、あったかい。

公園の木で、ヒヨドリがヒィーヨヒィーヨと鳴いている。粒のドッグフードを放りあげると器用にキャッチする。こんな鮮やかな停空飛翔(ひしょう)は、ツグミやムクドリにはできない。犬と並んでベンチに座る。なにをかんがえているのか。ずっといっしょに暮らしているのに、なぜしゃべれないのだろう。茶色い瞳(ひとみ)は遥(はる)かとおくを見つめている。犬は近眼だから遠景は見えないはずだが、悟りすましたごとく虚空(こくう)を凝視している。ぐいと体重をあずけ寄りかかっている。太股(ふともも)をぽんとたたくと、遠慮がちに乗ってきた。重たい。十三キロある。犬は体が硬いから、毛のはえた大きな積み木を膝(ひざ)にかかえているみたいだ。

なんだかほかほかの炊き込み飯が食べたい。具はグリーンピース。グリーンピースの白ごはんじゃなく、醤油味のおこわ。ふっくり煮ふくめると豆の甘さがいっそう際立ち、むっちりしたおこわの食感とよくなじむ。炊きあがりの釜をあけたとたん、なつかしい日だまりの香りが立ちのぼる。

豆の中でも、グリーンピースは、ことに豆臭い。チキンライスやハヤシライスから、グリーンピースを一粒一粒取り出して皿のはじによける人を見たことがある。あの豆臭さが厭なのだろう。温かいグリーンピースは、赤ちゃんの膚の匂いがする。ベビーベッドの上でカラコロ回る花枝垂れのロンド。

ぱっつんぱっつんに張ったさやに爪を立てると、ころころ弾ける、まんまるの豆。「緑園の天使」という、エリザベス・テイラーが美少女だったころの名画のタイトルのようだ。春は、張る。なにもかもが漲っている。怠けものにはしんどい季節だ。陽光の中なぜか過去ばかりが蘇る。

夜、着古したセーターを犬小屋にいれてやった。ぐるんぐるん、何度も反転してよろこんだ。人間の歳に換算すると、かれはあっという間にわたしを抜いて老いてしまった。こんなにもあどけないのに。「豆に暮らせ」とは「達者でいろ」との意だが、なんの豆なのだろう。犬小屋に上体をつっこみ、犬に覆いかぶさり、腹のやわらかい毛に顔を埋める。ケモノ臭い春愁に吹き出してしまう。マメでいろよ、いいこだから。またあした、おやすみ。

5月　May　キャベツ

「ねえ君、数千、数万のキャベツが、一斉に山の斜面を転がり落ちてくる様を、想像してもみ給えよ」

「たしかに高地に栽培する高原キャベツは、八ヶ岳なんかにあるけれども、斜面には植えない。段々畑にしても、それぞれは平面で、安定しているものだ。たとえ偏屈な人間が斜面に植えようと、キャベツの根は、そうたやすく引っこ抜けるものではない。ましてや、数千数万が一度に転がり落ちるなんて、あり得ぬことだ」

「おいおい、人の話はよく聞くものだ。それだから、想像してもみ給え、と言っているのじゃないか。地響きを立てて、キャベツ群が襲いかかる。ホップ・ステップ・ジャンプ、だな。その時君は、折り目のきっちりついた真っ白のズボンと、ベージュのスエードのショートブーツを履いていて、ノースリーブの麻のスーツ、しかもロングタイトのスカートを着ているご婦人と一緒だ。あまつさえ彼女は初夏の日差しに備え、日傘をさしているし、足元は九センチのピンヒールだ。土は軟らかい。キャベツは迫る。どうする」

「君の言わんとすることが、ますますもって解らない。なぜキャベツが転がり落ちてこなければならないのか、なぜ女性が同伴している状況なのか、なぜ服装まで指定されなければならないのか」

「キャベツだからだよ。キャベツ男爵の冒険。包み込む情熱、転がる衝動、青春の青臭さ、甘い誘惑、すべてがキャベツにある」

「解らん。それに男爵なら芋だろう。君のむちゃくちゃな設定に、あえて従うとして、僕はご婦人に覆いかぶさって、とりあえずキャベツをやりすごし、泥土を払って立ち上がる」

「そうさ、それでいい。上出来だ。それにしても数千数万だぜ。君は青アザだらけで、ボコボコだろう。でもアレキサンダー大王のように、すべてを征服した充足感に満たされているだろう」

「だから何だって言うんだよ。ちっとも面白くも何ともない。キャベツがどうしようと、こっちゃあ知ったこっちゃないさ。ただ、刻むか、煮込むか、炒めるばかりよ。あったら造作もない」

「そのキャベツが煮えてるんだな。そんで、メインディッシュなんだなあ、これが。話はすべて、キャベツを旨く食べるためのアペリティフ。旨いぞう、キャベツ。春のことほぎ、だな」

「まだよく解らないけれど……。その意気や善し、って事かな」

「そう。キャベツ頬張れば、円く収まる、ってね」

6月 June ピーマン

買い物の帰り、すこしだけ近道なので、公園を横切っていたら、いきなり、おさない男の子が腰に抱きついて来た。手つなぎを求めて、ふんわりぽかぽかの指が、すっぽり掌(てのひら)にすべりこみ、ぎゅうと握る。雲間から幸運の小鳥が胸に飛び込んだみたいだ、と思う間もなく、手を振りほどき、二、三歩後ずさりした。こどもの、度の強い眼鏡の奥の瞳(ひとみ)は、零(こぼ)れ落ちんばかりに見開かれている。

でーでーぽーぽーと、キジバトがくぐもった声で鳴いている。

「あっくん、こっち、こっち」

横から、目の覚めるほど真っ黄色のトレーナーを着た女性が走り寄る。こどもはダッシュして、女性の陰に隠れる。

「すいません。まちがえちゃったのね」

わたしは、たまたまその日、ばかに派手な山吹色の綿ニットの、だっぷりしたカーディガンをはおっていた。たぶん、視力の弱い子なのだろう。多少離れても、はぐれないよう、もしかすると母親は、いつも目立つ色の服を着ているのかもしれない。

母子はしっかり手をつなぎ、緑のベンチに並んで座った。隣のブランコから交互に嬌声（きょうせい）が降る。背後に白粉花（おしろいばな）が、ぽつりぽつり紅（あか）く灯（とも）る。むかし小学校の通学路によく咲いていて、その花をいくつもむしっては、萼（がく）の付け根を唇に含み蜜（みつ）を吸った。

象の形の水飲み場の周りにある、切り株形のコンクリートのひとつに腰掛けた。空が青い。近道が、回り道になった。

母子は、シャボン玉を吹いていた。手を握ったとき、母親の手とは別の感触だったのだろう。どうちがったのかな。足元の、スーパーの袋には、赤と黄とオレンジのカラーピーマンが、プラスチックのおもちゃのように、ぴかぴかごろごろ入っている。

寝起きが悪く、なんだか明るい色が欲しかった。でもこれは黄色すぎた。第一似合わない。カーディガンを袋に丸めて突っ込み、霜降り半袖（はんそで）Tシャツで薄荷（はっか）の風を抜け、ずんずん帰った。

さっくり、黄ピーマンに包丁を入れる。ころん、と芳香がほとばしる。断面上部には、白い丸い平たい小さい種がびっしり行儀よく整列している。種の寝室は、今の今までピーマンが外気から取り込んだ吸気で満たされていた。赤やオレンジや黄の光に包まれた汚れなき聖域。この密室の空気は、種とわたししか知らない。

シャボン玉には、ひとの息が、ピーマンには、ピーマンの息が、虹色と原色のカプセルに籠もっている。空っぽではない。弾けるまでの夢空間。断ち割る瞬間から物語が始まる。注意深く、紳士的に召しませ、秘めやかな、処女の息の囁きを。

7月　July　セロリ

右手の岬は、黄金のパウダーに包まれ、鮮やかな緑がきらきら輝いている。こっちはどしゃぶりだというのに。雨脚が見える。真上の黒い雲は、うねりながら後方へ流れていく。雲の裂け目から、青い空が広がる。ここにも、もうじき、陽差しがやってくるだろう。ヒア・カムズ・ザ・サン。ゆるやかなカーブの坂を登って、白い軽トラックが近づいてくる。彼女だ。

「まいっちゃうよー。ずっと雨雲と道連れなんだもん。降られた降られた。はい、お誕生日おめでとう」

彼女が差し出したのは、花束ではなく、ひと抱えもあるセロリの株。反りをうって凛と伸びる潔い姿は、貴婦人のようだ。

「農協行ったら、こいつがごろごろしててさあ、思わず三株」

「これを三株！　どうするの、こんなに」

「だいじょぶ。あたし大好きだから」

「でも、ぼくは」

「だいじょぶ、食べれるようにしてあげる。見て、ほら。なに、こんな、てかてか晴れちゃって、ばかみたい。ちょっと待っててね、いまセロリでチャーハンとサラダ作るから」

じつをいえば、セロリは苦手だ。でも、彼女が作るのだからぼくは笑顔で「おいしい」というだろう。そして弾む声で「おかわり」と叫ぶだろう。あぁ。なぜセロリなのだろう。

「セロリ、嫌いでしょ。知ってる。でも、お正月のお雑煮の三つ葉は食べるよね。これ、オランダミツバっていうんだよ」

サクサクサクサクサクサクサクサクサクサクサクサクサクサク。俎の音のなんと爽快なこと。この匂い、この匂い、この匂い。セロリだ、セロリだ、セロリだ。山のようにセロリが刻まれる。

「すぐ出来ちゃうから、ビール呑んで待ってて」

「うん、おいしそうだね。おいしいんだろうね」

「ところで、今日で、いくつになったんだっけ。ぼちぼちなんとかしないと。やばいよ、オヤジにウジが湧いちゃうよ」

「ウジ、湧いちゃったかもしれない」

「なあに、よく聞こえなかった。ねえ、テラスでごはん食べよっかあ。テーブルとチェアー、出してくれる?」

義理の妹の彼女は、三日に一度は、めしを作りにきてくれる。通り道だから、ついでだから、買い過ぎたからという。「いつも一緒に食べたいな」とあからさまにいったら、「やあだめんどくさい」ときっぱりいわれた。でも、たぶん、きっと、彼女のセロリ、もちろん、うまいに決まってる。ほろ苦く、爽(さわ)やかに。

道の章

——酒器十二か月

一月

つつがない正月の、つつましいハレを、黙してすごす、ひととき

ひとりで正月を迎えるようになってから、何年になるだろう。「今年は、ひとりか」が「今年も、ひとりだ」に変わって、だいぶ時が経つ。格別な感慨もなく、特別な支度もなく、さばさばと、気持ちの良い退屈な時間。それが、わたしの正月。

元旦。昼近くまで寝坊をして、玄関を開けると、郵便受けに、やたら分厚い、チラシだらけの新聞が、ねじ込まれている。その下には、輪ゴムでとめた、ハガキの束。賀状をやめたことは、知己に伝えてあるから、それでも届くものは、近況を伝えたい久しく会わない友か、住所録を整理していない不精なパソコン印刷か、顧客名簿で送られてくる店の新春広告ぐらいのものである。

真冬の外気に、キンキンに冷えたステンレスのポストの中、それらの紙も、芯までひんやりと、ずっしり重い。

お隣さんの門松の笹が、風にさらさら鳴っている。白い雨戸は閉まったまま。赤い

屋根の犬小屋は空っぽ。年末年始は、家族旅行へ出かけている。飼い犬のビーグルは、ペットホテルで、みんなの帰りを待ちわびながら、毎夜、遠吠えしているらしい。自分も前に犬を飼っていたし、隣の犬は、子犬の時から馴染みだから、言ってくれれば散歩と水・餌、ブラッシングの世話くらい、なんのことはないのに。とはいえ、十五歳の高齢犬なので、万一のことがあったら、やっぱり困るので、まあ、仕方ないか。

一部の寺社を除けば、おおむね、東京の正月は、一年のうちで一番静かだ。コンビニは元日もやってるし、二日にはデパートだって華々しい大売り出しを用意して開くから、取り立てて日用品や食糧備蓄の必要はない。三が日は首都高速道路も面白いほどスイスイ乗り放題で、空は、いつになく青く澄み渡っている。正月の、この、ほんの数日間は、ふるさと東京が、我が世の春となる。

酒屋で貰った「屠蘇散」を、鉄瓶の酒に浸してある。伏見の「ひやおろし」もある。選んだ杯は、古都のもの。土ものの高杯の方は奈良の赤膚焼き。染付の磁器の方は京都の清水焼き。どちらも、おっとりしたたたずまいの中に、毅然とした歴史のプライドが感じられる。そこで、年末に買った、唯一の「おせち」らしい肴、極上蒲鉾を厚めに二枚、三等分して、朱塗りの木皿に盛り、おろし山葵を添える。赤、白、早緑。

目にも鮮やかな祝い膳。

高杯で屠蘇を、染付でひやおろしを。その合間に板わさを。つつがない正月の、つつましいハレを、黙してすごす、ひととき。

二月

酔って心身に隙間ができて、そこに心地よい風が通る

酔醒の　ぞっとする時　世に帰り

という古川柳がある。したたかに酔い、前後不覚に眠りこけ、唐突な身震いで目が覚めた。まるで、今しも冥界の底が抜けて、雲の上から、すとんと現実界に、転がり落ちた気分がする。酒呑みなら、誰もがきっと思い当たる、リアルな一句だろう。

醒めては、また酔う。失敗を重ねながらも、懲りない呑ん兵衛。それでも、老いるに従い、血気盛んなころからすれば、目に見えて酒量は減って行く。たっぷりではなく、じっくりと酔いを楽しむようになる。老若、どんな酔い方であれ、素面のときより、凛々しい人は、どこにもいない。たいていは、だらしなく、みっともなく、たあいなくなる。分別盛りを越えて、人に説教を垂れる年になって尚、なぜ、いぎたなく酒なんか呑むのだろうと、下戸は言う。

酔いたいから呑む。酔わないくらいなら呑まぬがまし。酔って心身に隙間ができて、そこに心地よい風が通る。蓮池に遊ぶ蝶々ほどに、軽やかな酔いは極上。まあ、そん

な良い加減は、滅多に訪れないけれど。酔ったことのない人には、不可知の感覚だろう。

二月の寒さは格別。仕事を終えて冷えきった夜半、寝所へ着く前に、ひとり一杯やりたくなる。そうたくさんはいらない。でも、ゆったりとしたひとときを味わいたい。

酒器を選ぶとき、いつもなら、見た目より軽いものを手に取っている。たまに、ずっしりしたものが手から離れないときは、きまって寒い時季だ。冷たく重い器と、体温が、少しずつ、時を共にしながら溶けあっていく。その不器用な、まどろっこしい、とてつもなくスローな対話の移ろいが、凍える夜を、やさしく包む。

今月は、持っている中で、もっとも重い酒器ふたつ。

最重量は、蒼(あお)いガラス。とにかく重い。容量は、いたって少ないのだけれども、濃い酒を嘗(な)めるように呑むには最適。ごつごつした陶器のものは、手のひらがマッサージされる感覚で、触って揉(も)んで面白い。いつもの室温の純米酒が、饒舌(じょうぜつ)な相棒になる。

二月は、一年の内で、たった二日ばかり、短いだけの月なのに、毎年、あっけなく、あれよと過ぎていく。

たとえれば、遠くで会釈(えしゃく)する人。その人の顔は見えないけれど、とりあえず、頭を下げて考える。数歩、歩いて、やっぱり、わからない。振り返れば、姿はない。目の前には、眩しい爛漫の春。
儚い二月は、重たい器を掌に、包んでやっと、微かに留まる。

三月

じっくり選んだ杯で、これからのこと、これまでのことを、たっぷり話したい

「弥生(やよい)」三月は、江戸のひとびとにとって、別れと出会いの「節目月(ふしめづき)」となっていた。正月が過ぎると、そのために物を調えたり、片付けたり、心の準備をしたり、整理をしたり、けっこう忙しくなる。それだから、そこに挟まれた二月には、取り立ててしなければならない行事を少なくしているのかもしれない。

その、人間関係の区切りの日は、三月四日。その日のことを「出替わり」と呼ぶ。年毎(としごと)の、奉公の契約の満期の日であり、更新の日であり、新規採用の初出勤の日でもあった。

学校の新学期が四月なのも、旧暦の「出替わり」の名残と考えられる。出替わりには、歓送迎会を兼ねて、花見を催すことが多かった。ちょうど開花の時季に重なる。ひとつ屋根の下、喜怒哀楽を分かち合って来た仲間と、そして、これから先分かち合って行くであろう仲間と、杯を酌(く)み交わして、新旧の絆(きずな)を確かめ合うのだ。

勤続年数や功績による、序列の厳しい社会だったが、この日ばかりは無礼講で、山

のように盛り付けられた料理を、上下の別なく、各々直箸で、好きなだけ食べることが許された。

杯も、宴会用の、揃いの気取った薄手の小ぶりなものだと、やったりとったりが生じて面倒だし、もし、粗相をして割ったりしたら、一気に酔いも覚めてしまう。こんなときは、酒屋がオマケでくれる色んな銘柄の名入りずん胴猪口が良い。とはいえ、酒器として取り上げるには、あまりに色気がなさ過ぎるので、今回は、大ぶりの、素朴な感じのする、ちょっと歪んだ土ものの、ぐい呑みふたつ。

上気した肌色のほうは、宇治の「朝日焼き」。かなり量が入るので、煎茶の湯冷ましだろうとからかわれる。歪んでいなければ、おんなの手には収まらない大きさだ。明るく温かい鼠のほうは朝鮮の陶器と聞いた。こちらもさりげなく親指の当たる辺が凹んでいる。持って、呑んで、和む器である。いずれにせよ、歓送迎会の無礼講ではなく、たいせつな友の壮行会に、なみなみ注ぎたい。

いまは、別れも出会いも、唐突で、目安になる季節すらない。急に仕事を替わったり、やめさせられたり、会う度違うスタッフを伴っていたり、めまぐるしい。物や心を、調えたり準備したり、するゆとりさえない。だから、せめて、春に会う約束をして、じっくり選んだ杯で、古い友とは昔話ではなく、これからのことを、新しい友とは抱負ではなく、これまでのことを、たっぷり話したい。
花咲く季節の中で。

四月

板の間に片膝（かたひざ）立ててひとり酒。ああ春の宵

「酒はたぼ（若い女性）」なんてことをいう。白魚を十本並べたか細い指で、九谷（くたに）や有田の、お上品な訪問着を着たような徳利で、揃いの柄の、やけにちっちゃい杯に、ちょろちょろお酌をする。おもとの鉢の根元に水をやるんじゃあるめえし、こちとらまどろっこしくてかなわない。こんなのをありがたがる殿御（とのご）は、酒友としては御免こうむる（でもね、たまにはそういう席もいいもんだぜ、と周りからゴソゴソ聞こえてくるが、無視）。

仲間と車座になってやるときは一升瓶回し注ぎ、少人数なら片口で向かいから注いで貰うのもいい。

ひとりのときは手酌が一番。好みの猪口を選ばせる店も多いが、白地に藍（あい）で屋号がついている、素っ気ない徳利と猪口が好きだ。

整理下手で、根気もないし、収集癖はないと思いきや、いつのまにか猪口が何百と集まっていた。酒屋のおまけや、友からもらったもの、旅先で列車の中で呑むため買

ったもの、門前の骨董市で、田舎の瀬戸物屋で、あるいは個展会場で奮発して買った作家もののもちらほらまじるが、ほとんどが雑貨値段のものばかりだ。土産としてかさばらないし、毎日使う生活用品だし、ひとつひとつに思い出が宿るし、その土地の人情も珍味もよみがえる。

酒器はたのしい。部屋の奥まで陽が差し込んで、板の間が、ほんのりぬくまってきた午後、ひとつひとつ、酒器を眺めて過ごす。

酒器とはいえ、自分のは大半が、ぐい呑みで、杯や徳利はほとんどない。徳利は一升瓶からうつすのが面倒、杯は容量が少なすぎ、がさつに動くとすぐこぼれる。片口は好きだったが、不掃除部屋なので埃は浮くし虫も泳ぐ。そこで、このごろはワインのデキャンタを使っている。板の間に片膝立ててひとり酒。ああ春の宵。

写真の、ステンドグラスのような器は、ボロ市で求めたもの。「なんすかこれ」「なんすかねえ」。最終日で、値札の半分にするというから買った。春爛漫といったところか。にぎやかすぎるので、濁り酒でもいれてみようと思う。地味な方は、中に小さな桜の筋彫りがしてある。色合いと云い、唇当たりの良い縁といい、常温の純米酒によく合う。これは、倉敷の、ひっそりと、落ち着いた茶室のようなたたずまいの、手打ちソバ屋さんからいただいた。これを手にするたび、美しい野の風のごときソバのかおりが、全身を包みこむ。また、あそこで、ゆったりすごしたいなあ。

五月

初夏の新緑をくぐり抜ける縁先で、鳥のさえずりを肴に一献

五月といえば、江戸っ子なら、なんといっても「初鰹」。解禁が旧暦の四月八日、お釈迦様のお誕生日「甘茶でかっぽれ」からと定められている。いちおうルールを設けないと、一番手柄に法外な高値がつくことになり、そうなれば、たんなる漁ではなく、漁民の功名心をあおる闘争になりかねないからだ。

目には青葉　山ほととぎす　初鰹

すっかり葉桜になり、浅葱色の空に、木々の若葉が日に透けてみえるころになると、品川沖が気になってならない。しょっちゅう眺めていたところで、船が早くつくわけでもなく、だいいち、四月八日まで、部屋でデンとかまえていりゃあよさそうなものを。

解禁日前の裏取引がばれれば、多少の罪になるが、知り合いの漁師が、別の漁に出

た中に鰹が一本かかってしまった。網で傷が付いて放しても死んでしまう。といって日本橋の魚河岸（うおがし）には出せないから品川でいったん降ろす。それに遭遇すれば、他のひとより十日から半月早く、初物を賞味できるのだ。そうなると、味がどうのの世界ではない。マラソンのトップランナーの、勝利の歓喜だ。値は安くはない。通常の初鰹でさえ、「女房を質に入れても」との意気込みだから、型がよければ一月分の給料は覚悟しなければならない。将軍様より早く食べて、日ごろの溜飲（りゅういん）を下げたい、なんていう老中あたりの「裏取引組」なら、十両もいとわないかもしれない。

　初鰹でこんなに大騒ぎするのは江戸だけだが、それにしても、初夏の新緑をくぐり抜ける縁先で、少し肌寒いかもしれないが、鳥のさえずりを肴に一献は、さぞきもちがいいだろう。

　酒器。切子のほうは、たぶん薩摩（さつま）のものだったとおもう。それこそ、若やいだ緑が印象深く、わたしの猪口にしては、かなり小さいほうだが、装飾品がわりに求めた。このこの塩辛を、底にちんまり盛ると、うっとりするほど華やいで、主役の座に輝く。おおぶりの青磁色のは、奥能登（のと）の、ソバ屋さんで、豆腐屋さんで、雑器が好きな、手仕事にこだわる店でみつけた。これはいい。握り心地がしっかりしている。たっぷりはいる。初鰹を盛った大皿を数人で囲んでわいわいやるのにちょうどいいが、ひとりのときにも随分いい。重さが適当で、空になってもさみしくない。片手で持ったり、両手で包んだり、ぬくめながら、ころがしながら、つぎの酒をいっぱい満たす。これで呑むと、初夏の夜が長い。気持ちが合うのかな。

六月

雨垂れを聴きながら、ぬるめの燗を、ゆるり

梅雨、六月。長雨に降りこめられると、外出が面倒になり、部屋干し洗濯の下、気分も浮かない。けれど、この時期を、秋の実りを育む「授乳期」と考えれば、遠きをおもんぱかって、たのしみにすごせる。いずれ、よい米が穫れれば、よい酒がうまれる。

　昔に作られた童謡の、あめあめふれふれ……は、はずむ陽気な曲調で好きだ。昼からの雨。幼稚園か小学校の終了時間に、児童用の傘を持って、母親が蛇の目傘でおむかえに。店の屋号の入った用達傘や、地味な無地でなく、蛇の目、というところが、オシャレで小粋な、若い母親をイメージさせる。今では、和傘を片手にとは、京都の花街あたりでしか見かけられない。「ジャノメでおむかえうれしいな」は、今のこどもには、母がナニでくるのか通じない。音が似ているので「ジャガーでおむかえ」だと、ちょっとうれしいかもしれない（でも、特定商品名だから公共放送では唄えない）。

一年に三百六十日雨が降る、といわれる高温多湿の世界遺産・屋久島の雨は豪快だ。傘などてんで役にたたない。降り始めるや、一気に、ばたばたばたっ。らっきょ並みの雨粒が叩き落ちてくる。それが地面に当たって弾け、溜まり水を連れて下から倍量で容赦なく撥ね返る。フード、ズボン付きレインコートでも、止具や繋ぎ目からびしょびしょになる。完全防水装備なら、こんどは蒸し暑くて、自分の汗でぐっしょりになるだけ。ここはもう、諦めるしかない。縄文の世から生きる巨木の棲む島だ。大自然の恵み、ありがたく浴びよう。世間の汚れが、すこしは浄められるだろう。

雨の日の在宅。雨垂れを聴きながら、ぬるめの燗を、ゆるり。いい気なもんだ。こんなぐうたらに付き合ってくれそうなのは、かれら位か。選んだ酒盃は共に九谷。鮮やかな色と、精緻な柄を得意とする九谷は、雅味ばかりでなく、飄風にも通じている。

カエルのは、明治期のもの。ハイカラな自転車で、柳の木を通過中。カエルの太ももは、競輪選手のように強靭な筋肉だから、前傾姿勢で、さっそうと乗りこなしているではないか。カタツムリは、現代の作。葉っぱの上で、体軀も眼球も、のびのび伸ばして、ゆったりくつろいでいる。双方、丁度いい塩梅の、ほんのり明るい小雨のひとこま。ぴっちぴっちちゃっぷちゃっぷらんらんらん。

「ホンニ、ゑへ降りやうでござりますのふ」。盃をのぞきこむたび、そう話しかけたくなる。雨にも亦(また)興有り、乎(かな)。

七月

グラスに映す、海と空は万華鏡のきらめき

　船旅が好きで、年に五十日は、波の上で寝起きして、十年を超える。体調が悪いと思ったら、船に乗ればすぐ治る。なにがそんなにいいのかといえば、ひと揺れ毎に新しい波を体感し続け得る、悠久の時の流れ。誰もが必ず、目から鱗がポロポロ落ちる景色が、島影も他船も見えない大海原。海と空だけ。水平線から陽が昇り、陽が沈む。そして、夜の満天の星、あるいは豊かな漆黒の闇。

　天候にかかわらず、三百六十度なにもない視界は、時計の運針に刻むことの出来ない、果てしない時空の中の、一瞬を感じる。同時に、生きて有る命を、有り難く、嬉しく、奇跡のように思う。

　無限の生死を内包する海と空は、見尽くせない。どこへも寄港せずに、外海をひたすら巡り、地球一周してみたいものだが、そんな酔狂なクルーズを企画してくれる船会社は、今のところない。

　七月の海は、心が若やぐ気がする。ちょうど、変声期の少年を見るように、日一日

と、海の色が華やぎ、波頭は輝き、湧き上がる雲も、鮮明に白さを増していく。さらに、深く濃くたくましく、雄々しくなるのは八月の海で、それに至る前の、瑞々しく、危うい透明感を宿す、移ろう光の陰影が、この時季の魅力である（四季のある風土に暮らす民の詩情に過ぎないのかもしれないが）。

船での暮らしは、船室（個室）と、デッキと、ダイニングと、バーの四カ所。客船は、イベントやカルチャースクールやフィットネスやショーやダンスやカジノが盛りだくさんで、参加すれば毎日とても忙しいのだが、何もしないのも、それはそれで贅沢な選択だ。船のバーは三カ所はあり、朝から深夜まで、世界の銘酒と多彩なカクテルが呑める。グラスに映す、海と空は万華鏡のきらめき。

陸（船好きはオカと呼ぶ）でも、その名残を反芻したいときに今回の酒器。九州八幡の工芸村で求めた。ワイングラスなのだが、家ではもっぱら冷酒用に使っている。手吹きなので、唇に柔らかく、スローモードで味わえる。昼は陽にかざし、夜はスタンドライトに透かし、ロッキングチェアーを揺らしながら呑む。優雅そうだが、ロッキングチェアーの揺れはピッチが短く単調で、十五分で飽きてしまい、結局、床にベタ座りで続きをやることになる。

気分を盛り上げるつもりが、かえって船恋しさを募らせ、両手の平にグラスを包み、遥（はる）かな海を想う。うつむく眼下の、まばゆいグラスは、船の吹き抜けのエントランスそっくりだ。

八月

コップのひやを、なみなみと一杯。この一瞬が天の美禄

「ひや」は、室温の酒のことだが、当節「ひや」をたのむと、冷蔵酒が供される場面が多い。氷を仕込んだ二重デキャンタや、ガビガビに霜をまとったビードロ徳利だったりする。それはそれで、おいしいのだが、ひやを所望したい時には困る。煮イモを、サトイモのつもりで注文して、ジャガイモだったり、サツマイモだったりしたのと同じくらい、困る。それはそれで、おいしいけど。

品書きに「ひや」と「冷酒」が記されていれば、区別がつくが、「燗または冷」の場合の「冷」の種類を察するのは難しい。燗ならば、人肌、ぬるめ、常、あつめ、熱々と、五種類もの好みが、堂々と指定できるのに、冷の部門で、氷温、冷蔵、室温の三種でさえ、ふつう、おねがいしづらい。おおむね、店主が、冷、とおもう温度の、冷しか、でてこない。酒が主体の店なら、大抵、室温ひやが通るが、洒落た銘酒もありますよ程度だと、酒客の絶対数が少ないらしく、バキュームキャップをつけた冷蔵酒がメインとなる。

なぜこんなに「ひや」にこだわるのかといえば、夏バテの身体（からだ）には、体温より少し低い室温の酒が、なによりうまく感じられるからだ。点滴や電解質のように、すうっとしみこみ、半身浴のように、じんわりほぐれていく。八月盛夏こそ、ひやのやさしさを求めたい。

昼間のうだる熱気の記憶が、アスファルトから立ちのぼる夕暮れに、表戸を外した、いつものカウンターへたどりつき、コップのひやを、なみなみと一杯。銘柄がどうのというより、この一瞬が天の美禄。口からお迎え、減ったところに、受け皿にこぼれた酒を継ぎ足し、またお迎え。一息ついて、つまみの思案。あとはゆっくり、空が茄子（なす）紺色（こんいろ）のケープを引いて、星を迎える準備をする。

コップのひやは、ほんとうにやさしい。最初から最後まで、同じ顔で付き合ってくれる。手酌の手間もなし、気が置けない相棒。コップの燗は早く冷めるし、冷酒はじき汗だくで美貌（びぼう）カタなしだ。

酒器は、大小のコップ。大は、ある居酒屋で、いっぺんに気に入り、五杯呑んで、ゆずりうけたもの。その店の酒は、大中小で、三百デシ、二百デシ、百デシのコップで出す。その、大。小は、その小ではなく、他で買ったテキーラグラス。両方とも、薄い。

ともに室温の酒を入れると、室温が満ちて、周りの空気を固めて指でつまむ感じ。そして、容器の重さがほとんど響かないので、酒そのものの重さを感じる。シンプルだけに、飽きのこない器。

九月

新米から、新酒が生まれ、（蒸し器の）蓋が明くのだね

残暑。炒りつけるようだった盛夏の陽差しより、蒸し器に閉じ込められたような残暑が、ボディーブローで、身に応える。道具で云うなら、中華鍋と蒸籠の違いか。料理なら、さしずめチャーハンとチマキだろう。どうせなら、強火の炎でパラリと煽って欲しい。

たとえば、別れた相手に、とある会合で偶然出くわし、よそよそしい挨拶の後、当人同士しか解らない符丁を云われたような。おもたい。こってり。ねばっこい。がんじがらめじゃないか。

爽やかな秋風は、まだまだ遠い、この時季。ここ一番、辛抱すれば、豊作大漁の、実りの時がやって来る。来るともさ。

青春、朱夏、白秋、玄冬。秋は、白いのか。秋に白いのは、新米だ。新米から、新酒が生まれ、（蒸し器の）蓋が明くのだね。

新酒で潔めて、まっさらな白紙に戻れると良いのだけども。

なにを云ってんだか。さあね。ばからしい。

やっと世間の夏休みが終わったから、旅に出たい。南がいいな。けだるい空気の中、ずべら〜っとして、朝っぱらから度数の強い酒呑んで、海と雲を眺めて、腹を出して、大の字。能天気。

なにを考えているんだか。しょうもない。くだらない。

ばからしくて、くだらないけれども、年々歳々、そうやって歳(とし)をとっていく。なかには、かしこく、りっぱに、歳をとるひとも少しはいるのだろう。ちっとも、羨(うらや)ましくはないけれど。

路線バスを乗り継いで、犬の墓に行った。小学校から高校まで一緒に過ごした、雑種。花屋の隣で買ったワンカップ酒を、墓前で呑(の)み出したら、夕方になり、残りをお地蔵さんに供えて退散した。

「マイライフ・アズ・ア・ドッグ」。それでも、スプートニク号に積まれたライカ犬よりも、ずっと、しあわせだ。たぶん。

帰り道、とても良い酒が呑みたくなり、すごく高い酒を買って、一番上等なぐい呑みで呑むことにした。気楽な奴(やつ)だとおもう。

酒器は、同じ作家のもの。ずいぶん奮発して、えいやっと購入したおぼえがある。

酔狂なんだか、魔がさしたんだか。想いがまとまらない、からっぽの、白い秋に、ふと手にしたくなる器。

小さい方には、たいてい実紫蘇の塩漬けなんかを入れて、大きい方で、特旨の酒を呑む。この盃は賑やかで、誰もが独りで生まれて来て独りで死んで行くことを解っていても、安穏になれる。

もうじき彼岸だ。十万億土の先輩たちに乾杯。

十月

秋は、ゆっくり、大人の季節

秋たけなわ。にび色の瓦にかかる、栗の大木も、葉に幹に日々彩りを濃くして、風の夜には、褐色の毬を屋根に降らせる。

大気は澄み渡り、昼も夜も、空は果てしなく深く輝く。目に映るものすべてが、静かに力強く、呼吸している。収穫祭の季節。

十月は、一年のうちで、一番美しい頃だと思う。若いときには、春が好きだったが、歳を重ねて、秋がいとしい。さらに歳を取っていくと、冬が好きになるのかな。そうなんだろう。さて、夏は。

東京の夏は加速度的に、自然から遠のいて行っている。不可避に押し寄せる、コンクリートとアスファルトの、いつまでも冷めない余熱。一歩建物内に入れば、高原の避暑地で、上着が欲しい。身体と心がばらばらになる、東京の夏。世にも稀なる、奇態の季節。

秋は、ゆっくり、大人の季節。

せっかく歳をとったんだから、大人らしい秋をすごそうよ。ウィンドサーフィンやボディーボードで、夏の間、若輩者の喝采（かっさい）を、思いっきり浴びてもいいさ。でも、秋は、あなたのもの。嬌声（きょうせい）も悪乗りもない。ゆっくり考えよう。夜は長い。

今月の酒器は、二十年ほど前、上海（シャンハイ）で買い求めた「玉盃（ぎょくはい）」。三日間通って、帰国の日になってあきらめきれず、めいっぱい値切る気で挑んだものの、ほんの端数しか、負けてもらえなかった。

「だって、こんなにいい色と形の玉は、めったにないもの」

とカタコトの英語で言い張った。こっちも強気で、

「だって、これを払うには、友人に借金をしなければならない」

「GOOD。借金ができる友人がいるなら、あなたは幸せだ」

だまされた。わけのわからぬまま、その三つ組盃を買わされて、空港へ向かう途中で、残金を（借金して）払って、帰国した。

それから、なんとなく、いやーで、この盃で酒を呑むことはなかった。赤、緑、青。どれも半端で、友達を招いた呑み会にも使いづらい。独りのときも、小さくて頼りない。出番がない。

この盃のことを想いだしたのは、ほんの数カ月前。

「ちっちゃいのでね、ちゅぃっとやってみて。そのあとなら、水でもお湯でも、グレープフルーツでも、好きにね」

東京の夏の暑さは大っ嫌いだが、夏の南の島は大好きだ。ずん胴のスピリッツグラスで、黒糖焼酎（こくとうじょうちゅう）を出されたときに、これは是非、あの玉盃で、じっくり、しっかり、やらねばなあ、と想った。

十一月

黄金のパウダーが降りそそぐ西日の中、ちびちびと冷酒をなめて目を細める

秋の夜長に、きまって呑みたくなる酒がある。グラッパ。五年前にベネチアへ旅行した時に、はじめて呑んだ。いわば、カストリ・ブランデー。度数は四十を超える。大半は、無色透明だが、褐色のものもある。

食後酒の極めつき、宴の後はコレで締める習わし。とはいえ、寒い朝には、エスプレッソに、グラッパをたっぷり入れた「カッフェ・コレット」なんてのを、「バール」(朝食から夜食まで、イタリアの生活には欠かせない街角の溜まり場)でひっかけたりもする。

地元の小さなワイナリーで、地産地消する酒でもあり、とても身近な存在だ。

イタリア人は、人をはげます時に「フォルツァ!」(大丈夫)と云うが、まさに、一口含めば「フォルツァ!」の気合が入る。

今月の酒器は、グラッパを呑むだけの、グラッパグラス。「ポリ」という、メーカーで造られたもので、非売品。たくさん取り引きのある店に限って配られるそうだ。

一度手にした時、羽のような軽さと優雅さに、ぞっこん惚れ込んでしまった。どうしても、欲しくて欲しくて、毎夜忘れがたく、そのリストランテへ足繁く通って、拝み倒して、ようやく一個、タダで貰った。目下、一番愛している酒器で、他人には指を触れさせない。

ともあれ繊細で、ふと、ポッキリ折れそうで、酔っている時には、自分でも触らない。

まん中に、指を止めるワッカがはまっていて、そこを、ちょんとつまんで、くいっとやる。可愛い可愛い、自慢の一品。

もう一品は、見るからに、蕎麦猪口。

シメ縄の柄は、古くからの定番で、縁起が良いとされて、ソバ好きならハズセない。

蕎麦猪口で、新酒の、あらばしりなんぞを呑むと、実に落ち着きがいい。

ことしもまた、大地の恵みが届きました。ありがとう。この国に生まれて、ほんとうに、しあわせです。

黄金のパウダーが降りそそぐ西日の中、ちびちびと冷酒をなめて目を細める。

朝、起きぬけの顔を、鏡で見ると、シワやシミが確実に増え、頬もたるみ、白髪も見える。「ババアになったもんだ」と思うが、誰にとっても「老い」は、初体験の変化だから、若さにしがみつこうとは思わない。

時を、丸ごと、受け容れて、今の生命を、ことほぎたい。

年の数だけ、秋をすごして、どの季節よりも、秋の夕暮れが、好きになっている。

十二月

自分にとっての大切な節目には、たっぷり、酔おう

師走（しわす）。年の瀬。「早いもので今年もあとわずか」。べつに、十二月になったから、急に日々が短くなったわけではない。それなのに、年の終わりは、一斉号令のように、感慨深くなる。妙だ。

毎年、毎月、毎日、毎時、毎分、毎秒。そんな単位に束縛されることなく、太古から、脈々と時は過ぎ、永遠に続いていく。

年月日という区切りをしなかったころの、原始の社会なら、大晦日（おおみそか）も元旦（がんたん）も、ただ、いつも通りに日が暮れて、日が昇ったにすぎない。では、かれらはどんなときに、歳月の節目を感じたのか。

たぶん、四季折々の収穫や、なすすべもない天災との遭遇や、かけがえのない身近な者の死によって、「来し方（こしかた）」に想いを馳せ（はせ）たのではないか。それは、あくまで実感を伴う節目であって、会ったこともない他者とは、共有し得ないプライベートなものだろう。

私たちの世界は、個々の都合に、おかまいなしに刻まれる絶対的「数字」に支配されたライフスタイルだ。約束には期限があり、順守が、義務。一年は三百六十五日で、一日は二十四時間で、一時間は六十分で、一分は六十秒。これ以外の、時の単位はない。

一年が過ぎたからといって、解(わか)るのは、とりあえず、今、生きているという事実だけ。新しいカレンダーを掛けても、いつもの日が暮れて、いつもの日が昇る。時の流れは、相変わらず、昨日と、一昨日と、つながっている。明日も明後日も、つながっていく。

時刻に翻弄(ほんろう)されず、今この時に乾杯したい。そんなひとときに、この器。共に能登(のと)の産。輪島塗りと、珠洲(すず)焼き。古くから、変わらぬ技法で作られている器。孫子の代、その先までも、色あせない、剛健なたたずまい。どちらも、名のある作家の作で、年々、市場では価値が高まるばかりだ。能登に行っては、工房へおじゃまし、人柄にも接している。ご当人たちは、いたって無欲で、能登の自然に抱かれて制作する日々を、天から与えられた生活としている。

輪島の朱、珠洲の黒。夜明けと日没の太陽と、夜の闇(やみ)。悠久の宇宙の時のなか、たまたま、つかの間であれ、生かされている、この瞬間を、奇跡のように、いとおしく感じる。

年末恒例の「十大ニュース」や、「総決算」を見る度、この一年ではなく、今日一日を噛(か)みしめなくちゃ、と毎年自戒する。

時は過ぎ、人は老いる。時は止められず、過去には戻れない。リセットできないからこそ、今を見つめたい。命に、乾杯。人生は一度きり。自分にとっての大切な節目には、たっぷり、酔おう。

おいしいお酒、ありがとう

なんでこんなに酒が好きなんだろう。酒が、ほんとうにうまいなあ、と思ったのは、三十を過ぎてからのこと。自分の意思で、店を選び、もちろん身銭で、手酌で、ひとり、たしなむようになってからのこと。

酒が、ほんとうにたのしいなあ、と思ったのは、四十代になってからのこと。呑(の)みたい酒と場所を、TPOにあわせて、ぴたりと、使い分けできるようになってからのこと。

それ以降は、接待の酒は、極力辞去。どんなに旨(うま)い秘蔵地酒を、眼前にちらつかせられようとも、またの機会に。どうしても、断りきれないギリギリの義理縛りには、適量の二割を、おしめりにいただく。友人との割り勘会には、陽気なおしゃべりを肴(さかな)に、五割がた呑む。自前で、外食のときには七割がた呑む。いずれのときにも、適量までの残りは、自宅で、ゆっくり、しっかり、呑む。

酔って帰宅するのは、ものすごく億劫だ。ことに、すっかり暗くなってから女ひとり、ふらついて夜道を歩くのは、辛気くさい。それがハイヒールだったら、壊れたメトロノームのようで不気味だ。夜更けて、酒臭い息の、もつれた舌で、タクシーの運転手さんに、行き先を告げるのは、もっとずっと恥ずかしい。

怪しい物体になる前に、酔わずに帰る。これは、その日のコンディションにおける、自身の酒量を、いつでも的確に計れるという、酒呑みを自認する者の、唯一無二のプライドである。

へべれけになるやつは、酒呑みのアマチュアだ。酒と対等ではない。酒にもてあそばれているだけだ。おおばかやろう。

とはいっても、そんなのは、単なる理想で、いざ、酔っ払っちゃえば、プライドもアマチュアもへったくれもない。ネイキッドなむき身の、ぐにゅぐにゅアメーバ状態で、大切な時間を、むさむさと止めどなく食んで行くのだ。なんで、酔っ払っちゃうんだろう。けど、酔わないなら、呑まないほうがいい。もったいない。呑んで酔わないなんて、酒に失礼だ。酒の神様の罰が当たる。

呑まなければ、もっと仕事ができるし、お金もたまる。たぶんそうなんだろう。ベッドにもたれ、ゆるり、適量を満たしながら、なんてことのない一日に、感謝して、ほほ笑んでいる。間に合わなかった仕事、ごめんなさい、おいしいお酒、ありがとう。今日も、ちゃんと酔えて、よかった。あした間に合うね、きっと。

久しぶりに銭湯は、いかが

はだかんぼ、っていい。

一糸まとわぬすっぽんぽん。いいよなあ。なんか、いきものって感じる。べつにヌーディストクラブを奨励するつもりは、これっぽっちもない。かれらは数奇者の集まりで、リゾートの中で、めいっぱいお陽様を浴びようというイベントで、とうぜん、あれで生活しているわけじゃない。プロのヌーディストもいないし、ランキングもない。世界競技会もない。バカンスのテレビニュースで、毎年ちらりと映るだけだ。たいてい、ぼよよんぼよよんの老夫婦が、仲良く手をつないで散歩している前を、二人の美女が軽やかに駆けぬけていく。それを、若い男三人が、呆然と振りかえる。

そんなんじゃなく、いいなあと思ったのは、南の島の裸族の村のビデオを見たからだ。毎日毎日、同じことの繰り返し。女たちは、水を汲み、豆をゆで、芋を焼き、石臼を回す。歌を唄い、おしゃべりをし、手が空くとアクセサリーをつくる。髪に花を挿(さ)し、ピアスを揺らし、ヤギの世話をする。男たちは、ブッシュや川や沼地に猟へいく。朝が来て昼が来て夜になる。いろりの鍋(なべ)のまわりで、男たちは酒を呑み、女たちは子供に昔話をする。寝て、起きて、家事をして、食べて、排泄(はいせつ)して、唄って、話す。時々大きなスコールがくる。川が溢(あふ)れ、巨大魚が手づかみでいくらでもとれる。お祭りがある。たまには葬式もある。これ以上、はだかんぼのくらしがあるだろうか。生活そのものが、敬虔(けいけん)な、はだかんぼなんだ。

日本での、はだかんぼは凍えるし、お巡(まわ)りさんに捕まる。常夏(とこなつ)の種族だけ普通肌で、他地域に棲(す)む種族は、顔以外の全身体毛があれば、はだかんぼでいられたのに。ブルネットやブロンドや、ブラウンや、いいと思うけどな。大統領やハリウッドスターもはだかんぼでさ。オスカーもたのしいだろうなあ。

はやりのファッションで武装し、部屋はモノに埋もれたシェルター、ケータイで外部と接触する。こんなの、いきものじゃない。

銭湯が大好きだ。他人同士が、はだかんぼで、ひとつ湯船に浸(つ)かっている。赤ちゃん、子供、少女、娘、お母さん、おばさん、おばあさん。いろんな形のはだかんぼ。あんな頃もあった、いつかあんなふうに老いていく。ひとが群れてくらしていた原始の大気が、湯気に交じっている。心の鎧(よろい)が溶けていく。今晩あたり、家族か、むろんひとりでも、久しぶりに銭湯は、いかが。

楽の章

――きょうの不健康

不健康は健康のもと

「人間は病の容れものである」なんてことをいいます。てやんでい、おれっちなんざ、おんぎゃあとこの世に生まれ落ちてからこのかた、風邪ひとつひいたためしもねえ、とおっしゃるあにいさんも、いらっしゃいましょう。けれど、そのひとだって、腹の虫の居所が悪くて、かみさんやともだちと取っ組み合いのケンカもするでしょうし、二日酔いで朝っぱらから頭かかえてウンウンうなってる日もあるはずです。それも病の内、ケンカと酒の病です。

照る日曇る日、だれにもあって、自分のなかに棲み、日々をくらしている、不健康や不機嫌、不元気を、なだめ、すかし、やりすごすのが、けっきょく健康の極意なのではないでしょうか。

江戸のころには「闘病」ということばはありませんでした。かわりに「平癒」といいました。病とは、外からやって来るものばかりでなく、もともと体に同居していた、ちいさな身内だったのかもしれません。それが突然、訪問者として、「頼もう」と声を荒げた瞬間が「発病」です。なにか、メッセージがあるから、姿を現したのです。招かれざる客ではあっても、まず用件を丁寧に聞いて、かれがなにものなのか、自分のどこがいけなかったのかを知り、なるべく、すみやかに、おひきとりねがいたい。これが「平癒」の意味するところなんですね。好きなことばです。

生きているひとは、みんな不健康です。大量の市販薬の広告、大人気の健康情報誌、「きょうの健康」で、日ごろの不安や悩みのアドバイスを受けるひと。中高年の食事会で盛り上がる話題は、明るい「病気自慢」。何それの数値がいくつで、俺のほうが高い、あたしプリン体だめなのよ名前はおいしそうなのに、骨粗鬆症(こつそしょうしょう)でちょっと転んだだけで車椅子(くるまいす)……あはは。まるで「趣味の不健康」。

わたしも中堅不健康で、通院入退院を十年続けています。待ち時間二時間。診察五分なんてざらです。どの医院も例外なく患者であふれかえり、日本中病人だらけみたいじゃないですか。

それでも通院できれば元気な病人です。往復路と長椅子での待ち時間に耐えられるのですから、通えるうちが花、といえます。

ともあれ、不健康を味方につけてしまいましょう。不健康は、心身の疲れの訴えです。体力や健康を過信し、不健康のささやきに耳を貸さず、仕事に無理をしたあげく、突然の訪問者にうろたえる失態は、防げるのではないでしょうか。健康をまもるは不健康。

うまいもの

絶妙な焼き加減の、極上ステーキの上に、輝く気品のふくよかなフォアグラがおおいかぶさり、シェフ自慢のソースが夜のとばりをジェントルに祝福して、ふたり（肉と肝臓）をやさしく包む。大きな美しい皿は十分に熱く、脇のカトラリーは四方に神々しい光をはなっている。湯気は女神のほほ笑みとなって眼前へせまり「さあ、天上界へようこそ」と誘う。最初のひとくち。ああ。王宮の舞踏会の大シャンデリアの下で、ワルツを舞っているようだ。もちろん、主役は、わたしたち（本人と口の中の料理）。なんてすてきなランデブー。食後はチーズの盛り合わせ。でも、カルバドスをすこし呑んだら、ここの逸品のザッハトルテ（生クリームたっぷり添え）もはずせなくなり、水だしコーヒーで味わった。

北海道の朝市。下のご飯の倍量もある、てんこもり「特上うにいくら丼」を、市場の活気でぺろり。路上屋台で、立ち食いのジンギスカンで生ビールを呑んでいたら、むこうに行列。太ちぢれ麺の、名物スタミナラーメン。ポタージュ状スープに脂の膜が張ってるから、ずっと冷めない。麺も固ゆでで太くてぜんぜんのびない。タコイカ貝の魚介に、煮卵、三枚肉や手羽先も入ってる。うまい。丼のそこまで飲み干した。大汗かいたので、本場しぼりたて濃厚アイスのチョコレートパフェを食べた。バナナがクジャク並に派手にデコレイトされていた。でかかった。北海道は、何でもでかい。巷の、不健康そうな、うまいものを想像で書いてみた。

なんで、世の中には、うまいものがあるのだろう。それも無数にある。とめどなく増殖している。情報も日々あふれる。なんで、こんなに食べたがるのだろう。遠くからはるばる来る、二時間も行列する、一年半も前から予約する。食べるのは、たのしいことだ。しあわせなことだ。でもたまにはめんどうくさくなる。選択肢がありすぎる。じぶんがなにを食べたいのかわからなくなる。そんなときは、食事の代用になる携帯用機能性食品で、一日すごしてみる。体に必要な栄養成分は満たされているから、だいじょうぶなはず。

　牛とか馬とかは、毎日、だいたいおなじ餌を、食べ続けてても、それほどストレスはたまらないのだろうか。

　一日三十品目、好き嫌いなしに、ちゃんと三食食べないと、不健康になるよ。体にいいから食べろといわれる、ほとんどのものが、わたしは嫌いだ。好きなのは、塩辛と魚卵と酒。だめだこりゃ。

酒は百薬の……

酒なくてなんのおのれが桜かな。

花が咲いて呑み散って呑み、鳥や虫が鳴いて呑み、気象や季節の移ろいを誉めて呑み、荒天を憂いて呑み、出会って呑み、門出に呑み、別れに呑み、笑って呑み、泣いて呑み、黙っても呑む。

結局、のんべえにとっては、四季天気冠婚葬祭喜怒哀楽、いかなる場面も、きっかけとなり、時所構わず、とりあえず呑む。

呑めるうちが花。本当にそうおもう。「若い盛りには、ずいぶん呑んだよ。宵からはじめて朝まで。そうだなあ、二升と半くらいはやったな。このごろめっきり弱くなっちゃって……」酒席でほろりこぼれる中高年のつぶやき。それでいい。年々歳々人同じからず。年々老いて年々賢し。伊達に日々を重ねているのじゃない。過去より今、量より質が大切だ。年の功を旨く呑もう(自戒)。

それにつけても、人はいつから酒を呑むようになったのだろう。縄文時代には、酒を造って呑んでいたそうだ。人ばかりか、猿でも呑む。「猿酒」といって、樹の穴に落ち込んで溜まった果実や木の実が、時を経て自然発酵して、酒になる。それを猿が嘗めて、酔っぱらう。求めて好んで嘗めるのか、たまたま嘗めたのかは、はっきりしないらしい。おーい、エテ公、気分はどうかね？

御神酒あがらぬ神はなし。日本には八百萬の神々がおはすが、どなたも上戸でイケる口とのこと。いい国だ。神様、乾杯。

江戸のころには、世の中に下戸の建てたる蔵はなし、とて、いかにも酒ぐらい呑めるようでなければ出世の見込みはない、と聞こえる言い回しがよく使われた。のんべえ万歳、目出度き世哉。

否。じつは、これには下の句があって、上戸の蔵も建ちはせねども、でオチになる。つまり、呑もうと呑むまいと、蔵を建てるほどの大金持ちには、誰もがなれるわけじゃなし。それなりの努力と運に恵まれなくてはならない。こちとら凡人、どうせ建てられっこないなら、呑んだほうが得。チェ、開き直ってやがらぁ。

酒は百薬の長。たいていは、酒は延命長寿の薬と解されている。これにも続きがあって、百薬の長とはいへど万の病は酒よりこそ起これ、が、結論。百薬どころか万毒だ、というのだ。

それでも、古今東西、上戸は数知れず。今この時も世界中で、盃を傾けている。健康診断前に一週間だけ酒断ちをして、済めば笑顔で呑んでいる。ほどほどに。わかっちゃいるけど……（苦笑）。

体に悪いスポ根

ちいさいときから運動音痴で、得意なスポーツは一つもない。速くなりたいとか、強くなりたいとか思ったことは一度もないから、発奮しない。もともと、のみこみが悪いのに、人一倍、練習をしないから、長じてますます、鈍くさくなる。それでも、いじけるわけでもなく、さいわい、いじめにもあわず、スポーツをする友人たちを眩しく眺めて、学生時代を過ごした。

秀でたスポーツ選手は、一％の才能と九九％の努力から成る、といわれる。その、一％の才能こそが、九九％の努力を支えるのであって、ベルモット抜きのドライマティーニがありえないように、ほんの微かな才能の香りすら見いだせなかったなら、努力のきっかけもまた得られないではないか。一％が重要なのだ。

子供のころ、「スポ根もの」と呼ばれる、マンガやドラマが、えらく流行った。汗と涙にまみれながら、数々の猛特訓に根性で耐え、どんな苦境にもくじけず、少年少女たちが、心身ともに成長していく物語だ。あまりにも壮絶な挑戦の果てに、ライバルや、恩師や、主人公自身まで、燃え尽きて死んでしまうこともある。

どんな理由であれ、スポーツで、命を落としては、いかん。そんなのを、世間が誉めたら、あかん。勝利のためには手段を選ばず、鬼監督が情け容赦なく少年少女を追い込む場面で、応援してはだめだ。ヒーローやヒロインは、理不尽な虐待を、愛のムチと勘違いしている。目を覚ませ。スポ根の登場人物は、みんな、いつでもぎりぎり崖っぷちで、不健全だ。脳内モルヒネの暴走じゃないか。

健康のために適度な運動を、とは、生活習慣病を注意されたときに、必ずいわれることだが、すこぶる過度な運動を強要されるスポーツ選手の心身は、ほんとうに健康なのだろうか。

スポーツ選手の技は、同じ人間とは思えないほど華麗で美しい。才能と日々の鍛練だけではなく、なにか人智を超えた特別な存在に選ばれた、貴種の人びとのような気がする。一挙手一投足が、世の注目を集め、羨望の的の肉体を持つ。神々しい人類の宝。

勝敗のみに喜憂せず、かれらをもっと、讃えたい。大観衆の期待の重圧と、記録更新という終わりのない課題は、凡人には想像もつかない試練だろう。たいへんな人生だ。どうか、お体大切に、けっして燃え尽きたりしないでください。超人技を目にする度に祈ってしまう。そして自分は、運痴で良かった、とほっとする。

いろんなカタチ

銭湯が好きで、道すがら「湯」の暖簾を見ると、吸い込まれてしまう。見知らぬ町で仕事途中でも、十五分の余裕があれば、ひとっ風呂浴びる。道具なんかは、どうにかなるもので、店によっては、タダで貸してくれたり、安く貸してくれたり、ミニお風呂セットが売られてたりする。タオル一本あれば、ゆうゆう飛び込めるから、セッケン買っても、入浴料込みで千円とかからない。

小洒落たカフェで、一服するのと変わりない。それよか、ずっとリラックスできる。こんな健康で安価な一服は他にない。

他人のハダカの中で、自分もハダカで、一時を過ごすと、ほんのり寛ぎ、うっとり安らぐ。湯気につつまれて、ココロやカラダの雑物が、毛穴からスーッと抜け出ていく。わざわざ出かける温泉なんかじゃなくって、暮らしの寝食のあいだに、いつでも、さりげなく、その暖簾は風に揺れている。「極楽に一番近い日常」である。

なんでみんな銭湯に行かないかなあ。気持いいだけでなく、楽しいよ。なんたって、赤ちゃんから年寄りまで、同性の生まれたまんまが、よりどりみどり、見放題。少女を見ては「自分もあんな頃があったのね」と懐かしみ、おばあちゃんを見ては「自分もいずれあんなふうに」と教えられ、来し方行く末を学習する。

良く生きることは、良く老いること。生きていくことは、生老病死を、カラダに刻んでいくこと。生老病死は、春夏秋冬の、巡る季節のようなもの。季節の移ろいを受け容れて、そして、まっとうな人生を実らせる。たった四百円（東京）で、こんだけのことが、すきっと解っちゃうんだよ。みんながもらった命は、世界でひとつだけで、みんなのハダカも世界でひとつだけなんだ。

だから、いろんなカタチがあって、重ねた歳月だけ複雑な陰影が生まれる。だれもが順繰りに歳をとり、初めての老いを体験する。加齢は生きている証しだから、やたら怖がるのはおかしい。

自分のハダカを疎ましく想うのは、自宅の小さいお風呂に、ひとりで浸かって、腹をつまんだり、鏡と睨めっこするからだ。

銭湯行きなさい、銭湯。理想的なハダカなんか、ひとつもない。みんなでこぼこで、おもしろい。必要もないのに痩せたがったり、若造りするのに、金と時間を使うのは、不健康だ。その前に、十回銭湯に行くといい。赤ちゃんもおばあちゃんも、きょう一日は一度きり。それぞれが、それなりのカタチで生きるのが、個性だ。

病気自慢？

こう見えても、わたしは十年以上の中堅病人だ。

立派な病名を医者から与えられ、ちゃんと通院（時々入院）しながら、処方箋の薬を飲み、頑張らない日常を過ごしている。

よく「いつもお元気そうで」と、あいさつされる。ほんとは、相変わらず不元気なのだが、「おかげさまで」と笑って答える。しかたない。丸顔で、大酒呑みだから、人一倍丈夫そうだ。

ところで、病院慣れしてくると、あたかも病院の株主でもあるかのように、尊大で傲慢な「患者様」に化けていくのを感じる。

患者様は患者様として、妙に奔放で楽し気である。数々の生死を分けた、百戦錬磨の病歴を語る人。胴体裏表縦横無尽の、切開疵を誇る人。勤務交替のときの、看護師さんの私服をファッションチェックする人。最新の治験薬の種類にやたら詳しい人。病院食のベスト10をランクする人。院内売店に、新商品を次々リクエストする人。同郷のお掃除の人と、故郷談義で盛り上がる人。点滴のスピードを、自分の都合によって勝手に調節する人。採血のとき、きょうの血管を自ら指定する人。新米の医師や、無謀な遊びで骨折した若者を策を弄しておちょくりまくる人、等々。

大病院の大部屋では、明るい大病人が、病室のムードメーカーになり、後輩たちを日夜優しく叱咤激励する。自分はまあ、中間職ぐらいだから、たまに叱られたり少し慰めたりはする。

病は誰にとっても歓迎されざる客だ。いつの間にか上がり込んで、身内のような顔で(もっとも身の内だ)居座っている。なるべくなら穏便に、お帰り願いたいのだけれど、かれは、なにか用があるから訪れたはずである。それを用件も聞かず、いきなり「ふてえ野郎だとっとと失しゃあがれっ!」と叩き出しにかかると、逆上して暴れまくることもある。「なんでございますでしょうか。なんぞ手前共に不手際がございましたら、なんなりとおっしゃってくださいまし」と、下手に出て、じっくり先方の要求を聴くべきだと思う。

江戸のころ、「闘病」という言葉はなく、「平癒」といった。闘病が、撲滅駆除の叩き出しで、平癒が、来訪メッセージに歩み寄る示談ではないだろうか。たて籠った珍客は、偶然か必然か、ともあれ、自分の身体を選んで侵入し、居座った。

気難しい客だけれど、通じる言葉は、きっと見つかる。長年、病人をやっていると、そんな気がするのです。

酒を呑むにも上手下手

自分は、筋金入りの酒呑みだから、ほんのお湿り程度であれ、酒がなくては、ものが食べられない。どんなに旨(うま)そうな前菜が、目の前に置かれようとも、初めの一口の酒が届かないうちは、手はひざに貼(は)りついたまま。しかし、ものがなくとも酒は呑める。

呑み始めると食べるのが億劫(おっくう)になる。食べることは命の根幹で、本当に大切なのは解(わか)っているのに、食べる作業は運動と同じで、疲れる。しっかり食べるには、それなりの体力が必要だ。

最も面倒なのが、ナイフ・フォークと箸(はし)。人間以外に、道具を使わなければ採餌(さいじ)できない動物はいない。いちいち、持ち替えては置き、持ち替えては置く。

これは当たり前のことなのだけれど、酒呑みにとってはこのうえなく、うっとうしい。「呑むと良く喰う」タイプもいるが、胃弱の酒呑みには、そんな芸当はできない。結局、腹にたまらない、塩辛い珍味を、ちびちび嘗(な)めながら、ぐずぐず存分に呑むことになる。

これが、いちばん、いけないんだそうだ。こうやって二十年以上酷使し続けた、肝臓と膵臓が、ついに悲鳴をあげた。

しばらく断酒をして、臓器のご機嫌をうかがったうえで、また、ぼちぼち呑んでいる。断酒は、思いのほか辛くはなかった。それより、この先、呑めなくなる身体になるのが、厭だった。現在の臓器を休ませれば、将来は呑めるというのが、張り合いとなった。

ようやく血液検査による数値が、放免となった解禁のとき、「呑む前に食べろ」が、主治医との、唯一の約束。

まず、ちいさな盃で、梅酒を一杯（これは酒じゃない、いわゆる露払い）。そしてちいさな握り飯（海苔なし具なし）をひとつ。それに蜆か豆腐の赤出しを一椀。なんだか、とても、落ち着く前菜だ。こうすると、おのずと酒量も減るし、穏やかな満足感も得られる。なにしろ、箸を使わない握り飯と、嚙まずに飲める味噌汁が、なんの抵抗もなく、素直に受け容れられる。こんなん有り？　という意外なほどイージーな、呑ん兵衛必携の「救済符」。外の呑み屋で、初手にいきなり「お握りと赤出し」は、気恥ずかしいかもしれないが、馴染みの店に、訳を話せば、毎回そうしてくれる。この前菜、定着して欲しいと、切に願っております。

気味悪いケータイ

ケータイは、気味悪い。

路上でも、電車の中でも、みながスゴイ迅速に、親指を動かして、メールを送信している。隣で急に、リアルな着メロが鳴ったりもする。けっこう大音量だ。ペースメーカーに影響があるから、電源を切るようにというルールだが、ちっとも守られていない。

ケータイがなければ、死んでしまうというくらいの、必須アイテムなのだそうだ。何を送信しているのかと思えば、語彙(ごい)が、ものすごく幼稚な、話し言葉。こんなこと、わざわざ連絡しなくても、いいんじゃないという、他愛ない内容だ。これが、若者だけじゃない。イイ大人が、ちゃかちゃかやっている。

「つながっている」安心感で、今を生きられるのだと云(い)うのだけれど、あんなのは、ちっとも、つながってなんか、いない。

触れられる距離にあって、肉声で、気持を伝えてこそ、絆(きずな)を確認できる。

足を運んで、一歩ごとに近づいて、会いに行く。肩に触れ、握手して、あいさつをする。それが、人間の、付き合いだ。

機能満載のケータイによって、身体感覚が著しく低下している。生身に会ったこともないのに、唯一の友人と思い込んだり、ちょっとした不満を、不用意に垂れ流してしまったりする。自制もなしに。

まるっきし、脳ミソを使わない方法だ。

手間を惜しまぬほど、人づきあいは深くなる。手抜きで三百人と知り合っても、温もりは、ほんのわずかしか得られない。

都合の良い、バーチャルな人生は、いつでも簡単に手に入るけれど、達成感はない。

便利は、不健康だ。

不便を、克服してゆく過程で、ひとは、ちからをたくわえていく。

手の平の中の、ちっこい装置は、おもちゃであって、体温はない。

自分は、隠居十年目だから、世の中のいろんなことに小言を云う。

それが、いわば、仕事だから、鼻の穴をふくらませて、なんだかんだ云う。

それは、誰もが身の詰まったカニのような人生を味わって欲しいからです。

「五感」は、生き物の、最大の宝です。観(み)る、聴く、触る、嗅(か)ぐ、味わう。

液晶の画面に、おぼれて、周りの風や光をキャッチできないように、ならないでね。

「若い」は「苦しい」

「若い」という字は「苦しい」という字に似ている。そんなような歌詞のフォークソングが、その昔あったような気がする。

中高生のころ、「ヤング」という言葉が、とても恥ずかしかったおぼえがある。なにか、小馬鹿(こばか)にされている響きだった。

コドモの自分がイヤでならなかったが、かといって、オトナはもっとイヤだった。オトナのイメージは、のべつ偉そうに説教して、何でも社会のせいにして、自分に甘く、だらしない。

いつのまにか、自分もオトナをうかつに過ごし、もはやオバンどころかババアである（実際、早婚の同級生には孫がいる）。

アイヤ、たいしたたまげたもんだ。

近ごろのババアは、見た目が若く、渋谷の娘っ子と変わらないトレンドの服を着て、ぎりぎり軽薄げになるところに、どしっと重厚な本物の威厳のあるブランドを、さりげなくあしらって、娘っ子との差別化を自己主張しつつ、悠然と闊歩している。

その、したたかさ。だてに歳を取っちゃいない。ご立派。若々しく、はつらつ生き生き暮らすのは、最上の人生だ。

「心は生涯、少年少女」は結構。気持ちは、衰えることなく前向きで生きていきたい。けれども、形あるものは、すべからく歳月を刻む器であり、万物は、それを免れ得ない。肉体も、また。

「アンチ・エイジング」。いつまでも若く美しくは、ロウ細工の食品サンプルと悟るべし。つまり、おいしそうなだけのイミテーションだ。若さ、それは桜の花や、花火と同様、散ってこそ価値がある。桜が一年中咲きっぱなしなら、ビニールの造花と同じだし、花火が夜空に張り付いたままなら、繁華街のネオンと同じだ。

シワやシミ、容貌体力の衰えは、いわば年輪で、「歳月への領収書」にほかならない。たゆまぬ努力と、投資により、実年齢より若く保つことは可能だ。でも、なぜ、実年齢を否定する必要があるのだろう。重ねていく年齢に、なぜ、落胆するのだろう。生れてきたからには、だれもが老いる。老いるとは、生きている証しだ。

やめよう、若作り。過去の若さにしがみつくのは、今現在の自分に不誠実だ。見た目だけの若さは、未練が見苦しい。

老いて美しく。望みたいのは、「ナイス・エイジング」。

巨大病院の外来

巨大病院の外来に、通い続けて十一年目。近所に、「かかりつけ医」があっても、ややこしい検査のため、外来と縁が切れない。

朝八時三十分、診療開始。その一時間前には、薄暗い待合所の長椅子(ながいす)に、人の頭が居並ぶ。「朝イチ」が、最も待ち時間が少なくて済むからだ。時間が後になるほど、急診患者の割り込みにより、予約時間が大幅に遅れていく。名医なら、尚(なお)、その率は高い。「予約再診組」は、一応、通えるだけの気力・体力があるのだから、急患よりは「元気」な訳で、順番を譲るのに、やぶさかではない。

とはいえ、毎々そうだから、予約の際、急患の「見込み」を含んで、タイムスケジユールを組めないものか。

巨大病院が、自宅近くにある人は稀(まれ)で、たいてい、九十分くらいは苦にせず通って来る。中には、主治医と離れられなくて、飛行機通院している人もある。てもたいそうな。

自分の場合、徒歩と電車とバスで往復三時間、採血と待合所で二時間、診察十分、会計二十分、処方箋薬を受け取るまで三十分。ざっと六時間。外食して帰宅すれば、丸一日潰れる。

寒い時季には、密閉された待合所の前後左右で「ゴホンゴホン」だから、風邪を貰って帰ることも、しばしば。

愚痴ばかり云うものの、定期的な通院は、日常の中で、ひとつの「生きる張り合い」ともなっています。

巨大病院は、あらゆる人生の吹きだまり。老若男女、国籍、貧富の差異を超えて、さまざまな命のエピソードに満ちている。

産まれたばかりの赤ちゃんを抱く茶髪の母親もいれば、一世紀近く生きて来たと思われる母親の車椅子を押す、七十過ぎと見える娘（嫁？）の姿もある。松葉杖で後輩の尻を叩くヤンキーもいれば、ストローで老妻にジュースを飲ませる紳士もいる。「人間は病の容れ物」とは、良く云ったもので、どこも欠けていない、完璧な人など、存在しないと、解る。病は、自身の去来を、あらためて考えるきっかけともなる。自らの「弱さ」を具体的に身をもって知って、あたりまえの日々を、ありがたく思う。

巨大病院への外来は、日帰り登山のような疲労と共に達成感が味わえます。とりあえず、「予約再診」であるかぎりは差し迫った状態ではなく、とりあえず、通えるうちは「元気」なのです。

体に悪い数字

数字って、なんだろう。

身の回りにある、ほとんどのものに、数字がついている。時計、カレンダー、携帯電話、銀行やクレジットカードの暗証番号、商品のタグについた品質表示や値段、メモ帳、時刻表、炊飯器、電子レンジ、給湯器、エアコン、洋服や靴のサイズ、などなど。

たぶん、わたしたちは数字なしには、一日も暮らせないだろう。ひとりひとりが、それぞれの数字を把握して、しっかり管理していなければ、無能な人になってしまう。なんでもかんでも、数字で評価できる。住んでいるところが、どんだけの坪数で、建築費がどんだけかかって、そこはどんな人気度の地域で、どんな高級車を何台持っていて、どんだけの価値のある宝飾品をどれほど持っていて、子供にはどんだけ学費のかかる教育をしていて、どんだけ納税をしていて、どんな牛肉を食べて、どんな会員証を何種類もっているのか、などなど。

そんでもって、自分と比べて、うらやましいとか、ハイソだとか言ったりする。平均値や偏差値もそうで、全体の中で、自分がどのあたりにいるのかを、知る数字となっている。

自分が何番目かなんて、無意味だ。自分は自分で、他人は他人。比べること自体、無理なのに、数字があるから、目に見えるように勘違いしてしまう。だいたい、満足度なんかは、本人以外に、推し量ることはできないのだから、優劣はありえない。

健康も数値で計られる。健康診断の結果、すべてが適正値の範囲内なら、だれもがほっとする。境界域にかかった部位が一カ所でもあれば、とたんに病人になった気がして、がっくりする。生活習慣病の予防にはなるのだろうけれど、細かい数字に一喜一憂して、大騒ぎするのは不健康だ。

照る日、曇る日があるように、体調にも日々、変化がある。平均値と外れていても、はつらつとしていたり、検査になんの異常がなくても、しょんぼりしていたりする。数値は、風向きを知る予報であって、自分の健康の出来不出来ではないと思う。

ことに、年齢、身長、体重、スリーサイズ。それらは、十の単位で認知していれば十分なことで、それなりに安定していればＯＫのはずだ。わたしたちが持つ、命の力は、たぶん数字では測れない。

死とか生とか

心の病のひとつに「リストカット」がある。カッターナイフなどで手首を切る自傷行為だが、最近では「リスカ」と呼ばれている。上腕を切る「アームカット」、「アムカ」や、いちばん危ない首周辺の「ネッカ」もある。レモンスカッシュをレスカと略すのと同じ感覚で、あまりにも安直に可愛すぎる。

これら、いわゆる「なんちゃって自殺」は、若い女性中心の流行りものだが、ボディーピアスやタトゥーの延長にある、過激なファッションじゃない。それらとは明らかに違う。ボディーピアスやタトゥーは、本人が格好いいと信じているからやるのであって、リスカは常習行為となってやめられないのだけれど、本人は、できればやめたいと思っているし、疵跡を汚いと恥じて、嫌悪している。

「どうせ死ぬ気なんかないくせに」「人騒がせな目立ちたがり屋」と、たいてい世間からは相手にされない。けれど、本人はいつも本気だし「なんちゃって」が「本物」に転ぶかもしれないと恐れながら、疵の上に疵を重ねている。ともあれ、生きているのが死ぬほど辛いのは確かでも、さりとて、死にたくもないのである。「死ぬ目的で切る」のではなく、「生きるために切る」行為、と思う。

こう書いてくると、まるで「自傷」の理解者みたいに誤解を招きかねないが、ちっとも理解なんかできない。その行為は、どんな理屈をつけようとも、愚かだ。「病気の心」のいいなりになってるだけだ。そのことは、本人が一番良く知っているはず。

生きているものは、例外なく、やがて死ぬ。終わりのない命などない。だから、死のことなんか心配せずに、とりあえず、死ぬまで生きていればいい。せっかく、こうやって肉体と心を持って、今、ここにいるのだから、せいぜい生きていれば、周りをとり囲む背景や状況の展開も移ろっていくだろう。焦るな。「慌てる乞食は貰いが少ない」。なにひとつとして不変のものはないのだし、世界の中心に、たった独り立っているわけじゃなし、外野スタンドから、この世というゲームを観戦し声援し夢中になって参加すればいい。

生老病死は命の四点セットだから、平等に付き合おう。病気のときは生きて老いることを考え、元気なときは老いや病気を考え、老いれば病と生きることを考えれば、円く死が完結させてくれる。

心の病でも、病に溺れず、生きて老いることをまず考えよう。

色事は四十からがおもしろし

シジュウカラは、おもしろい。冬の朝、ツツピーツツピーと、かん高いさえずりで、大気を研ぎ澄ます。スズメより細い体で、よくもまあ、あんなに張りのある声が出るもんだ。黒い頭にネクタイ、白い頬、グレーに一筋白線のスーツ。スタイリッシュな鳥だ。

夏のはじめ、巣立ちに失敗して、アスファルトの路上にへたりこんでいる、シジュウカラの幼鳥を、ひろった。

こいつが、ことのほかちっこい。最後に巣を出たビリッケツなのだろう。落ちた拍子にどうにかしたか、羽がなえて、放れば腹からどっすん、まるきり飛べない。結局、うちの居候（いそうろう）になった。

名前はチョピ。見るからにちょぴっとしたヤツだ。わがままで、いたずら。手は怖がらないが、なつきはしない。新しい巣は、毎日せっせと壊す。敷き紙は、即座にばらばらに散らかす。グルメで、おいしいとこだけちょっぴりかじる。ヒマワリの種なら、まんなかの柔らかく甘い部分だけ。ミルワーム

（幼虫）は、脱皮したての真っ白なのがお好み。ご飯は新米の炊きたてに限る。呼べば返事はするが、いつも背中越し、そっぽ向きでくちばしをとがらせて、忙しそうにかごの天井を反転している。可愛くないところが、やけに可愛い。

シジュウカラ、か。「色事は四十からがおもしろし」という、江戸の川柳がある。若いうちの恋愛は、繁殖目的の衝動だから、DNAに組み込まれた義務の行動である。けれど、繁殖期を過ぎた世代にとっての恋愛は、体力ではなく創造力の領域で、それこそが、経験と技を尽くす、高等遊戯＝色事だ、と言っているのである。

スゴイぞ、コレは。シジュウから、だぞ。

シジュウカラのように、わがままに、いたずらに、高らかにさえずって、おもねらず、卑下せず、世を軽やかに。「シジュウカラ倶楽部」を作った。なんのことはない。四十過ぎの呑み友達で、自分の時間を自分でコントロールできる（つまり、伴侶でも親でも職員でもない、一個人の時間をときどきは持とうという）オトナを自認する会だ。まだ三人。色事には縁遠い面々なのが、ちょっとお笑い。

だれもが平均寿命を生きられるわけではないが、いちおう、四十からは折り返し地点なのは確かだ。江戸では四十を「老いの坂」といい、ゆるゆる下る坂の入り口と見た。登りのときはしんどくて見えなかった景色も、しばし遥か遠くまで見渡せる時期でもある。

おたのしみはこれからだ。シジュウカラはおもしろい。

オトナに必要なものは「憩(いこ)い」

オトナはくたびれている。

手のひらに山盛りのサプリメント。医者に通い、宴会に通い、家族を思いやり、職務を気遣い、自分なんか、ポケットの隅の毛玉くずのように置き去りだ。

がんばって来た。ほんとうに良くがんばった。ぼちぼち、上手に、サボろう。

まずは陽に当たろう。夜は疲れる。ひとりの時間を、ほんのり明るく楽しもう。

リラクゼーションだの、ヒーリングだの、ケーキやデザートみたいな処方は、ニッポンのオトナ（オジサン、オバサン）には効き目薄。「ストレスがね」なんて自己診断するワカモノが、ソレらに金を使えばいい。

オトナに必要なものは「憩い」。

憩うとは「ひとり」を楽しむ時間のこと。他人任せの温泉ツアーや、有名シェフの晩餐会（ばんさんかい）でもない。予約やチケット無しに、ずっと身近に、日常の中で、自分自身を和ませなくては。

「憩」という字は、心の上に自らの舌が乗っている。心と自らと舌。これは、味わうことにより、心身がいやされるということだろう。飲食のみならず、景色、出会いも味わいだ。それを、ひとりで、する。ひとりで選んで、ひとりで行って、ひとり、味わう。

オトナなんだから、ワケないはずだが、案外、みんな、していない。

ここに秘策あり。ソバ屋さん。

ぽっかりあいたハンパな午後（二時から四時ごろ）、存分に憩える空間が出現する。

その時間帯のソバ屋さんは、オトナの貴賓席。ほの暗い店内は、昼下がりの陽光に包まれて、座った席がカンガルーポケットとなる。メニューの組み立ても自在。むろんソバだけでもいいが、いきなりソバ汁粉でもいい。次に板わさと燗酒（かんざけ）でもいい。熱々の鴨南（かもなん）の後に冷酒で、もり一枚をたぐるのもいい。

普通のレストランなら、デザートの後にメインディッシュは注文できない。食堂だって、昼酒の客など歓迎しない。焼き海苔（のり）をツマミに一合酒を三十分かけて、のうのうと過ごせるのは、ソバ屋さんだけだ。

ストレイシープを、いつでもかくまってくれる、たそがれ時のソバ屋さんに敬意を表して、「ソ連（ソバ屋好き連）」を結成して十二年になる。腹ごしらえではなく、心ごしらえが会則。シメのソバ湯を飲み干すころには、まるまると、自分が、満ちている。

ソバ屋さん、ありがとう。

《最期の晩餐》塩ご飯

なにか一品と問われれば、答えるものは、決まっている。塩ご飯。

冷や飯に、塩をパラッと振る。冷や飯とは、その日炊いた飯が、室温に冷めたもので、冷蔵庫に一旦入れた飯では困る。昨今、飲み屋でヒヤというと、ガラスの盃を出され、ふっとイヤな予感がすると同時に、キンキンに冷えたのが来る。本来ヒヤとは室温に定まっている。キンキンのは、はっきり「レイシュ」と呼ぶべきだ。

米、炊き方、塩は、頼む人に任せる。深い木椀、しっかりした木の箸で、もくもくと食べたい。白湯の冷ましがあれば重畳。

家族にも、もし先立ったら、仏壇には塩ご飯と頼んである。酒は好きだが、最期に呑みたいと思わない。ほんとうの酒呑みではないのかもしれない。

塩ご飯だけで、体が保てれば良いのだけれど、そうもいかなくて、日々いろいろ考えて食べなければならない。面倒な事である。

杉浦日向子全著作リスト

合葬
青林堂、一九八三年五月／ちくま文庫、一九八七年一二月／『杉浦日向子全集』第二巻（筑摩書房）、一九九五年一二月

ゑひもせす
双葉社、一九八三年八月／ちくま文庫、一九九〇年七月／双葉社、二〇〇六年一月

百日紅
第一巻一九八五年九月、第二巻一九八六年九月、第三巻一九八七年九月、すべて実業之日本社／『杉浦日向子全集』第三巻〜第四巻（筑摩書房）、一九九五年一〇月／ちくま文庫（上、下）、一九九六年一二月

ニッポニア・ニッポン
青林堂、一九八五年一二月／ちくま文庫、一九九一年七月

二つ枕

青林堂、一九八六年六月／『杉浦日向子全集』第一巻（筑摩書房）、一九九五年一一月／ちくま文庫、一九九七年一二月

江戸へようこそ

筑摩書房、一九八六年八月／ちくま文庫、一九八九年一月

風流江戸雀

潮出版社、一九八七年五月／新潮文庫、一九九一年六月／『杉浦日向子全集』第六巻、一九九六年二月／小池書院、二〇〇七年一〇月

大江戸観光

筑摩書房、一九八七年五月／ちくま文庫、一九九四年一二月

ＹＡＳＵＪＩ東京

筑摩書房、一九八八年七月／ちくま文庫、二〇〇〇年三月

百物語
第一巻一九八八年八月、第二巻一九九〇年一二月、第三巻一九九三年七月、すべて新潮社／新潮文庫、一九九五年一一月／『杉浦日向子全集』第七巻〜第八巻（筑摩書房）、一九九六年三月〜四月

江戸アルキ帖
新潮文庫、一九八九年四月

東のエデン
青林堂、一九八九年五月／ちくま文庫、一九九三年七月／『杉浦日向子全集』第五巻（筑摩書房）、一九九六年一月

ウルトラ人生相談
朝日新聞社、一九九〇年三月

とんでもねえ野郎
青林堂、一九九一年七月／ちくま文庫、一九九五年七月／『杉浦日向子全集』第六巻

（筑摩書房）、一九九六年二月

東京イワシ頭
講談社、一九九二年五月／講談社文庫、一九九六年一月

杉浦日向子のぶらり江戸学
マドラ出版、一九九二年一一月／『お江戸風流さんぽ道』小学館文庫、二〇〇五年七月
に第二部として収録

呑々草子
講談社、一九九四年一〇月／講談社文庫、二〇〇〇年二月

入浴の女王
講談社、一九九五年九月／講談社文庫、一九九八年八月

杉浦日向子全集（全八巻）
筑摩書房、第一巻一九九五年一一月、第二巻一九九五年一二月、第三巻一九九五年一〇

月、第四巻一九九五年一〇月、第五巻一九九六年一月、第六巻一九九六年二月、第七巻一九九六年三月、第八巻一九九六年四月

一日江戸人

小学館文庫、一九九八年四月／新潮文庫、二〇〇五年四月

お江戸風流さんぽ道

世界文化社、一九九八年八月／小学館文庫、二〇〇五年七月に第一部として収録

大江戸美味草紙（むまそうぞうし）

新潮社、一九九八年一〇月／新潮文庫、二〇〇一年六月

ごくらくちんみ

新潮社、二〇〇四年九月／新潮文庫、二〇〇六年七月

4時のオヤツ

新潮社、二〇〇四年一一月／新潮文庫、二〇〇六年七月

隠居の日向ぼっこ
新潮社、二〇〇五年九月／新潮文庫、二〇〇八年三月

杉浦日向子の食・道・楽
新潮社、二〇〇六年七月

うつくしく、やさしく、おろかなり　私の惚れた「江戸」
筑摩書房、二〇〇六年八月

共著

その日ぐらし
ＰＨＰ研究所、一九九一年四月／ＰＨＰ文庫、一九九四年四月

江戸戯作
「新潮古典文学アルバム24」新潮社、一九九一年一〇月／『うつくしく、やさしく、お

ろかなり　私の惚れた「江戸」』筑摩書房、二〇〇六年八月、に収録

杉浦日向子の江戸塾
ＰＨＰ研究所、一九九七年九月／ＰＨＰ文庫、二〇〇六年五月

ソバ屋で憩う
ビー・エヌ・エヌ、一九九七年一〇月／新潮文庫、一九九九年一一月／新潮文庫増補改訂版『もっとソバ屋で憩う』、二〇〇二年一一月

東京観音
筑摩書房、一九九八年一月

いろはカルタに潜む江戸のこころ・上方の知恵
小学館、一九九八年一一月

奥の細道俳句でてくてく
太田出版、二〇〇二年八月

お江戸でござる
ワニブックス、二〇〇三年九月／新潮文庫、二〇〇六年七月
杉浦日向子の江戸塾【特別編】（対談集）
ＰＨＰ研究所、二〇〇八年一〇月

妹としての杉浦日向子

鈴木雅也

杉浦日向子という作家の仕事と人柄について、まだ知らない方にも伝えられるような内容でと、原稿を頼まれました。何故（なぜ）かというと、私は彼女にとって、一人しかいない五つ年上の兄だからです。確かに社会人になるまでは、同じ屋根の下に住み、仲の良い兄妹でした。私も、出版関係の仕事はしていますが、写真を撮ることで生計を立てています。だから文章を書くことはかなり苦手です。彼女の仕事にあれこれ言うほどの知識も持ち合わせていませんし、あまりにも近い存在だったので、皆さんの知りたい杉浦日向子はどう表せばよいのか、逆に全体像が見えないのかもしれません。でもたった一人しかいなかった可愛（かわい）い妹だったので、少しでも分かってもらえたらと思っています。

彼女が生まれてから高校まで、私達は、小さな長屋に四人家族で仲良く住んでいました。父は呉服屋をやっていて、京橋に事務所のような店を構えていた時もあり、月に数回（もっと少なかったかな？）家族でする「銀ブラ」は本当に楽しみでした。
母が「動物愛護協会」に勤めるくらいにみんな動物好きなので、犬、鶏（チャボ）、十姉妹、インコ、ハムスター、金魚、熱帯魚、時にはヒキガエルまで、新宿区上落合の狭い長屋の庭や部屋の中にひしめいていました。この本の中でも妹の動物好きの片鱗が分かると思います。兄として特に悔しかった思い出は、長屋の隣の犬が私にだけなつかず、事あるごとに吠え付き、度々噛み付かれたことです。六歳だった私の恐怖心をその犬はすぐに読むのでした。ところがまだオムツも取れていない妹に対してはおとなしいのです。心の奥に、犬へのトラウマと、妹にはかなわないというコンプレックスがこの時、生まれたようです。

幼稚園に入るまでの妹は、とにかくよく泣く子で、何か気に入らないことがあると、どこにこんな量が入っているのかと思うほどの涙をふきだしながら泣くのです。だから両方のほっぺたはいつも真っ赤なりんごのようになっていました。これでは三年保育の幼稚園に入れたら、さぞかし大変だろうと思っていたところ、幼稚園の門をくぐった途端に、とても優秀な園児に変身を遂げて、また家族をビックリさせて「内弁慶のネコかぶり」と、いわれていました。

優秀なのは生活態度だけではなく、成績も抜群で、私が色々な塾に通わせられても一向に効果がなく、いつも低迷しているのを尻目に、大好きだった「お絵かき塾」だけに通っていました（お付き合いで短期間、バレエ教室も行っていました）。小学校に入ってすぐに油絵も描き始め、両親もその才能を喜んで、ふすまなどにも自由に描かせて自慢の様子でした。初めて我が家を訪れた方は、庭で犬と鶏が仲良く一緒にいることを珍しがり、狭い部屋に入ると、町並みの屋根の上に高く伸びた竿の先で気持ちよく泳いでいる鯉のぼりのふすま絵に微笑み、二枚のふすまのあけしめで長さを変えるシロナガスクジラとその周りを泳ぐ、ふぐ、カニ、海老、ヒトデ、ヤドカリ、サザエ、そして海藻類に驚いているようでした。写真を探すと、鯉のぼりはあったのですが、クジラの方は大きすぎて、まともに写っているものはありませんでした。

私が中学生の頃、妹は小学校低学年。三ミリもない厚さのベニヤ板で区切られた子供部屋だったので、隣の兄の趣味や行動は筒抜けだったようです。相変わらず勉強には興味が無かった私は、思春期の行動力も加わって、ロックや洋画、カメラ、自動車、オートバイなどの機械物に夢中になり、部屋の中をプラモデルなどでいっぱいにして、壁をポスターで埋めていました。高校では更に趣味への逃避が激しくなり、手に入れたカセットレコーダーに、自分が興味のあったものを見境なく（ロックだけではなく、落語、漫才、歌舞伎、浪花節、テレビのヒーロー物のテーマソング、ラジオ・オーストラリア、北京放送、大本営放送、玉音放送まで）詰め込んで聞いていました。きっと隣では嫌でも聞こえるはずです。そのカセット編集の節操の無さを注意されたこともありました。「マーちゃん。カセット高いのは分かるけど、月光仮面とビートルズ、志ん生とピンク・フロイドは一緒にしないほうが良いよ。何かと思っちゃった！」私が大学、彼女が中学に入った頃にはいつの間にか落語とロックに関しては完全に逆転状態になって、妹の意見を聞きながら一緒にレコード店に行くことが多くなりました。ちなみにそのレコード店「ツッヰサウンド」（この店の看板が良い具合に錆びて、近所の銭湯の湯船の上にかかっていました。）には、近所に住んでいた赤塚不二夫氏も良く買いに来ていたそうで、彼のマンガの中にこの店の名前を見つけると、うれしかったものでした。中村とうようを筆頭に糸居五郎、亀渕昭信、星加ルミ子、木崎義二などが、私のロックの海を渡る羅針盤でしたが、妹はそれに渋谷陽一という強力な磁場を発生させる針を加え、まったく違った方向を指し示し、私を驚愕させ、そして納得させるのでした。私が妹に教えて感動させたアーティストは、キング・クリムゾンくらいのものだったのに、彼女から教えてもらったザ・バンド、キンクス、リトル・フィート、ライクーダー、ＪＪケイル、10ＣＣ、ＳＨＦバンド、超マイナーなＵＫロックなどを含めるときりがなくなりますが、ずいぶんと視野を広げてもらったものです。カメラ、自動車などの機械物にはさすがに付いてきませんでしたが、オーディオに関しては私よりも詳しかった。その頃、秋葉原のオーディオ専門店でアルバイトをしていたのですから当然でした。「ウエスギアンプにはモガミケーブル。それでシーメンスの一枚板バッフルスピーカーを鳴らすと、最高だよ！」なんて、およそ十代の女の子らしくありませんでした。

その頃、妹は漫画に興味は無かったようです。私が「がきデカ」や「マカロニほうれん荘」などを夢中に読んでいる時でも興味を示しませんでした。美術学科のある高校に通っていた頃は、デッサンなどは優秀で、良く模範作品として張り出されていたそうです。ところが進学した大学の美術学科は二年で退学してしまいました。中学の時は東京藝術大学もねらえると言われていたのに、私が写真学科に入ったことで、同じ大学に行きたいと思ったのが高校進学の判断ミスで、そのまま進んでしまった日大芸術学部には本当に失望したようです。その後、呉服屋の父のスタッフだった加賀友禅染め職人の元で見習いなどをしながら、時代考証家の稲垣史生（いながきしせい）氏の下で勉強をしました。彼女にとっても自身の身の振り方を考える一番大変で、そして充実していた時期だったと思います。

最初に青林堂の「ガロ」に投稿したのが良かったと、皆さんがおっしゃいます。私もそう思います。なぜならば漫画的な描き方はほとんど知らないと言っても良いくらいだったのです。きっと大手出版社の募集の中では、一次選考さえも通ったかどうか分からなかったでしょう。しかし漫画的な技術は未熟だったかもしれませんが、本来のデッサン力は、幼稚園から「お絵かき塾」に通っていた為、しっかりと身についていました。「お絵かき」などと言っていますが「日展」に無審査で出展できる画家がアトリエで教えている、近所でも有名なところだったのです。兄から見ても妹は相当に頭が良く、読解力も吸収力も想像力も人並みはずれていたので、定期的に「ガロ」に作品が出る度にどんな切り口で捕らえて、どんな表現で表すのか、楽しみに待っていました。私も彼女のファンでした。

絵の基礎はしっかりしていたために、その後色々な技術を吸収して、様々な表現の作品が出来たのはご存知のとおりです。独特の画風がないといわれたこともあったようですが、私だけではなく漫画をよく知っているファンの方ならば初見の作品でもすぐに彼女の作品だと分かるはずです。それだけその線や構図、間のとり方には、血の通った特徴を見ることが出来ると思います。

漫画で認められたという実感が出てきた頃から、彼女の創作意欲は益々高まったようです。同じ江戸時代でも、幅広い年代や場所に物語が及ぶようになりました。みんながが知っているところよりも少し違った視点で表現してみたい。そして思わず膝をたたくような作品にして証明したい。そう考えていたのでしょう。兄としてはその思考回路は理解できます。最初の大胆な試みは「吉良供養」だとおもいます。「忠臣蔵」をひっくり返すのですから、表現方法は相当に練ったことでしょう。あの人気テレビ番組だった「ウィークエンダー」みたいに事件をパーソナリティーが抑揚をつけて面白おかしく忠実に伝える。確かに臨場感があって、新しい表現方法だと思いました。もう時効だから言いますが、もっと画風をコミカルに振って、吉良家の絶望的な戦いに焦点をあてた試作品を盗み見たことがありましたが、あれは途中で止めたようです。

そしてその後に、彼女の精神（感情移入）が一番高まった作品と思われる「合葬」の連載が始まります。妹の作品はたくさんの方々が評論してくださっているので、それについての意見などは言いませんが、読書後に味わえるカタルシスも含めて、最高の作品だと私は思います。幕末から明治に変わる時、上野戦争に巻き込まれていく三人の少年達の悲劇を、悲しさだけでは終わらせない力量で展開していきます。そこには友情も恋も、思い違いでの喧嘩まで、若さゆえに絡まってしまい、読む人たちの胸をかきむしります。会津に向いながら力尽き気を失って倒れた主人公を心配そうに覗き込む少女の純真な瞳は、フェリーニの「甘い生活」のラストで主人公（マルチェロ）を見つめる少女の瞳と重なり、私にはこの世にいる天使に思われ、そして救われます。

その後「風流江戸雀（えどすずめ）」「百日紅（さるすべり）」「百物語」「二つ枕」「とんでもねえ野郎」などの連載に多忙を極めていたときに、「漫画だと、一生懸命に調べて絵に描いても十分の一も生かすことが出来なくてすごく無駄なことをやっている気がする。」とぼやいたことがありました。きっと同じ時代物を書いている小説家の作品を読んで、自分の方は、随分と割が合わないと思ったようです。確かに小説だったら、例えば長屋の場面などでも登場人物達の話だけでよいものが、漫画だと、周りの風景やその他諸々の大道具小道具、着物の柄から身につける小物、髪型までその時代と地方の特徴を描かなくてはいけない。「でも、毎回楽しみに待っているファンも多いだろう？」とだけ言いましたが、その顔は相当疲れているようでした。三十年以上写真で生計を立てている私も、一度も助手を使ったことがありません。そんなに忙しくもなかったからですが、そこまで能率を上げて仕事をしたいとは思わない性分です。だからその後に彼女が断筆して「隠居宣言」した時も、「ああ、やっぱり。」とそんなに不思議には思いませんでした。

その後、漫画は描かなくなりましたが、テレビの仕事も入ってきて、それなりに忙しくしていたようで、以前よりも話をする機会が増えることはありませんでした。でも時々一緒に出来る仕事を持ち込んでくることがありました。本の装丁の表紙の写真などが多かったですが、「4時のオヤツ」というのもありました。色々なオヤツにまつわるショートショートストーリー。妹が物語を作り、撮影は私。ひとつ注文がありました。いつも撮っている料理のカタログのような写真（失礼な！）ではなく、手に持っていてまさに今食べようとしているところ、照明や色などは気にしなくて臨場感を重視。これは私も面白いと思ったので、毎回の撮影を結構楽しみにしていました。使ったことのないカメラやフィルムなどあれこれ試してみたかったのです。ただ彼女はいつも忙しかったので、撮りたいオヤツと物語の趣旨を伝えると、撮影現場に来ることはほとんどありませんでした。だからあのオヤツを持っている手は大体が妻の弘子でした。でも一度だけ、「言問（こととい）団子」を撮りに浅草に妹といった時がありました。二人で浅草寺の仲見世や境内、「花やしき」などを歩き回り、心情風景的な写真を集めました。そして団子を買って、どこか良さそうなバックの前で妹がそれを手に持ったところを撮る筈（はず）でした。ところがアポイントも無く行動しているのでその日、団子屋は閉まっていました。日にちを変えて出直すには時間がありません。さんざん考えて同じ浅草の「梅むらの豆かん」に飛び込んで、アポ無しことわり無しで、さっさと撮って出てきました。帰り道に妹が「普通のカメラマンだったら、いまごろ怒っているね。」と苦笑いして言うものだから、「(相手が)普通の編集者だったら、いまごろ怒っているだろね。」と苦笑して言い返しました。今ではいい思い出です。

この『食・道・楽』に載っているエッセイは、何冊かの月刊誌に連載されたものが多いのですが、中で「こう見えても、中堅病人だ。」といっているとおり、体の具合はあまりよくはなかったようです。そして連載された月刊誌「ゴチマンマ!」は『3分クッキング』、「酒器十二か月」は『食彩浪漫』、「きょうの不健康」は『きょうの健康』と、私が三十年近く仕事をいただいている、いわばナワバリみたいなところだったのです。それでも新参者の妹は自分の名前で誌面を飾る作家の先生で、私はたまま料理の先生の作品の写真説明のために採用されている昔からの出入りのカメラマンという立場です。しかし同じ誌面に二人で名前が載るのはうれしいことだったし、撮影現場で「日向子先生には、お世話になっております。」と挨拶されるのも、こそばゆいけれども、悪い気はしませんでした。今思えば、具合がよくなかったこともあって、私の仕事の世界に近づいてきたのかなとも考えられますが、分かりません。

妹の漫画の熱烈なファンでもあった私ですが、彼女の書く文章も日向子らしさにあふれていて、軽妙で分かりやすく上手いと思います。ただ正直この本の読み始めはちょっと説教臭い。目線が少し高いことも気になります。江戸時代からやってきて、古き良き気質を尊び、少々頑固な知識人である「杉浦日向子」だったらこう書くのではと、少し無理をしているところがあると思いました。それはそこまでして、今までの自分の経験したことや、人生を言いたい時期だったから、かもしれません。そのことが昔、妹が幼稚園の門をくぐるときに被っていた「ネコ」を私に思い出させました。メタファー（隠喩法）としての「それ」は、彼女を落ち着かせるためにはとても大切なものなのです。その中でならば、外の世界に対しての立ち振る舞いや言動、本心まででもが滑らかに出せるということを三歳の時から自然に分かっていたのでしょう。

そう思って読み進めると、だんだんかぶっているものが気にならなくなり、素顔の妹が見えてくるのが分かります。今まで折に触れ考えてきたこと、楽しかったことやうれしかったこと。愛情をかけた動物や様々なものたち。どういうふうに暮らしてきたのか、どんな風に生きたいのか、活きたいのか、エッセイやフィクションの中でのその声は等身大の大きさで今までになく、近くに聞こえてきます。しかもなるべく明るく可愛く、「こんな私ですけど、みなさん。分かりますよね!?」と、私を好きになってほしいという気持が伝わってきます。だから「杉浦日向子」らしくない本だと言う方もいると思いますが、私にとっては、賢く器用に楽しくやっているように見えていたのに、実は相当不器用にアッチャコッチャと懸命に生きていた「私の妹」を感じさせ、愛(いと)おしくなる一冊です。

（二〇〇八年十二月、写真家）

この作品は平成十八年七月新潮社より刊行された。

杉浦日向子著

江戸アルキ帖

日曜の昼下がり、のんびり江戸の町を歩いてみませんか――カラー・イラスト一二七点とエッセイで案内する決定版江戸ガイドブック。

杉浦日向子著

百 物 語

江戸の時代に生きた魑魅魍魎たちと人間の、滑稽でいとおしい姿。懐かしき恐怖を怪異譚集の形をかりて漫画で描いたあやかしの物語。

杉浦日向子著

一日江戸人

遊び友だちに持つなら江戸人がサイコー。試しに「一日江戸人」になってみようというヒナコ流江戸指南。著者自筆イラストも満載。

杉浦日向子著

ごくらくちんみ

とっておきのちんみと酒を入り口に、女と男の機微を描いた超短編集。江戸の達人が現代人に贈る、粋な物語。全編自筆イラスト付き。

杉浦日向子監修

お江戸でござる

お茶の間に江戸を運んだNHKの人気番組・名物コーナーの文庫化。幽霊と生き、娯楽を愛す、かかあ天下の世界都市・お江戸が満載。

宮木あや子著

花 宵 道 中

R－18文学賞受賞

あちきら、男に夢を見させるためだけに、生きておりんす――江戸末期の新吉原、叶わぬ恋に散る遊女たちを描いた、官能純愛絵巻。

宮部みゆき著

ほのぼのお徒歩日記

江戸を、日本を、国民作家が歩き、食べ、語り尽くす。著者初のエッセイ集『平成お徒歩日記』に書き下ろし一編を加えた新装完全版。

宮部みゆき著

堪　忍　箱

蓋を開けると災いが降りかかるという箱に、心ざわめかせ、呑み込まれていく人々――。人生の苦さ、切なさが沁みる時代小説八篇。

宮部みゆき著

あかんべえ（上・下）

深川の「ふね屋」で起きた怪異騒動。なぜか娘のおりんにしか、亡者の姿は見えなかった。少女と亡者の交流に心温まる感動の時代長編。

宮部みゆき著

火　車

山本周五郎賞受賞

休職中の刑事、本間は遠縁の男性に頼まれ、失踪した婚約者の行方を捜すことに。だが女性の意外な正体が次第に明らかとなり……。

梨木香歩著

からくりからくさ

祖母が暮らした古い家。糸を染め、機を織る、静かで、けれどもたしかな実感に満ちた日々。生命を支える新しい絆を心に深く伝える物語。

梨木香歩著

りかさん

持ち主と心を通わすことができる不思議な人形りかさんに導かれて、古い人形たちの遠い記憶に触れた時――。「ミケルの庭」を併録。

新潮文庫最新刊

宮木あや子著
手のひらの楽園
長崎県の離島で母子家庭に生まれ育った友麻。十七歳。ひた隠しにされた母の秘密に触れ、揺れ動く繊細な心を描く、感涙の青春小説。

中山祐次郎著
俺たちは神じゃない
―麻布中央病院外科―
生真面目な剣崎と陽気な関西人の松島。確かな腕と絶妙な呼吸で知られる中堅外科医コンビがロボット手術中に直面した危機とは。

梶尾真治著
おもいでマシン
―1話3分の超短編集―
クスッと笑える。思わずゾッとする。しみじみ泣ける――。3分で読める短いお話に喜怒哀楽が詰まった、玉手箱のような物語集。

彩藤アザミ著
エナメル
―その謎は彼女の暇つぶし―
美少女で高飛車で天才探偵で寝たきりのメルとその助手兼彼氏のエナ。気まぐれで謎を解く二人の青春全否定・暗黒恋愛ミステリ。

百田尚樹著
成功は時間が10割
成功する人は「今やるべきことを今やる」。社会は「時間の売買」で成り立っている。人生を豊かにする、目からウロコの思考法。

穂村弘
堀本裕樹 著
短歌と俳句の五十番勝負
詩人、タレントから小学生までの多彩なお題で、短歌と俳句が真剣勝負。それぞれの歌と句を読み解く愉しみを綴るエッセイも収録。

杉浦日向子の食・道・楽

新潮文庫　す - 9 - 12

平成二十一年三月一日発行
令和四年六月十日七刷

著者　杉浦日向子

発行者　佐藤隆信

発行所　株式会社新潮社

郵便番号　一六二―八七一一
東京都新宿区矢来町七一
電話 編集部(〇三)三二六六―五四四〇
読者係(〇三)三二六六―五一一一
http://www.shinchosha.co.jp

価格はカバーに表示してあります。

印刷・錦明印刷株式会社　製本・錦明印刷株式会社

ISBN978-4-10-114922-6 C0195

わしめずには置かない。これから裏山の険を探ぐると、世にかくれた奇勝が非常にあるそうであるけれども、それは普通の旅客――殊に温泉がえりの旅客などには、とても入って行けない。

これから帰りは、裏道を取って、北に黒姫の大きな高原を掠めて信越線の柏原に出て来ると面白いのだが、夏などは特に眺望に富み、林藪の変化に富み、草花なども多く、非常に興の多い道路であるが、土地の地理に詳しい人でないと、ちょっと入って来るのに面倒だ。私はかつて一度柏原から、野尻湖に行き、そこを朝早く立って、その高原を戸隠へと行ったが、迷い路が多いので、ところどころに紙の結んであるのをたよりに、辛うじて通って行ったことがあった。『この紙につきて行きませ戸隠の山に通へる路はこの路』これはその時、後人のために、草に紙を結んでそして書きつけた私の歌だ。

三二　上田附近

上田附近にも、温泉が二、三あった。

別所温泉は、中でもすぐれた温泉場としては一番きこえている。かつその持った歴史も旧く、効能も大にあるということである。川がその町の中央を流れ

別所は今では非常にひらけて、電車

ていて、浴舎が層々としてそれに添って連っているという風であるが、その渓流が平凡なので、惜しいことには、そう大して興味を惹かない。それに、一面、やはり田舎の温泉場というところがあって、かなりに雑踏する。静かに旅の心をすますという訳には行かない。

保福寺峠、それは上田から松本に行く昔の街道のあったところだが、その峠の右の袂にある田沢温泉は、別所に比べては言うに足りないほどの小さな温泉だが、それでも、何処か静かな好い気分が漂っていて、後をめぐった山の高いのも好いし、街道の上にある往来の温泉場という形も好い。私は雪に阻まれて、そこに一夜泊ったが、室から見える小さな渓のせせらぎに、雪が白く積って、水が際立って碧く流れているさまが好かった。この雪では、峠が留るかも知れないなどと言われたが、幸いに翌日は天気で、私はその大きな上下七、八里ある保福寺峠を越えて行くことが出来た。峠の道路に添っては沓掛温泉がある。

それは実際、大きな峠だった。山と山との間に、日が照っているかと思うと雲が忽ち湧いて、雪が粉のようにチラチラ落ちて来たりした。そして雪の道の上を、牛や馬がぞろぞろと荷を載せて通った。ことに、峠の上にある古い大きな茶店が私にはなつかしかった。まだ、その時分には、そうした昔の道中の名

が出来ていて、上田からすぐ連絡している。非常に便利である。近く行って見て、その賑かになったのに驚いた。

沓掛まで上田から電車がある。従ってこの二つの温泉も近来非常に発展した。昔

残の峠の茶店があちこちにあったが、その中でも殊にチピカルなすぐれた特色を持った茶店であった。そこから見下すと、通って来た谷が深く穿たれ、雲がそこからもくもくと捲き上げ、冬の日の光線が線を成してその谷々にさし込んでいるさまは何とも言われなかった。しかし今ではその峠の茶店はどうしたであろうか。まだあるであろうか。雪に深く埋れ果てて了っているであろうか。

　霊仙寺の温泉、これは信越線の大屋駅から和田峠へ行く道を、右に一、二里渓流に添って入って行ったところにあるが、私はまだ行って見ないが、そこに行ったことのあるS君の話では、非常に静かな好いところであるということである。静かに落附いて書でも読もうとするには持って来いの温泉場であるということである。

　その附近の中仙道の沿道には、これと言って、温泉もないが、望月から五、六里の山路を越して、蓼科を向うに越えると、諏訪の山裏に二、三の静かな温泉があって、夏、殊に初夏などには、非常に色彩が濃やかであるということであった。

　南佐久の軌道の通っているところを、岩村田から臼田を経て、千曲川の谷に添って溯ると、松原湖などという世離れた湖水があって、八ケ嶽の裏面に、本

行った時とはまるで別なところに来たような気がした。今では夏など東京から行く者が沢山にある。しかし軽井沢のように涼しくはない。

霊仙寺温泉へも軌道が大屋駅から岐れて行っている。

沢温泉というのがある。これは軌道の終点から五、六里山に入って行かなければならないが、八ケ嶽登山者の常に行って泊るところで、四、五月頃から湯を開いて、十一月にはそれを閉じるというような深山窮谷の中に位置していた。諏訪の方から来ると、中央線の茅野駅から、八ケ嶽の裾野を通って五、六里、八ケ嶽と蓼科の連峰の凹所を越えて半里ほど下に下ったところにあった。夏はかなりに浴客が蝟集した。

三三　鹿沢温泉

「鹿沢に一度一緒に行って見ませんか」こうS君は言った。

「遠いんですか」

「いや、この浅間の裏になっていますが、大屋から上って行くんですが、静かで好い温泉ですよ……。しかし、今は駄目ですがね、夏一緒に行きましょう。」

ビョルンソンの『山の小説』の話などをした後で私たちはこう言って話した。火山の麓に眠る小都会、軒に太い長い氷柱の下っているような町で、私はS君を訪ねて、そして一夜語り明かした。浅間の山の中には、北欧の山中ほどの特色はなくとも、世にかくれためずらしいことが沢山にあるということであった。山の番小屋、山から山へと冬の日の猟をして歩く猟師達、雪に深く埋められた温泉の煙、そうしたことが、私たちの若い心を惹かずには置かなかった。何でもその温泉場というのは、密林の中にあるような処で、山から山を越し、谷から谷を渉って、そして漸く其処に行き着くことが出来るというようなところであるという。「それに。そこはもう信州ではないんですよ、上州だそうです」こうS君は言った。

午後に、散歩に城址近くまで行った時には、遥に雪にかがやく連山をS君は指して、

「鹿沢はちょうどあの山の後になっています。そうです、あのピカピカ光る山の」

「面白そうですな。是非一緒に夏来て行きましょう」

こう言って、私はその堆雪の中の温泉場を思った。

その年の夏に、S君は東京に出て来てしまったので、私たちの計画は実行することが出来なかったが、いまだに私はその鹿沢に行って見ることが出来ずにいるが、その後私は鹿沢についてのいろいろな話を聞いた。信州の富士見の帰

去来荘で一緒になったK君は、ことにそこに一月以上もいたことがあるというので詳しくその山の温泉の話をしてくれた。「そうですな。渓流も少しはあります。そう大してすぐれてはいませんけれども……。何しろ、春から初夏にかけては静かで、落附いて勉強をするには持って来いです。ちょうど、浅間を裏から見たという形になっていて、そこに朝夕捲き起る雲の変化は殊に見事でした。そうですな、滞在費は割合に廉くすみますな。那須なんかよりは廉う御座います。一円五、六十銭でいられます。郵便はあまり便利はよくはありません。何しろ、大屋から七、八里山をこえて行くんですから……。しかし鹿沢は私に取って忘れられぬ処です。それは私のその時分の事情もあるのですが、ちょうど、私が高等学校を出たばかりの時ですが、ただ一人力にした母を亡したり、世間も私につらかったりして、精神と肉体の疲労をやすめるために其処に行ったのですが、十五、六日いる中には、とても、山の中に一人ぼっちでいるに堪えられなくなりましてね。不思議な心の状態でした。山が自分を圧迫してしまうような気がしてさびしくって淋しくってとてもいられない。東京に行っても、新しい希望があるのではない。こう思っても、どうしてもいられなくなって、そこから急に遁れるようにして出て来ましたが、世界も空も山もぐるぐる廻る

鹿沢は先年焼けたが、今では九分通り元の通りになったということである。

ような気がしました。」こう言ってK君はその山の淋しさを話した。

つまりあのモウパッサン‘INN’の中にあるさびしさがK君を襲ったのであると私は思った。私は深い密林を想像した。さびしく颺(あが)る山の温泉の煙を想像した。単調な渓流の音を想像した。またそこに世間の辛さに堪えかねて一人さびしく入って行った青年を想像した。

K君の話では、山の温泉場としては、殊に深い静かな温泉場であるそうである。旅舎はそう大きいのはないが、二、三軒渓に枕(のぞ)んで構えられてあって、いかにも深山の中であるそうである。K君は春期、夏期の休暇をそうした静かな山の中に本を読みに行くような人であったので、割合に避暑地のことを知っていたが、那須、塩原、箱根、または、上州の山の温泉よりも、ぐっと静かで好いということであった。

私は信越線で通る度に、いつもその山の中の温泉場を頭に描いた。

三四　野尻湖附近

長野を出た。豊野(とよの)、牟礼(むれ)と段々山の中に入って行くと、旅客は北信(ほくしん)の三山(さんざん)の偉大な山の姿の次第にあらわれて来るのに心を動かさずにはいられまい。実際山に対して、これほど雄大な感を起させるところは、日本にも沢山はない。私の知っている範囲では、日本での高原性の気象の最もすぐれているところは、此処と、中央線の八ケ嶽の裾野と、それから那須嶽の麓、この三つである。

この三つの中で、比較を取ると、八ケ嶽の裾野が一番大きくすぐれているかも知れないが、しかしこの北信の三山とて、決してそれに劣らないだけの気象の雄大さを持っているのであった。飯綱を近く、黒姫を前に、奥に戸隠を並べた形は、いかにも英雄の相並んで立ったという感じを起させた。そして汽車の段々進むにつれて、飯綱は後に、黒姫は左に、やがてそれと相対抗した越後の妙高山の雄姿が雲の中からその肩やら背やらをあらわして来た。柏原の停車場のあるあたりは、殊にそれを望むのに好いところである。

それに、この附近は、日本でも冬一番雪の深いところで、汽車は一年に二度や三度はきまって其処で立往生をした。雪の壮観！　実際雪を見るには、此処が一番である。毎年二月頃に行って見ると、町も村も何も彼も、すっかり雪に埋れて、電信柱が僅かにその尖頭一、二尺をあらわしているだけであった。そして汽車のレイルの埋らないために、沿道の百姓たちは、冬の閑な時を皆かり催されて、二間、三間を隔てて、一人ずつ立って、その雪除けに従事した。そ

野尻湖は避暑地として近年大分発展した。柏原駅から一里。

柏原駅は俳人一茶の故郷。その故宅の一部が今でも残っている。

れにも拘らず、一夜にして、風雪は忽ちそれを埋めてしまうのであった。

この高原、この特色のある高原の北に落ちたところに、越後の田口の停車場があるが、この停車場から西に一里半、その雄大な妙高の半腹に位置して、日本でも沢山はないほどの好眺望を持った赤倉の温泉が展かれてあった。

しかしその標高が三千尺以上にあるので、冬は全く雪に鎖されて、人も行くことが出来なくなっているが、近来、田口の停車場の近くに、それを樋で引いて来て、妙高温泉というのが出来て、そこは冬でも行って浴することが出来るようになった。

しかしその妙高温泉はそう大して好い温泉場ではなかった。それに、いくらか俗である。湯も遠く引いて来るので温い。私は冬の積雪の中に一夜行ったことがあったが、それでも直江津あたりで平凡に泊るのよりは面白いと思った。

赤倉は四月上旬に湯を開き、十一月の末にはもう旅舎を閉じた。今では高田の人たちがそれを経営しているが、設備もかなりにすぐれていて、東京から出かけて行く人たちが大分多くなった。渋、別所あたりに比べると、総ての点に於て、よほど田舎式温泉から脱却して来ている。

田口の停車場から、車に乗って行く路が既に好かった。いかにも高原の中に

スキイの好適地とされてから、田口、赤倉は冬、学生の多く行くところとなった。今では赤倉は冬、閉じるどころか、却って賑やかになったくらいである。

あるような村落が其処に散点して、干草の腐る臭いや、ちょろちょろと流れた綺麗な水や、渓(たに)に架した橋や、夢でも見ているようにのんきに歩いている百姓や、赤い百日紅(さるすべり)の花や、そうしたものが都会の人たちに平和な田舎の世界を思わせた。

で、三十町ほど、そうした山村の中を通って行く。そしていざこれから山路にかかろうとする処に行くと、車夫(しゃふ)はそこで梶棒(かじぼう)を下してあと押しの男のやって来るのを待合わしたり、または自から呼びに行ったりした。やがてその男は来る。それからは広い真直(まっすぐ)な路を、高原の中の草花の美しく咲き揃った路を、向うに遠く杉の黒い森を見上げた路を一歩一歩のぼって行く。

「あの杉の杜(もり)のあるあたりかえ？　温泉のあるところは？」

こう訊(き)くと、

「え、そうです。あそこが温泉です」すぐこう車夫は答えた。

三五　赤倉温泉

この高原の路を、私は行(ゆ)きには、風雨の中に登り、帰りには麗(うらら)かな美しい日影のもとに下りて来た。

この信越間の一、二月頃の雪は、日本での冬の偉観である。夏は田口駅から赤倉まで二里半の高原を乗合自動車が走って行く。

風雨、凄じい風雨、それはちょうど二百十日前後で、低気圧の襲来を新聞で報じているのを気にしつつ私たちはやって来たが、田口の停車場を出ると、凄じい風雨が果して到来して、車も倒されるかと思われるばかりの大降になった。山路の入口で、後押しの男を待つ間にも、雨は篠をつくように降った。

私たちはただ車の中に小さく蹲踞っているばかりであった。

車夫はぬれ鼠になって、曳々言いながら車を引摺って行った。

流石は雄大な妙高の裾だ……。私はこう思わずにはいられなかった。雲霧が凄じく高原の上を往来するさまが、幌の少くまくれたところからそれと見えたが、風の横なぎに吹き襲って来る度に、車夫は立留って梶棒を押えるようにした。

それに、風雨に濡れた高原の草花の色彩が見事であった。それは私に光琳の絵を思わせた。女郎花、薄、萩、刈萱、われもこう、ことに、桔梗の紫の色の濃さ！　私は何とも言われないような気がした。

旅舎についてから、妹のM子にその話をすると、「ほんとうでしたね。綺麗な桔梗がありましたね。私も、雨さえ降らなければ、下りて採りたいと思いましたよ。でも、雨はひどかったわねえ。車がひっくり返るかと思いましたよ」

こうM子は言った。

帰って来る日は、好い天気だった。私たちはこれから野尻湖に行くというO君の一行と一緒に下りて来た。M子の派手な蝙蝠傘が日に光って、それが高原の美しい草花と相映発した。M子は桔梗を折って髪に挿した。

山の温泉の持った高原で、こうした明るい美しい高原は他にあるだろうかと私は思いながら歩いた。黒磯から那須に行く間でも、決してこれには如かない。富士見でもこうしたところはない。富士の裾野、乃至日光の戦場ケ原、草花の多いのは互に相匹敵するに足りるけれど、とてもこの眺望がない。好い処だと私は思った。

遠くから望んで見える温泉の入口の黒い杜もなつかしかった。そこからだらだら上ると、急に広々とした地区が開けて、山村らしい人家が参差としてあらわれて来た。しかしその最初の感じは、決して賑やかな温泉場でなく、またさびしい山村でもなく、何処か静かな平和の中に賑やかな気分を雑ぜたというような感じであった。都会の人たちが行って泊るような旅舎が五軒、私はいつも香嶽楼を選んだ。

位置が既に高いので、旅舎の室からは、何処からも眼下にひろがった山巒と平野とが眺められた。夏はどんな盛暑でも、八十度を越えず、蚊は少しはいるが、蚊帳なしに寝られないこともなかった。

ここの眺望は、南にもひらけて、黒姫の裾野をも遠く望むことが出来たけれども、主としては北に向って展開された平野と山巒とが眺められた。

左には南葉山脈、これは高田から直江津附近に行って次第に陵夷して例の上杉謙信の春日山城址を有っている山脈と相対し、中に山中七宿を持った川の流れる平野を挟んでいるような形になっていた。そしてその川の流れて北海に落ちて行っているさまが、蜿蜒として手に取るように見えた。そして上杉謙信は、武田勢出たと聞くと、この平野を疾駆して、柏原附近乃至二十塚附近に行って、その後から追っ附いて来た兵士を集めて、そして千曲川平野へと行ったのであるという。

三六　赤倉の一日二日

「そら、佐渡が見える」

こう言って私は指した。

「何処に？」

「そら、ずっと長く右に延びている山があって、その山の向うに高く山が重り合って見える。あれが越後の有名な米山だ。そしてその向うが海、その海の上遥かにほのかに山の影が見えるだろう。」

「ああ見えます……」

こうM子の姉は言った。

「あれが佐渡の金北山だ」

「そうですかね、随分遠く見えるんですね」

私には紅葉山人の『煙霞療養』などが思い出されて来た。紅葉山人は此処にいて、この旅舎の離れの二階、それは現に今もあるが、その二階の一間にいて、日夕この遠い佐渡の青螺に相対して、遂にそのあこがれの情に堪えずに、新潟から佐渡へわたって行ったのであるが、それを思うと、私は故人を偲ばずにはいられなかった。私はさっきその二階を見るために、風呂場の外を通って、着物などの干してある物干竿の下をくぐって、その二階の前に行って見たことを思い出した。そこには夕日がまともにさして、そう涼しそうな室とも思われなかった。小官吏でもありそうな夫婦づれが、大きな鞄などを持ってそこに起臥しているのを私は見た。

今は赤倉にも大きな新式の旅舎が出来たが、私は紅葉山人をなつかしんで、今でもその香嶽楼という家に行って泊る

私はまた東に横(よこたわ)っている山脈の雲煙の起伏するのを見て、その向うに大きく流れている千曲川(ちくまがわ)の谷を想像した。私は宿の主人を捉えてきいた。

「その山を越して、飯山(いいやま)へ行(い)けるね？」

「行けます」

「よほどあるかね」

「割合に近(ちこ)う御座います。五、六里でしょう」

「峠はひどいかえ？」

「かなりひどいそうです。上下三里くらいあるでしょうか」

「車は通じないね」

「とても通りません」

私は落日の後に、次第に深い紫になって行く襞(ひだ)の多いその山脈を凝(じっ)と見詰めた。やがて暫くして眼の右の方に転じた私は、南の黒姫(くろひめ)の裾野がひろく美しくまた夕日に彩られているのを見た。それとなく注意した私は、その夕日の金色(こんじき)の張(みなぎ)りの中に一ところピカッと光っているところのあるのを発見した。

「あ、あれが野尻湖(のじりこ)だね」

こう思わず私は言った。

のを例としている。

（今ははや心も雲も晴れ行きて影さやか也おく山の月）

「そうです。平生では、ちょっと見えないのですけども、夕日の頃には、反射でああなって見えるのです」

私は書生時代に行って一夜泊ったその山中の湖水をなつかしく思った。私はその裾野に夕日の影のなくなって行くまでじっと其方に眺め入った。

此処の浴槽は、そう大して綺麗ではなかった。もう少しどうかしたら好さそうなものだと思われるくらいであった。それに、湯は遠くから、二里ほどあるところから引いて来るので、どうかすると、途中の樋がこわれて来ないこともないではなかった。湯はしかし透明で、玲瓏(れいろう)としている。女の入るのに好(い)い湯である。

今はこの通の裏に一杯に別荘が出来て、全く観を異にしている。

それに、此処は山の上にある故か、渋(しぶ)、湯田中(ゆたなか)、別所(べっしょ)などに見るような田舎の温泉場らしい気分が少なかった。街道に、大きな浴槽があるが、そこを取巻いて五、六軒百姓たちの来て泊る小さな旅舎があるばかり、あやしげな女もいず、小料理店も少く、何処か空気がさっぱりとしている。それに人家の並んでいる間も僅かの間で、一町ほど行くと、向うは林藪になっているのを私は見た。

これから妙高の半腹にある燕(つばめ)温泉、そこにはなおここから一里半ほど右に山に入って行かなければならなかった。私はそこまではまだ行って見ないが、これもかなりに浴客の多く集って来るところで、味噌、醤油の田舎の人たちが山を越えたり谷をわたったりして春夏の候には出かけて行った。妙高山への登攀も、長い滞留客に取っては、そう大して骨の折れない一日の行楽であった。それでも途中に、鏈にすがらなければならない処が一箇所あるが、それとてそう大して驚くほどの嶮岨ではなかった。頂上からは北海が手に取るように展けて見えた。

それに、この妙高からかけて、西南に連亙している一帯の山脈は、ちょうど北海岸の糸魚川乃至能生あたりの西部を占めている嶮しい大きいまたは人跡の到らない山巒重畳の地で、例の有名な活火山焼嶽火山群は実にそこに蟠居しているのであった。従ってその火山の探検には大抵此処から入って行くのが例であった。私の知っているY博士は、青年時代この赤倉にその本拠を置いて、妙高と焼嶽との研究に、半年以上もその山の中にいたということであった。Y博士は言った。「秋の紅葉と、夏の新緑は何とも言われないよ。君。それに、山の中には到る処に温泉があってね。凡て別天地だね。赤倉なんか、ほんの入口と言っても好いくらいだね」

私はしかしまだそこまで入って行ったことはなかった。

赤倉は私の好きな温泉だ。それに、食物で割合に豊富だ。北海の生魚はいつも朝夕の膳に上った。

三七　浅間温泉

松本附近にある浅間温泉は、冬も夏も面白いところだ。地形としては、ただ、後に単調の丘陵をめぐらしただけで、渓流もなければ、雲煙にも乏しく、感じも山の温泉としてよりは平野の温泉に近い方であるが、それでも附近の松本の市街を持ち、遥かに日本アルプスの晴色の望み、設備もよく整った都会式で、物価はあまり廉い方とは言われないけれど、静かに悠遊数日に及ぶことが出来た。

此処には芸者がいて、三味線の音が静かに二階の一間から洩れて来るのもなつかしかった。

松本の停車場から三十町ほど、車で行くと、松本の市街の賑かな処を縫うように駛って通って行くので、少し賃銭を余計に出せば、古城址や天守閣や、公園などに立寄って行くことは自由に出来た。で、段々松本の市街が東に外れる。やがて野が近くなって来る。丘陵が見え出して来る。この路は上田から松本に入って来た昔の街道で、これを真直に行くと、一つ小さな峠を越して、それから例の大きな保福寺峠へとかかって行くのであった。やがて兵営が見え出して来る。車は砂塵の立つ練兵場を横ぎる。温泉場はもうそこからいくらもなかった。

温泉場に入って行く感じは、ちょっと特色である。それにあたりが何処か古い温泉らしい空気と色彩とを漂わしている。伊予の道後の温泉の入り口の感じにやや似ているが、あれよりはさびれている。決して諏訪のように明るい温泉場ではなかった。

それに、松本のような市街をその近くに持っていながら、すっかり都会化せずに、何処か田舎々々した気分を漂わせているのが旅客の心を落附かせた。入口の折れ曲ったところに、自動車や乗合馬車の継立場のようなもののあるのも昔を思わせた。私は青年時代に二度其処に行って泊り、最近に子供たちをつれてまた其処に泊った。青年時代に行った時には、目の湯という旅舎に泊ったが、最近は西石川に泊った。

私は保福寺峠を越して、其処の一間の火燵板に身を凭らせながら、山の雪の閃耀を思った心持を忘るることが出来なかった。大きな浴槽、そこに綺麗な肌の白い妓たちなどが入っていて、きまりがわるくって、隅に小さくなって蹲踞って湯に浸ったさまなどを私は思い出した。その時分は、世間のことはまだ何もわからなかった。気のきいた女中に給仕に入って来られるにすら心が置けた。従って茶代の置きようや、女中への心附けなどもわからなかった。膳の上にもまだ徳利は載らなかった。遠い昔だ……。

私は其処から桔梗ケ原を越して、木曾へと志した。その原の泥濘のひどかったことよ。またそこから見た日本アルプスの山の雪の美しかったことよ。勿論その時分は、世間では未だ日本アルプスを知らず、自分にしても、ただ高い山の連亙の美しい雪として眺めたばかりであったけれども、それでもその穂高常念の美しい山の姿ははっきりと私の若い頭に印象されて残った。二度目にはこの反対に、木曾からやって来た。それは名古屋から中仙道を通って、S君の木曾の福島にいるのをたずねて、そこから此処までやって来たのだが、今日考えて見て、自分ながら、自分の脚の韋駄天に近いのを思わずにはいられなかった。私は午前の九時に、福島を出て、その日の午後の六時にはもうこの温泉に来ることが出来た。

最近に行った時には、西石川の庭に、洋柳と言われる此処ら附近にのみ見る色彩の濃かな花が咲いていた。静かな晴れた夏の朝だった。私は子供たちの湯に入っている間に、一人で表へ出て、町の通りを突当りの小学校のあるあたりまで行き、それから引返して、朝の山を見るべく裏へと行った。流石に山近いだけに、家を遶って流れる水も清く、稲の葉が青々と打渡して連って、その向うに、山巒の重畳したのが美しく指さされた。前に連った丘陵がかなりに高いので、日本アルプスはそれに遮られて、ところどころ見えなかったけれども、それでも乗鞍、常念、穂高あたりと、北の有明、白馬に連るあたりが鮮かに朝日にかがやいて見えた。しかし惜しいことには、槍ケ嶽の尖った槍はそこからは見えなかった。

この槍ケ嶽の槍は、ここらを旅行する人たちに取って、なつかしいものであるのに相違はなかった。連嶺の上にぽつんと高く立っている槍の尖端、それは汽車の窓からもそれと指さされれば、田舎道を行く乗合馬車の中からも仰がれた。塩尻あたりでは、殊にそれがはっきりと指さされたと私は記憶している。それから、諏訪の平に来ても、山巒を隔ててぽっかりそれが浮んで見えた。富士見の測候所のあたり、それから諏訪の山裏の高原あたりからも見えた。「それ、槍が見える」こう言って私はそれを到るところで子供たちに指し示した。

幸に私の行った時には、その温泉場は空いていたので、二つの浴槽を私たちのものであるかのようにして、何遍も何遍も浴した。今でも子供たちに訊くと、「あそこは好かった。一番面白かった……。諏訪よりはよほど好い」こう子供たちは言った。

この浅間から南に少し離れて、やはりこの丘陵の下に、山辺という温泉場があって、そこは浅間ほど開けてはいず、そうかと言って、純然たる田舎の温泉でもないという程度で、静かに長く落附いて滞在するのに好いところがあるということだ。しかし、私はまだ行って見たことがない。

この山辺温泉をシインにして島崎藤村は『三人』という小説を書いた。

三八　アルプスの中の温泉

日本アルプスの中に深く埋れてある二、三の温泉、南の白骨、北の中房など常に私の心を惹いた。深い深い密林の底、そこに行くには、七、八里の路を乗合馬車に頼り、それから渓流を幾度か徒渉し、熊笹の深く茂った中を押わけ、駒鳥の声の連続に心を打たれ、時には路を失って深谷の底に陥ろうとし、時にはまた途中で日が暮れて、辛うじてそこに行き着くというような艱難を嘗めなければならなかった。白い白樺の林は、殊に夕暮を堪え難くした。

　こうした温泉は、無論、夏ばかり開かれるので、十月以後は全く深雪の中に埋められるのであるが、深山という感じが、世を離れてはるばるこの山の中に来たという心持が、乃至は雲煙の坌涌、住民の素樸が、都会の人たちに忘れることの出来ないめずらしい深い印象を与えた。無論、こうした温泉では、食うものの贅沢は言うことは出来ない。また立派な居心地の好い室を望むことは出来ない。絹布の夜具をも得ることは出来ない。まして脂粉の気に於てをやである。そこにいては、川でとれるかじか、岩魚に満足し、堅い豆腐に満足し、山独活、山百合、自然薯に満足し、時には馬鈴薯ばかりの菜で一日忍ばなければならないようなことがおりおりはあった。その代り、三伏の暑日も、蚊はいず、蚤はいず、単衣一枚では山気の冷やかなのに堪えられず、上に袷羽織を一枚はおりたいような朝夕を送ることが出来た。美しい渓流の瀬、谷間に人知れず咲いている山百合の花、欄干に凭っていると、見る見る雲はすぐその下の谷から起って、それが蓬蓬として山から山へと漲り渡った。

　こうした深山の中にある温泉も、さがせばかなりにあるであろうが、私の知っているところでは、日光の奥の栗山の中にある温泉場、また会津の只見川の沿岸にある温泉場、それから東北に行っては、羽前の置賜山中にある二、三の

この日本アルプスの中の温泉も夏は

温泉くらいのものであった。九州島では、阿蘇の中、また霧島の奥に、そうした温泉が二、三あった。

　しかし、白骨にしろ、中房にしろ、十五、六年前までは、全く山中の無名の温泉場であったのであるが、日本アルプスの人口に膾炙されるにつれて、登山者がそこをその往復の足溜りにするがために次第に世間にあらわれて、今では夏になると、白骨だけでも、数百人の浴客が集って来るというような盛況も呈した。夏行った人は帰って来て私に話した。「えらい騒ぎですよ。一間に五、六人は一緒にいるんですからね。あれでは深山の温泉場と言う気がしなくなってしまいますね」

　上高地の温泉も、やはり、夏はそうした登攀客で賑った。

　白骨、上高地が、乗鞍、槍ケ嶽、穂高の発足地点として役立つと同じように、中房温泉も、有明、槍ケ嶽などの中部山嶽の登攀地点として栄えた。中房は、こうした山の温泉の中では、今では一番多く開けた。それと言うのも、信濃軌道が出来て、その一駅の穂高あたりからは、そう多くの困難を経ずに、その山の半腹の温泉場に達することが出来たためであった。今では、夏は浴客が常に充満した。

登山客で一杯になるほど混雑した。

松本から安曇を経て島々まで軌道が出来た。上高地温泉まではわけなく行けるようになった。

日本の北アルプスは、大勢の登山者のために、今は全くその神秘の扉をひらかれたような形になった。富士では平凡だ。こう言って若い人たちは、峯から峯へと伝って行った。南は乗鞍から北は白馬まで、殆ど一直線に縦断することが出来た。針の木の険も今はそう大して困難を感じなくなった。そしてその深山の神秘の中にかくれたさまざまの美しいシインや、珍らしい植物などが都会の人たちの楽しむところとなった。

私は上高地あたりに行く谷合(たにあい)の白樺の林を思うと、今でも行って見たいような心に誘われた。

三九　冬の上諏訪

停車場で下りた。もう日は暮れかかっていた。寒い冷めたい風が刺すように湖上から吹いて来た。湖は既に氷って、その上に、雪が白く積っているので、湖上だか何だかちょっとわからなかった。四囲の山には雪が白壁(しらかべ)のように深く積った。

湖の見える旅舎をさがして、私たちはある三階の大きな旅舎に行った。私は男の児(おとここ)を二人伴(つ)れて来た。

旅舎についた時には、もう日が既にとっぷり暮れてしまったので、湖上の雪がただ白くぱっと見えるばかりであった。子供たちは一番先に暖かい火燵のあるのを喜び、次にひとりでに湧いている玲瓏とした綺麗な湯のあるのに眼を瞬った。

「ひとりで湧いて出るの？　こんな暖かい湯が？」こう総領の男の児は言って不思議そうな顔をした。

夕飯には、子供たちを相手に、私は火燵板の上で酒を一本飲んだ。別に変ったこともなかったけれど、こうした幼い子を伴れた旅も面白いと私は思った。生れて初めて見る宇宙の驚異、子供たちは長い汽車にも倦きずに、雪のチラチラと美しく粧点する谷川を見たり、山の大きな白い姿に眼を瞬ったり、林があり谷があり人家があり町がありするのを眺めたりして、そして此処まで一日かかってやって来た。ある高原を通る時には、落日に美しく彩られた富士に逢って、その眼を汽車の窓から離そうとはしなかった。

それに、汽車の二等室の中は、スチイムで暖かく、寒暖計が五、六十度のところをさしていて、花ももう散りすぎた頃の暖気であった。持って来た蜜柑の皮などがそこらに散らばった。

「綺麗な富士山だったろう？」

こう私が言うと、

「ウム」

と言って、子供はそれを思い出すようにした。

都会の人たちや、母や妹のもとにやる絵葉書に、子供にも署名させたりして好い心持してその夜は寝たが、あくる朝は、早く目覚めて、前の雨戸をガラガラと繰った。

氷った湖水がその前に美しく展けて見えた。

「おい、起きて見ろ」

私は子供たちを起した。

子供たちはやがて起きて来たが、

「これは諏訪湖？」

「そうだ！　すっかり氷っちゃったから、水は見えないけれど、雪の白くつもったところがそうだよ」

こう言って、氷に膠着されたペンキ塗の汽船を指して、

「そら、もう汽船も動かなくなっているだろう」


諏訪は冬が好い。

「氷に張りつめられて、もうあの汽船は動かないの！」

「そうだよ」

「フム」

めずらしそうにして子供たちは見た。

しかし山の雪をわたって来る風はいかにも寒かった。とても長い間そこに立ってそれを見ているに堪えなかった。

「湯に行こう、寒い、寒い」

こう私は言って「お前たち、手拭を持ったかえ？」

で、室から手拭を取って来た子供たちをつれて、「寒い、寒い」と段階子を下りて、長い廊下を廻って、そして奥にある新しく建てたらしい浴槽へと行った。幸に誰もまだ入っていなかった。私たちは急いでその湯の中に浸った。

好い天気で、昨日降った雪に、朝日がキラキラと眩しいほど射して、天地がすっかり白銀で鍍されたもののように見えた。大きな氷柱からは雨滴がぽたぽたと落ちた。

雪の朝の美しさ！　それを私は綺麗な湯に浸りながらじっと見詰めた。

四〇　上下諏訪と諏訪湖

諏訪は上諏訪にしても、下諏訪にしても、温泉場乃至遊覧地としての気分は割合に少なかった。それは多くの旅舎に、湖水の見わたされるような家の設備がしてないのでも知れた。牡丹屋の三階からは、その一面が少しは見えるけれども、人家や煙突が前を遮って感じが余り好くなかった。前に書いた最初に子供を伴れて私の泊った家でも、この頃では、その附近に、人家が沢山出来て、もう元のように湖水ははっきりとは見えなくなった。従って湖水を見ようと思うには、旅客は、湖畔の鶴遊館か水明楼かあたりに行って見なければならなかった。湖畔に近く、鷺の湯などという旅舎もあるけれども、設備が不十分で、都会の人たちを満足させることが出来なかった。それに此処には、湖畔芸者という不見転のグルウプがいて、湖畔の旅舎にも入って行くから、滅多な旅舎には泊れなかった。

これに比べると、出雲の松江の宍道湖などは、旅舎が皆な湖に面していて、旅客の思いを惹くことが多かった。勿論、単に湖水として見ても、無論諏訪湖は宍道湖の敵ではないけれども、それでも此方には、向うにない温泉があるのであるから、設備のしように由っては、十分に旅客の足を停(とど)めさせることは出来る筈であった。しかし此処ではそれを望むことは出来ない。その大きな理由の一つは、湖の対岸に、岡谷(おかや)という大工業地をひかえているからである。工業に夢中になって活動しているので、土地の人は、そうした遊覧者乃至(ないし)浴客をあてにするような消極的な心持を持つことは出来ないのである。万事すべて都会風で、知識も進んでいるし、日常の生活も進んでいる。現に、雑誌新刊物(しんかんもの)なども此処で売れるものは、他でも売れるので、長野、松本あたりでもここを標準にして、書籍雑誌を仕入れるということである。温泉場乃至(ないし)遊覧地としての静かな気分を持つことは出来ないのも止(や)むを得(え)ないことである。

それに、諏訪湖そのものがあまりすぐれていない。四囲をめぐる山巒も低く、湖水も老衰して水深が浅いので水の色がわるく、それに概して樹木が少い。鶴遊館の二階あたりで、静かに落附いて湖に対していると、それでも半日の清遊をしたような気分がしないことはないけれども、しかしとても霞ケ浦(かすみがうら)の水郷らしい気分や、宍道湖のひろびろと気も心も晴々(はればれ)するような感じを味うことは出来なかった。湖を巡遊する汽船の甲板の上でも、そう大して心を惹くようなシインを見出すことが出来なかった。

湯はしかしかなりに分量が多かった。上諏訪でも下諏訪でも、ある町の地区は、何処を掘っても湯が出て、八百屋でも肴屋でも自由にそれを使用した。こうした形は、別府温泉に似ている。しかし、湯の質そのものは、余り体には効能はないらしい。これなども、温泉場としての特色や空気を持つことの出来ない理由の一つである。現に、そこに住んでいる人たちですら、自分の持った温泉を捨てて、わざわざ山裏の山の湯あたりに出かけて行くくらいだから……。

しかし、物質は非常に豊富なところであった。牡丹屋あたりに泊って、これほど御馳走が並んだから、なまやさしい旅籠料ではすむまいと思うと、存外廉い。それと言うのも、生魚は汽車でいくらも北国から来るし、そこでとれる魚類は旨くはないと言いながらも、とにかく、湖水では、鯉、鮒、鰻などが沢山に獲れるので、従って旅客の膳に上る御馳走が豊富になるという訳である。

旅舎ではやはり牡丹屋が好い。主婦が元蔦木の本陣の娘で、先祖代々旅舎をした人たちの血を承けているためか、客の取扱方にあまり上下の隔ても置かず、いやに客にしつこくちやほやせず、放って置いてそして親切にするという取扱方である。私も初めはあまりに素気なさすぎるように思ったが、度々行くにつれて、その最初の感じの誤っているのがわかって来た。これに次いでは、布半が静かで好い、下諏訪では、亀屋が好かった。

附近の名所では、湖を渡って小阪の観音、ここがちょいと好い。それから地蔵寺、諏訪の上社へは、汽車で茅野まで行ってそれから三十町、下社へは下諏訪から五、六町しか隔っていない。

諏訪の上下社は、日本でも有名な古社で、歴史上にも度々出て来るし、貴重な古文書なども非常に多い社であるから、旅客は一度は参詣してみる方が好い。上社は上諏訪から茅野に行く間に、右の山巒の裾にそれと指される。

上諏訪の花柳界はちょっと面白い。湖畔芸者の方は概して第二流だが、町にいる方には、なかなか品の好い妓たちがいる。菫という姐さんを私は知っていた。料理屋では、関が一番好い。其処の楼上からは、牡丹屋の三階で見たと同じ形の諏訪湖がほの白く横って見えた。

四一　諏訪の山裏の湯

諏訪の人たちの出かけて行く山裏の湯にも、私は一顧を払わなければならない。

この山裏の湯は、今でも新しい場所

滝の湯、渋の湯、その他いろいろな名の湯があるが、そこらの人たちは、これを山の湯、山の湯と呼んでいる。養蚕の間合に、または農事の閑な時に、かれらは「一つ山の湯へでも行ってこずら」こんなことを言ってそして出かけた。

それはちょうど八ケ嶽と蓼科の西面に展がった高原の一隅にあるようなところで、上諏訪から行けば、茅野駅で下りて、昔の中仙道の副路である大門峠へ達する街道を二、三里行って、それから歩けるものは歩き、女子供の足弱は馬に乗って行った。

私はまだ行って見たことはないから、よくは知らないが、山の湯と言われているだけに、渓流もあり、山巒も深く、多少世離れた感じのするところに相違なかった。小さな瀑なども二つ三つあるような話である。旅舎もそう大きいのはないが、いずれも五、六軒は持っているらしく、渓に臨んだ二階の欄干などもあって、初夏の新緑の候には、殊に感じが変っていて面白いということであった。しかし味噌、醤油の田舎の温泉場以上には、いくらも発達はしていないらしく、雑沓する時には、やはり一間に五人も六人もぎっしり詰められるような憂目に逢うことも尠くはなかった。

やはり、この多い山の湯の中で、蓼科の南の裾にある温泉は、中では一番静かで、世離れているということであった。もうそこは森林帯で、林の影も深く、

が発見されるそうだ。それにこのあたりは八ケ岳と蓼科の連峰の南おもてになっているので、感じが明るくって好い。諏訪あたりの温泉に比べると、非常に世離れてもいる。だから、この附近の人達は諏訪の湯

日光がそれを洩れて、谷の流に落ち、駒鳥や杜鵑なども鳴いて、悠遊旬日の興を十分に得ることが出来るという。そしてひまがあったら、蓼科に登って見る。この山はそう大して登路は嶮しくはない。それに表の佐久平野と、裏の諏訪平野とを併せて望む形になっているので、眺望も単調ではない。富士見に住んでいるSは、かつてこの湯に行っていて、蓼科に登ったが、急に軽井沢の方へ行って見たくなって、それから五、六里で、中仙道の望月に出たという話をしたが、この路もそう大して嶮しいほどではなかったということだ。

これらの山の湯は、更に東に連って、八ケ嶽の凹所を越して、佐久に出て行く高原の中にも多少の分布を示しているらしく、現にその途中にも新しく温泉を掘り当てて、旅舎をこしらえる準備をしているところなどもあったということである。それに、その夏沢峠を越して行く路の向うには、本沢温泉というのがあって、八ケ嶽登攀者の宿泊するところになっているから、そっちの方まで入って見ても興味が饒い。

それに、この八ケ嶽の裾野は、非常に風景の好いところで、ここからは北アルプスの一帯の連亙をも見ることも出来るし、更に前に南アルプスの駒ケ嶽、鋸嶽、奥千丈などをも見ることが出来て、眺望が決して平凡ではなかった。

に行かずに、山の湯、山の湯と言ってこの山裏の方へとやって来た。

富士見——山の湯——本沢温泉——松原湖という風に出て来るのはちょっと旅として面白い行程である。

富士見駅附近にある帰去来荘あたりの眺望は、越後の赤倉の持った高原と共に日本に多く得ることの出来ないものである。

それから、この中央線を東して、一つ二つ目の日野春の停車場のある位置も非常に高原性の眺望に富んだところである。南の釜無の谷を隔てて南アルプスの駒ケ嶽を望み、西に偉大な八ケ嶽を見た形は、人をして驚嘆の声を放たせずには置くまいと思う。それに、此処から、須玉川の谷を横ぎり、馬に乗って北に五、六里も山の中に入って行くと、例の金峰山の後に当って、日本で一番ラジウムが多いと言われて、忽ち都会に喧伝せられ、一朝にして山中に別天地をつくったほどの名声を博した増富温泉がある。私はまだ其処には行って見ないから詳しいことは知らないが、甲斐の御嶽から金峰山にかけて、まだ世にかくれた奇勝が沢山にあって、頗る人目を驚かすに足りる奇岩などもあるということであった。春のうららかな日にでも、馬でほくほくやりながら、その遠い温泉に出かけて行くのも決してわるくない。

増富には是非一度行って見たい。例の瑞垣山の奇岩なども噂にきいただけで行って見ることの出来ないのが遺憾だ。

四二　甲府盆地

中央線で旅をする人は、最初に桂川の谷の美しい瀬に眼を新たにし、つづいて猿橋の深潭に魂をおののかせ、反忠の汚名を歴史に残した小山田備中の岩殿山を仰ぎ、大月で富士行者の群と離れ、日本一の称ある笹子の長いトンネルを越えて、やがて次第に開けて来る甲府盆地の北の一角に、小さな独立山や、ゴタゴタした人家や、大きな古い寺や、山でいてそして海岸のような気のする松原や磯を眼にするであろう。此処は甲斐でも一番古い歴史のある土地で、甲府盆地がまた大きな谷湖であった時分にも、この山寄りの土地には古代の人間が住んだらしく、今日でも到る処にその址をとどめていた。従って有史時代になってからも、塩の山だの、差出の磯だのと歌枕によまれた名所があって、都の人たちが、役向きか何かでこの山の中に来た人たちが、憂さを慰めるために時々遊びにやって来たらしかった。笛吹川の松のある川原に、差出の磯などという優美な名をつけたのは、決して東夷のやったことではなかった。

その塩の山、昔から名所にされたその小さな独立山、その下に鉱泉が湧いて沸して塩山温泉の名に呼ばれた。それはかなりに昔からのことである。それが一朝、中央線の汽車が出来たために、あたらしい浴舎は増設され、白粉を塗った女は入り込んで来て、今見るような温泉場としての空気を濃やかにした。私はまだそうならない以前の塩山温泉を知っているが、それは小さな、あわれな、汚ない、藪塚、西長岡よりももっと汚ないわかし湯であった。青梅から多摩の上流に沿った甲州裏街道が柳沢峠を越えて漸く甲府盆地に出ようとする街道に、五、六軒人家がゴタゴタと固って、欅の木立などに周囲をかこまれて、纔かに田舎の人たちを集めていた。私の泊ったのは、冬の十二月の末であったが、風呂場は汚なくて、浅くって、とても入っている事が出来なかった。「こんな汚ない温泉場があるものかねえ」こう私は伴れの人たちに言ったほどだった。しかし今でも綺麗になったかどうか。鉱泉の湧出量がそう沢山でない湯だから、今でも汽車で見つつ通って行く外形ほどには綺麗にはなっていないであろうと私は思う。

しかもこの湯の湯治にやって来るものの多いのは、泉質が花柳病に特効があるためで、夏期に限らず、冬期でも百人や百五十人はいつもそうした患者が来ているそうである。従って遊びに入りに行く温泉でないということはわかる。

恵林寺、向嶽寺などという大きな寺がこの附近にある。前に言った差出磯も日下部駅から十一、二町にすぎない。汽車で通っても、笛吹川を渡る時、その上流を望むと、風情のある松原が高い山巒を背景にして美しくそこに展げられているのを見ることが出来るであろう。上流にかかって見えている橋は即ち亀甲橋（こうばし）である。

この附近の農村には、やや特色がある。つまり此処らは、甲州葡萄（ぶどう）の主産地、また例のころ柿の主産地であるからである。畑、水田、葡萄棚、その間に人家や街道がごちゃごちゃと交錯して、町もあれば村もあるという形で、例の日本武尊（やまとたけるのみこと）の古跡である酒折宮（さかおりみや）を右に掠めて、汽車は直ちに甲府の瓦甍（いらか）の中へと入って行った。

甲府を距（さ）る一里のところにある湯村（ゆむら）温泉は、湯は温（ぬる）いけれども、わかし湯ではないので、塩山温泉に比べると、よほど好（よ）い。それはとても松本に於ける浅間と言ったような訳（わけ）には行（い）かない。単に設備から言っても、とても及ばない。しかし、甲府の人たちは、芸者などをつれてよくそこに遊びに出かけて行く。芸者の出場（でば）としても、その温泉は、遠出にも何にもならずに、甲府市内と同じ区域内になっている。

しかし、甲府というところは夏は暑いところである。或は東京などよりもあついかも知れない。従って避暑に適している温泉場ではなかった。

甲府を中心にして、行って見るべきところは、先ず第一に、御嶽（みたけ）の奇勝である。そこは甲州の人たちが天下の山水の美を其処（そこ）に集めたと誇説（こせつ）するだけあって、なかなか山水の勝に富んでいる。甲府から五、六里、荒川の流に溯って登るのであるが、新道は円右衛門という人が開いて、そのため、それまで世に知られなかった山水が天下にあらわれたと言われている。渓は頗る好い。秋の紅葉の時などは、岩赤く渓赤く山赤く人赤しという風である。岩石の奇は、耶馬の谷とはやや趣を異にし、むしろ妙義とか、榛名とか言う方に近い。和田峠の上から望んだ富士、仙峨滝のある附近など特にすぐれた名勝の一つに数えることが出来た。

次に、甲府から左右口を経て、精進湖畔に行く。これは富士の五湖めぐりをする人に取って北方からする唯一の門戸を成している。その次には、鰍沢まで鉄道馬車で行って、それから富士川を下る。身延へも主としてこの路を通って行く。

四三　鰍沢へ

鰍沢へ行く鉄道馬車は、甲府の町を離れて、荒川の流れに架けた橋を渡って、次第にひろびろとした野へと出て行った。此処に来て、旅客は始めて甲府盆地の真中にその身を置いていることを覚るであろう。渺々として連った青田、処々にたぷたぷと芦荻を動かした水の流れ、なるほど昔は大きな谷湖であったかと点頭かれた。それにその平野の四面を繞る山が美しかった。北には秩父境の峻嶺、つまり雁坂越などをその中に持った山巒の連亙、その左に連って、例の学生の惨死した甲武信ケ嶽、金峯山、それから荒川、須玉の二つの谷の大きなギャップを越して、甲府盆地の帝王とも称すべき八ケ嶽の雄姿が、その八朶の輪廓をあざやかに晴れた碧い空に捺すようにして見せた。西南には常に雲霧が深くって、とてもその全容を見ることの出来ない日本南アルプスの農鳥、白峰などが聳えていて、おりおりその肩やら、髻やらをその中から見せた。

従って、夏も涼しいが、冬は殊に美しい山の雪の閃耀を見せた。関東平野、乃至松本平野に次いで、山の雪の美しいのは、この平野であった。私は冬のある日、其処を通って思わず驚喜の声を挙げた。

「ああ八ケ嶽！　何とも言えないいな」

こう指すと、

「あれが八ケ嶽ですか、なるほど綺麗だ」

こう伴れの男も言った。

鉄道馬車はこの間を、このひろびろした平野の中を、昔は湖水であった址を、一時代も後れたような風をして、真直に北から南に向って馳った。やがて釜無(かまなし)の大きな川がやって来た。そこには長い橋がかかって、それを此方(こっち)から眺めつつ段々それに近づいて行くようになっている。派手な蝙蝠傘(こうもりがさ)が晴れた日の影に光って見えた。

橋を渡って、村を一つ二つ通り越す。段々南の山巒が近くなって、その裾に添って富士川(ふじかわ)が東から流れて来ているのがそれと指さされた。やがて鰍沢の町へと入って行った。

この町は特色ある町として挙げることが出来た。かつて甲府盆地の交通の中心であったところ、誰(た)れも彼(かれ)も東京に行くものは、この山裾の河港に来て、そこから富士川の川舟で、半日にして東海道の岩淵(いわぶち)へと出て行ったところ、その時分は此処は賑やかであった。いろいろな色彩がそこにも此処にも巴渦(うず)を巻いていた。車馬の往来も絶える間もなかった。しかし、今では衰えた。町もひっそりしている。身延(みのぶ)への賽客(さいきゃく)か、でなければ下部(しもべ)の温泉に出かけて行くものしか最早(もはや)此処には用はなかった。かつて栄えた河港はかくて再び昔のさびしさに戻った。

河舟も一番船だけは(それは朝の七時頃に出た)定期としてきまって出るけれ

南アルプスに登る人達は鰍沢から西山温泉の方へと行く。鰍沢から西山まで十里近くある。全くの別天地である。西山ども、あとは客があれば出すし、なければ出さないという風で、一隻買切りにすれば格別、でなければ、旅客は此処に一夜をすごさなければならなかった。身延までは馬車の便はあるけれど、この路は富士川の絶壁に添ってかなりに危険だ。それに、途中に南アルプスの中から凄じく流れ落ちている荒川があるから、雨など降ると、よくこの路が止まった。

従って昔は賑やかで、どんな時でも、あの瓜の皮のような船が十艘や十五、六艘岸につないでないことはなかった河岸も、いまはすっかりさびれて、一軒残った茶店もあわれに、川はただ徒らに白く流れた。

それにつけても、急流を下る舟の舵の次第に少くなったことを私は思わずにはいられない。天龍も、阿賀も、球磨も、最上も、すべてこの川と同じように汽車が出来たために、その水路はすたれてしまった。朝早く残月を帯びて下って行く興味、途中に夕立に逢って慌てて苫をふくというような詩趣、忽ち舟は急瀬にかかって、飛沫衣を湿すというようなシインは、もう容易に見ることが出来なくなった。私は此処にも新しい時代と旧い時代との悲しい事実を見るような気がした。

温泉は温泉としても非常に湯の豊富なすぐれた好い温泉であるということである。

四四　下部の湯

しかし、このさびしい川をも、下部の温泉乃至身延に行く人たちは、おりおり舟の便を求めてそして下って行った。

私たちが止むなく一隻買切りの話をしていると、傍にいた男は、

「好い便だ！　お気の毒だが、賃銭を出すで、波高島まで乗せて行って下さい」

こう言って懐から財布を出して、そこに銭を並べた。

「好いよ、賃銭なんか……」

「でも、ただじゃな……。賃銭を出しても乗る舟がなくって困っているんだから」

「でも」

「そう言わずに取って下せい」

どうしても取らないので、止むなく私たちはそれでうで玉子などを買った。

やがて舟の準備は出来た。

私たちはその男と一緒に河の岸へと歩いて行った。かつて賑かであった河港、

一番船の立つ時には、河原に焼いた焼火の煙が白く残月を掠めるような光景を呈した河港、それが今は岸に繋ぐ船もなく、川がただ徒に迅く碧く流れているばかりなのが私の心をさびしくした。私は私の伴れの女とその男と広く座席を取ってそして昔の山川の取次にあらわれて来るのを見ようとした。水夫二人、舳に船尾に例の櫂をあやつるさまは昔のままであった。

一人は若く、一人は老いていた。かれらは私の話につれて、昔の全盛時代を偲ぶようにした。「やはり、始終通らないと、川の路がわるくなりましてな……。もう駄目でさ」こう若い方が言った。

舟は静に岸を離れた。

一緒に乗った男は、波高島に下りて、下部の温泉に行くということであった。甲州では何と言っても第一の温泉場、信玄のかくし湯と言われて、金創などには殊に効能が多いと信じられた温泉場、その温泉場の話が一時私たちの口に上った。その男は度々そこに行くらしく「よく効きますな。あんな好い湯はありません。旅舎も大きいのがありますから、盛る時は二、三百人もいることがあります。あんな山の中にも……」

「設備はどうです?」

「そうですな、食うものは、どうせ、山の中ですから、旨(うま)いものはありませんけれども、静かに落附いて、逗留(とうりゅう)しているには好い処ですな」

「物価は？」

「まア、安い方です。自炊でもしていれば、一日一円くらいしかかかりますまい」

「波高島と言うところからまだよほどあるんですか」

「なアに、わけはありません。山をぐるりと廻れば、すぐその湯の人家(じんか)が見え出して来ますから……。一里くらいなもんでしょう」

此処ではあまり食うものはない。しかし金はかからない。一日二円乃至二円五十銭くらいでいられる。

「そんな　近いですか」

「え、わけやありません。どうです、お出でになっては？」

行って見たいなどと私たちは言ったが、しかし身延を目的にしてやって来た身には、そうも出来なかった。私は持って来た二十万分一の地図をひろげて、その温泉のある位置などを調べた。なるほどそこにある毛無(けなし)山脈——富士山脈と相接した山脈の主峯毛無山の西の山裾で、富士の西南を掠めて通る割石峠(わりいしとうげ)の道と向背相接しているような処(ところ)であった。山を越せば、本栖湖(もとすこ)までもいくら離れてはいなかった。

「毛無山に其処から登れますか」

「登る人もあるようですな、退屈して……。かなり嶮しいと言うことです」

この次ぎに来た時には、是非行って見ようなどと思って、私はいろいろにその山の中の温泉場を想像した。ふと凄じい瀬がやって来た。水は泡立って舟は滝でも下るように動いて落ちて行く。向うには凄じく高く絶壁があって、それにつれて河が大きく曲って落ちて行っている。水夫は櫂を棹に代えて、立ってその絶壁の岩の近づいて来るのを待った。水煙がぱっと颺る。と思うと、舟は巧みにぐるりと廻って、再び静かな流れへと出た。

「何と言うところだね」

「天神が瀬！」

こう水夫の一人は教えた。

暫しまた川はゆるやかに流れた。船尾の方にいる老いた水夫は皺の深い顔をあたりにくっきりと見せながら、櫂をあやつりつつ静かに欸乃を調子に合わせて小声で唄った。私は引寄せられるとなくそれに耳を傾けた。私は何ともいわれないような気がした。その小さな声が、そのさびしい節が、この昔栄えて今は衰えた川の情調にぴったりと合っているような気がした。無心に唄うその節の中には、すぎ去った老水夫の一生もこめられてあるような気がした。

さびしい山は送りさびしい川は迎えた。何処（どこ）まで行っても、昔私の眼に映ったような上って来る舟の白帆の連続を見ることも出来ねば、処々に寄って行く賑やかな舟着をも見ることが出来なかった。ただ瀬が瀬につづいた。

切石（きりいし）という処に来た。

ここからは、万山の中に小さく富士が見える筈であった。私はかつてそこで美しい暁の雪の富士を見た。東海を輾（きし）り上る最初の朝日の光に茜色（あかねいろ）にかがやいて、夜の色のまだ残った空に鮮かにあらわれているさまは何とも言われなかった。しかしその日は、雲が多くってその小さな姿を髣髴（ほうふつ）することが出来なかった。

早川（はやかわ）を右に入れてから、川は非常に水量を増した。瀬はますます大きく凄じくなった。この早川は、南アルプスの農鳥山（のうちょうさん）から流れ出して来て、深い谷を成して流れ、最後は身延の側面を掠めて、そして富士川に落ちるのであるが、実際名に呼ばれた通りの荒川で、この出水のために、舟路（ふなみち）がとまることがよくあるということである。一緒に乗った男は、私たちのために、もう見え出して来た身延の山を指し示した。

身延はその舟で行けば波高島のつぎの波木井河岸で下りる。そこから山門まで二十町、本堂から奥の院まで五十町かなりに路はわるいが、一度は行って見る方が好い。

今は汽車が東海道幹線富士

波高島は遂に来た。

それはやはりさびしい船着であった。人家が一軒ぽつんと岸に立っているのが見えるばかりで、他には村落らしいものも見えなかった。山巒が近く岸まで落ちて来ていて、温泉のあるらしい谷には、深く雲霧が鎖していた。

船を下りたその男がさびしそうに歩いて行くのが、よほど此方に来るまで見えていた。

（駅から分れて、大宮、芝川を経て身延に行っている。）

四五　箱根以西

箱根以西、東海道の沿線には、これと言って名にきこえたような大きな温泉場はなかった。伊豆の西の海岸には、それでも土肥だの、長岡だの、その他二、三ケ所に温泉がある。それは前に伊豆の条に書いた。参照するが好い。静岡附近には温泉はないが、その先きの藤枝から一里ほど入ったところに、志太という鉱泉があるが、そこは静かで気候も暖く、梅なども早く咲くが、私はまだ行って見たことがなかった。今は故人になった中村秋香翁が好きなところで『志太日記』などというのを書いたのを十五、六年も前に見たことがあった。設備はかなりに好いらしく、それに海が近いので、生魚などもかなりに豊富である

（三保松原は江尻で下車、清水港から汽船でわたる。）

らしかった。しかし今では、東京の人では滅多にそうした鉱泉のあるのを知っているものはなかった。旅行の途中に、下りて泊るには、あまりに興の淡すぎるためであろうと思う。

これから以西、名古屋（なごや）に至るまで、殆ど温泉と言うものがない。それも、山の中に入れば、二、三あるにはあるかも知れないけれど、要するに田舎の温泉で、都会の人たちを引きつけることは出来なかった。

東海道はどうしても温泉よりは海水浴だ。興津（おきつ）、江尻（えじり）のあの明媚な海岸、浜名湖（はまなこ）のあの弁天島（べんてんじま）、それから豊橋（とよはし）をすぎて蒲郡（がまごおり）のあの衣ケ浦（ころもがうら）の絶勝、すべて海水浴の分布で塗られて、温泉の気分は何処（どこ）にも漂っていなかった。関東地方の温泉の豊富なのに比べると、実にあまりに寂寥にすぎた。

知多（ちた）半島に来ても、やはりそうだ。温泉は殆ど無い。

従って名古屋あたりの人は、温泉と言うと、きまって伊勢（いせ）の四日市（よっかいち）の近くにある菰野（こもの）へと出かけて行く。

つまり多度（たど）山脈、名古屋平野の南西に当って見える、その中に例の養老（ようろう）の瀑（たき）などを蔵している山脈のその裏の鈴鹿（すずか）山脈の一部にその所在を示しているのであった。

龍華寺——江尻駅から一里半。

久能山——江尻駅から三、四里。自動車がある。

土地の人は、菰野と言わずに、湯の山（ゆのやま）、湯の山と言っていた。温泉の少いこの地方にあっては、非常にめずらしく感じられると見えて、今は四日市から軌道ができて、四、五里の間を楽にその山裾まで行くことができた。

名古屋あたりの芸妓（げいしゃ）は、温泉行きと言ってよく其処（そこ）に出かけた。

それはちょうど山の裾と言ってもいくらか半腹になっているようなところで、その旅舎の二階の欄干からは、伊勢湾が手に取るように見えた。知多半島の長く海中に突出している形も、伊良湖岬（いらこみさき）と鳥羽丘陵（とばきゅうりょう）との相交錯しているさまもすべて明かに……。そしてその背後は、鈴鹿山脈の大きな連亙が聳えているので、嵐気も多く、いかにも山の中という感じがした。

古い、昔からきこえている湯ではあるけれども、しかし何方（どっち）かと言えば老衰した、分量の少ない湯で、伊香保、箱根あたりに比べては、とてもああした温泉らしい気分を味うことは出来なかった。

しかし、軌道で行けば、じきそこに行くことが出来るから、旅客は一度は行って見る方が好（よ）い。

この他には、伊勢には何処にも温泉がない。従って、到るところの名勝を温泉と一緒に味うことが出来ない。その代りとして役立ったのは、やはり海水浴

菰野にある渓谷はちょっと好い。周囲の山も鈴鹿山脈だけあって嵐気が饒い。御在所岳を越えて近江の永源寺の渓谷の方へ出て行く路がある。

場であるが、それさえ東海道乃至関東の持ったような特色のあるものに乏しい。辛洲の海水浴、阿漕の海水浴、二見の海水浴、この中では二見が一番すぐれていて、伊勢参宮に来たものは、大抵其処に来て一夜泊って行くのを例にしているが、しかも、その土地が猫の額のように狭く、海が汚く、評判の女夫岩の小さく平凡なのに失望しないものはなかった。

四六　近畿地方

近畿もやはりその例に洩れなかった。

京都、奈良附近、すべてあらゆる名所古蹟は非常に多い。春の旅、秋の旅、すべて面白い。何処に行って、静かに一夜泊って見たいような処は到る処にある。京都だけでも一日二日三日くらいはあちこち見て歩くだけでかかる。奈良もやはりそうだ。西の京、法隆寺、それから当麻寺へ行って、多武峯、吉野あたりまで行くには、三日も四日もかかる。しかし惜しいことには、この附近にすべて温泉がない。ただ、強いて指を屈すれば、笠置山の麓、木津川の対岸にある有市鉱泉くらいなものであろう。

これとて、そう大して好い温泉ではない。しかしこれでも、温泉のないこの附近では旅客がよく出かけて行く。それに、流石(さすが)に関西線第一の山水と言われているところだけあって、木津川の谷が美しい。笠置山の聳えている形も好い。

この附近では、月(つき)の瀬(せ)の谷(たに)を私は少し書いて見たい。何故なら、其処(そこ)は近畿では、紀州(きしゅう)を除いて一番すぐれた山水を持っているからである。それに、およそ日本に梅の名所は沢山あっても、とてもこの梅の谿に如(し)くべきものがない。関東にある杉田(すぎた)、日向和田(ひなたわだ)、越生(おごせ)、いろいろ新月の瀬とか何とか言われているけれども、とてもこの本家本元(ほんけほんもと)には比すべくもない。第一、あの谷が立派だ。梅の時節でない時に出かけて行っても、決して悔いないような好い山水だ。

従って、上方(かみがた)の人は、梅の頃に、よくそこに出かけて行く。また島ケ原(しまがはら)、上(うえ)野(の)あたりでも、そうした客を目的にして、旅舎に美しい仲居を置いたり何かする。春まだ浅い谷には色彩が濃やかに漲(みなぎ)りわたった。

東京から急行で名古屋まで行って、そこで関西線に乗り替えて、鈴鹿(すずか)のトンネルを越して、伊賀(いが)の盆地に入ると、その娘の風俗から言葉まで違って、何処(どこ)となくなつかしい京音(きょうおん)を帯びて来る。頬の赤い娘などが多く目につく。で、上野で下りて、そこで一夜泊って、車で月の瀬に行く。この間が五、六里、丘陵があちこちに起伏している間を縫って行くようなところで感じがわるくない。

やがて月の瀬の梅渓が来る。

ここでゆっくり遊んで、山越しに柳生まで三里、この間は峠などがあって路はややつらいけれども、村落の散布、丘陵の囲繞、何処か線にやわらかな感じがあって、倭絵の中でも歩いているような心持がした。柳生から笠置までは十二、三町、ごく近い。そしてこっちから行けば、あの正面から来る坂を登らずにすむから、よほど楽だ。そして笠置の元弘帝の古蹟を見て、帰りは、木津川の対岸の温泉に一夜静かに泊るのは、興が多い旅である。

京都の嵐山の奥にある温泉、あれなども人は大騒ぎをして出かけた。炭酸泉で、温度が摂氏の十一度と言うのだから、そう大したものではないのであるが、温泉に乏しい近畿地方では、これでも頗る珍としなければならなかった。

それに、京都に近いので、その旅舎の設備は、温泉という名に呼んではいるけれども、何方かと言えば、旗亭かつれ込宿の設備で、金もかかるし、おうと落附いていられるような処でもなかった。それでも、花か紅葉の時に、舟をそこまで曳かせて上って来て、川に臨んだ欄干に凭れながら、静かに盃を啣むのもまた旅情を慰める一つである。

宇治に温泉と言う旅舎があるが、あれなどは、ただ、そういう名に屋号をつけただけで、決してそこに鉱泉が湧き出しているのでも何でもなかった。しかし、宇治は近畿では遊びに出かけて行くのに好いところであった。私は近畿の山水では、此処と月の瀬と箕面が好きだが、今は箕面はすっかり俗化されてしまった。

奈良平野には、前にも言ったように、やはり温泉はなかったが、一度山の中に入って行くと、十津川方面には、二、三すぐれた温泉の分布のあるのを見た。上の湯、下の湯、それから吉野山を四、五里離れたところに、入之波温泉などがある。それは吉野川の上流地方で、全く山中の温泉ではあるけれども、割合に世に聞えた温泉だ。

高野線の長野附近に小さな鉱泉がある。

大阪市をめぐった地方には、例の宝塚温泉がある。それから少し遠いけれど有馬温泉がある。神戸には、布引温泉、諏訪山温泉の二つがある。これなどは近畿地方にあって特に指を屈すべきものであろう。

四七　有馬温泉

宝塚は温泉場と言う気分よりは、むしろ雑踏した賑かな狭斜街と言った方が好いくらいであった。そこできこえている大きな浴槽、なるほどあの設備はとても関東ではその真似が出来なかった。また、湯の量の多い関東では、あんなことまでして客を呼ぶ必要がないと言って好かった。賑やかに遊ぶとか、騒ぐとか言うことには適していても、静かに温泉情調に浸るなどという気分にはとてもなれそうにも思われなかった。

それに比べると、有馬（ありま）は昔から聞えているところだけあって、いかに老衰した温泉だとは言っても、それでも湯の町らしい感じがあって好い。昔は――交通の不便であった昔は、大阪からそう遠くない地点にある、または山と言ってもそう深い山の中ではないこの温泉場も、やって来る人たちに、静かな、いくらか世を離れたような気分を与えたであろうけれど、ちょうど関東で言って見れば、東京から箱根（はこね）とか伊香保（いかほ）とかに出かけて行くと同じような気分を起させたであろうと思われるけれど、今ではとてもそうした感じは其処（そこ）では味わうことは出来なかった。大阪の騒がしい面白半分の空気は、既に名残なくその山の中にも入って来た。

従って、この附近にある温泉旅舎が、全く旗亭化してしまったというような空気の余波を受けて、有馬でも、純乎（じゅんこ）たる温泉情調はもう味うことは出来なかった。そこには阪鶴線（はんかくせん）で三田（さんだ）まで入って、それから入って行くのであるが、交通も非常に便利で、車も自動車も停車場に待っているという風である。

しかし昔から名に聞えて、秀吉が淀君を伴れて入浴したこともあるという温泉だけに、地形から言えば、かなりにすぐれた好い山の中である。三面は山巒で、北が一方、即ち三田に行く方が開けているが、割合に嵐気が多く、雲煙の坌湧も近畿地方では先ず多く見られるという風である。温泉の湧き出しているところは、町の中央で、そこに大きな浴槽をつくって、何処の浴舎からも客は皆な手拭を持って其処に出かけて行くようになっている。そしてきまった湯銭を払うようになっている。

この湯銭制度、即ち銭湯と同じ組織は、上方地方でなければ見られないもので、関東や九州の湯の多いところでは、決してこんな風に湯銭を取らない。よし、湯銭を取るにしても、つけの隅の方に小さく書いて置くくらいのものである。

この銭湯制度も、畢竟するに、湯の湧出量が少く、各旅舎に満遍なく樋で送ることが出来ないので、それで止むなくこうしたことになるのであるが、湯治をするとしてどうもあまり感じの好いものではなかった。こうした制度の湯は、有馬を始めとして、但馬の城崎、伊予の道後すべて皆なそうである。そしてこ

老衰したとはいえ、近畿では、温泉としては此処

うした温泉に限って共同浴槽に非常に金をかけて、壮麗極るものとしている風がある。外国の風を真似たのであろうが、私はそれを面白いとは思わない。

　有馬の浴舎は、この中央の大きな浴槽をめぐって、三層、四層の大きな高楼がぐるりと築き起されてあるが、外形はちょっと関東に見られないほど立派である。ここには、有馬六景、同じく十二景などという名所があって、浴客の行って散策するにまかせてあるが、別に大したものではなかった。上方だけに物価もそう廉くはない。

　この附近に、炭酸泉の出る山があって、それを瓶詰めにして、鉄砲水と言って売っている。この他武田尾(たけだお)駅に、武田尾温泉、生瀬(なませ)に生瀬温泉がある。前者は塩類泉で、後者は炭酸泉である。しかし、共にそう大した温泉場ではなかった。

四八　六甲越

有馬から六甲越(ろっこうごえ)をして、住吉(すみよし)の方へ下りて来る路はかなりに面白い。

　この路は住吉の方から登って行くと、なかなか嶮しい山路であるけれども、有馬の方からやって来ると、始め少しの間、登りがあるだけで、あとはすっか

に指を屈しなければならない。往きには三田から行って帰りは生瀬の方に出て来るが好い。その谷はちょっと景色が好い。

り下りであるから楽である。つまり六甲山の裾の凹所を通って行くような形になっている。

六甲山はしかしそう大して高距のすぐれた山巒ではなかった。上方の人たちは六甲と言えば、非常に深い山のように言いもし思いもしているが、関東中部に見るような雲煙の坌涌、嵐気の揺曳、密林の分布はとてもそこに発見することは出来なかった。しかし、その頂上は、近畿の海と山巒と町とを眺めるに適していて、複雑した感じを味うことができた。そこに上るには、有馬から少し来たところから右に入って登って行くのであるが、登路三十町くらいで、その平らな頂に到達することが出来た。

のぼりつめたところから少し入ると、六甲の頂上のところに出る。

住吉の方へ出て来る路は、それを右に入らずに、真直に十二、三町登ると、峠に来る。ここからは一面に大阪湾を望むことが出来た。正面に碧く見えるのは紀州の山で、右に大きな水道を挟んで見えているのが淡路島の東南部の山巒である。左には、大阪市の煤烟が手に取るように見え、その向うに、生駒連山、それに連って、葛城、金剛の諸峯が碧く鮮かに空に浮ぶように聳えているのが見えた。

少くとも、此処で見た近畿地方の眺望は、他には容易に得られない一特色を持っていると言って好い。

それに、この峠から折れ曲って下りて来る路が面白い。始めの中は、多少林があってその眺望を遮るが、それも段々下りて来る間に尽きて、前にひろげられた大阪湾が大きな池のように、そこに往来する汽船や舟は丸で玩具か何かのように見えた。例のビスマルク山と呼ばれた甲山が黒く小さく下に見えるのも面白かった。

幹線鉄路を走っている汽車が白い煙をあげてすぐその下を通って行ったと思うと、今度は阪神電車の軽快なペンキ塗の車台がスウスウ軽く通って行くのが見えた。

次第に下るに従って、次第に人家があらわれ、畠があらわれ、酒造庫の大きな白壁があらわれ、芦荻の新芽の青々とした小さな池があらわれ、いかにも富んだ村らしい瀟洒な村落があらわれて来た。

この間は、上方でも気候の好い、暖かい、金持の多い、例の灘の造酒家の多いところだけに、何処となく、気分がゆったりして、感じがゴタゴタしていない。大阪附近の雑沓とは比べものにならないほど静かな好い気分に浸ることが出来た。

そしてこの間には、名所古蹟もかなりに多かった。神功皇后の舟出した打出の浜、西の宮の戎神社、歌の名所としてきこえた猪名の笹原、水の清い武庫川、その他見るに値いするところが沢山にあった。神戸の人たちのよく行って見る岡本の梅林もその附近にあった。

で、一歩一歩その海に面した路は尽きて、遂に、西国街道のひろい通に出てやがて住吉の停車場に着くことが出来た。

四九　諏訪山と布引の二温泉

神戸には、布引温泉と諏訪山温泉との二つがあった。

神戸は好いところだ。開港場としての感じが、横浜ほど殺風景ではなしに、何処か小ぢんまりしたところがある。港の形としても、横浜のようにゴタゴタしていない。これと言うのも水深が深く、よくまとまりがついているからである。汽船の碇泊しているさまや、それに面して突出した波止場のさまや、海岸通の運漕店の並んでいるさまなども、決してわるい感じを惹かない。

それに、此処には湊川の古戦場があり、清盛の福原の都の址があり、源氏の勇士の箙に梅をさして戦った生田の杜があり、嗚呼忠臣楠子の墓があり、そしてこれら一帯の地が五十年以前には、今日の繁華は夢にだも見ることの出来ない漁村蜑戸(たんこ)で、波がさびしく岸を打っていたという形が、旅客にいろいろな思を起させた。それに、その傍(そば)に連った兵庫港(ひょうごみなと)が、清盛時代から、和船の港としてその一角に存在していたということも面白かった。

それに、一谷(いちのたに)の古戦場も近ければ、須磨明石(すまあかし)の絵のような海岸も今はその郊外のような形になっていて、何時でも行ってその明媚な風光に眼を寄せることが出来た。

ことに一層好いのは、風が少く、雨が斜に降るようなことはなく、気候も暖かに、梅なども早く咲くことであった。京都は全く山国である。冬は寒く、夏は暑い。大阪は平野の海に尽きた三角洲に出来た都会であるために、風が強く砂塵が常に地を捲いて起る。それに樹木の緑の少い形も東京に似ている。それが一度神戸に来ると、そうした嶮しい気象は、何処かに行ってしまったかのようになくなってしまう。

私は奥平野(おくひらの)の麦畑の中の二階家に朝目覚めて、『君がやどは麥(むぎ)の畑の中(なか)なればあけぬ中(うち)より雲雀(ひばり)なくなり』という歌を詠んだことがあるが、その時分は、湊山(みなとやま)に鉱泉があって、朝早く友達と一緒に其処(そこ)に入りに行ったものだが、今はその鉱泉もなくなってしまったということであった。諏訪山の温泉には、その後度度出かけて行って浴した。やはり、銭湯制度であり、湯の量もあまり多いということは出来ないが、それでも旅の労れは医すことが出来た。ある日は、そこの旅舎の二階で、雪の降り頻るのを見ながら、静かに歌を思ったことなどもあった。

しかし諏訪山にしろ、布引にしろ、其処では、とても温泉らしい気分や情調は味うことは出来なかった。旅舎の設備もそうだし、女中の取扱い方も、あまりに普通の旅舎化していた。

布引には、温泉の他に、例の滝がある。これは昔はこれほど俗化しなかったのであるが、下から上に行く間の松林の中などは、ことに静かな気分に富んだところであったが、今はすっかり開けすぎて、わざわざ行って見るほどの名所ではなくなってしまった。惜しむべきことだ。

しかし此処まで来たついでに、旅客は是非とも須磨明石まで行って見なければならない。流石に昔からきこえたところだけあって、感じは単調であるけれども、何処か捨て難いところがある。夏は雑沓して、とても泊るようなところもなく、また避暑地としては非常に暑く風がないけれども、春先など静かにそ

淡路島にわたるのには南海電車で淡の輪に行

の海岸を歩くと、海を越して、淡路島(あわじしま)がぼんやりと霞んで、白帆が動くか動かないくらいの程度で、静かに松の間を縫っているさまは、まことにすぐれた倭絵を思わせた。敦盛(あつもり)の墓のあるあたり、舞子(まいこ)公園の松の根の張ったあたり、垂水(たるみ)から塩屋(しおや)へと行くあたり、いかにものんびりとして、春の旅らしい感じを十分に旅客に味わせた。

淡路島にわたって、其処に残った歴史の址を探るのもわるくなかった。

五〇　熊野の湯の峰

近畿地方で、温泉らしい感じを持った温泉を私はあれかこれかと思いめぐらして見た。有馬(ありま)も、宝塚(たからづか)も、諏訪山(すわやま)も、嵐山(あらしやま)も、私は前に言ったような理由であまり面白いとは思わない。そうかと言ってそれでは何処(どこ)か。ふと私の眼には熊野(くまの)の奥にある湯(ゆ)の峯(みね)温泉が思い出された。

万山(ばんざん)の中の温泉場、そうかと言って、白骨(しらほね)、上高地(かみこうち)、中房(なかふさ)のように深い山の中にある温泉ではないが、また、冬は積雪の中に埋められてしまう種類の温泉でもないが、何処かその感じが関東中部の温泉場に似ているので、それで私の旅情を動かしたのであった。

って、そこから乗る方が便利が好い。

私が其処に行ったのは、春の三月の下旬で、北山川の瀞八町を見て、その夜はその上流の田戸に泊り、翌日は近畿にもこんな深山があるかと思われるような密林の中を通って、護良親王の遺蹟のある玉置山へと登った。そしてそれから間道を経て本宮へと志した。ところが、途中で路を失って、全く深山の中に落ち、どうして好いかわからぬような目に逢ったが、それをどうやらこうやら、十津川の岸に下り、それで安心して、二、三里の道を本宮へと向った。紀州は沿海百里、海も荒いが、山もまた頗ぶる嶮しく、『紀の海の波よりも猶けはしきは熊野の奥の山路なりけり』などという歌を口吟んだほどであったが、中でも瀞八町から本宮へ出る間道は、私に辛い旅の困難を染々と覚えさせた。それに、潮流の関係で、春は雨が多かった。蜜柑の黄、山桜の白、蛙の声は到る処にきこえて、そぞろに旅客の興を誘ったが、しかしその雨に私はしたたか困った。私の着た黒のキャラコの羽織の上には、いつも山桜が雨にぬれて貼せられてあるほどであった。昨日も雨、今日も雨という風で、湿れた衣を乾すひまもないほどであった。

本宮に来た時には、そのいやな雨がまた降り出した。

それに足が非常に疲れていて、もう歩くに歩けないくらいであった。よほど、本宮に泊ろうかと思った。しかし、三十町行けば、湯の峯温泉があると言うので、せめては温泉にでも暖って、一夜ゆっくり寝れば、それで疲労も休まるだろうと思って雨にしょぼしょぼ濡れながら歩いて行った。ところが、この三十町が行っても行っても容易にやって来ない。小さな峠を上って下りるとまた一つ峠がある。それをやっとの思いで越して、下にさびしいしかし温泉場らしい湯の峯温泉を発見した時には、私は故郷にでも帰って来たようななつかしさを覚えた。

狭い山の中のようなところで、一村悉く温泉宿と言ったような形であった。浴客もかなりに多かった。それに、湯も非常に効能があるように思われた。

その夜は大雨で、軒の樋を伝って落ちる雨滴の音が、遠い渓流の音に雑って、さながら滝津瀬のようにきこえた。私は終夜夢を結ぶことが出来なかった。

そしてあくる朝は、再び雨を衝いて、本宮へと来て、そこで熊野川を下る河舟をもとめた。しかし何という面白い旅の興であったろう。溶々に濁った川の岸にぽっつり一つ苫を葺いた河舟、乗客と言っては、私の他に百姓らしい男一人と熊野の神社を巡礼して歩く女と三人きりであったが、それが一度纜を解くと、矢を射るように早く早く瀬を下って行くのであった。否、幸いなことには

一、二里行く中に、雨はあがって『大八州遊記』の記者が天下第一と激賞した熊野川の奇勝の私たちの眼の前にあらわれて来る時分には、雲のところどころに碧い空が見えて、日光が美しく雨にぬれた渓山を照し始めた。『いかにして種は生ひけんと思ふまで高き高根に花の咲くかな』こうした歌を私は手帳にかきつけたりした。

五一　熊野の山の中

熊野の春の旅は、私に取って非常に印象の深いものであった、雨には濡れたが、気候が温暖で、京都はまだ花の咲かない頃なのに、山畑には菜の花が咲き、崖に山桜が白く、到る処蛙の声がきこえて、仮初の旅舎の一夜も、私によく「詩」を思わせた。瀞八町の渓には早くも躑躅や山吹なども咲いた。それに海岸近い地方には、畑に大きな夏蜜柑が黄く熟していて、いかにこの地方の南国的色彩に富んでいるかを思わせた。

『大八州遊記』の記者の言う通り、熊野川の持った渓山は、とても近畿地方では夢想だにすることの出来ないようなものであった。天下第一と言うのは或は当らないかも知れないけれど、無論耶馬渓などよりは数等上で、球磨川の谷も或はこれに及ばないかも知れなかった。では、飛騨にある益田川の谷に比してはどうか。或は伯仲の間にありと言って好いであろう。

それに、新宮の町が非常に感じの好いところだ。例の秦の徐福の墓などもあるし、町にもめずらしい穏かな気分が漂って、住んでいる人も温厚素樸であるらしかった。私は伊勢の長島港から、沿岸を航行する汽船に乗って、怒濤天を衝くばかりなる荒海の中を終日航行して来たことを思い出した。またその汽船が漸く日暮に三輪崎について、近寄って来る艀に乗って、さびしい灯の埠頭に上陸したことを思い出した。それからそのあくる日に雨を衝いて、那智山の滝を見に行ったことを思い出した。そこに至る間の海岸には、棋石に使う所謂那智の黒石なるものが多く、その雨にぬれた色は、他の海岸ではとても見られないように色彩が濃やかであった。

那智の滝は、やや浅露にすぎていた。なるほど滝としては大きいが、『東遊記』の記者も言った通り、荒山の中の瀑と言った感じは少しも起らなかった。しかし、那智山の御堂に上って行く磴道の両側に並んだ黒い杉森を透して匹練のような滝の姿を望んだ形は流石だと私は思った。私はそこから引返して、新宮に一夜泊って、それから熊野川の岸を北山川の合流点まで行き、例の瀞八町の谷へと入って行ったのであった。

北山川は熊野川に比して、やや明媚である。幾重にも逶迤として折れ曲った形が面白かった。この奥には、伐っても伐っても尽きない森林があるらしく、流れて来る筏は瀬に満ち岸に満ちた。田戸に泊った一夜の光景は深山の中にこうした世界があるかと思われるばかりで、木材を伐り出して筏にして流す上方の商賈が室という室に一杯満たされていた。あの狭い瀞潭の隅に一面に流れ寄った新しい筏も、私にインプレッシイブな感じを与えた。

瀞八町は舟でなければ目を寓することが出来ない形が面白かった。両岸の絶壁は実に仰ぐばかりである。上からはとても覗くことが出来ない。これが即ちこの景勝の久しく榛莽の中に埋れて世間にあらわれなかった所以である。それに、この奇は岩石よりも寧ろ深潭の美にあった。あの深い碧、それを私は再び何処に発見することが出来るであろうか。秩父の長瀞などは、ただ形がやや似ているばかりで、これに比べては、膚浅多く語るを須いない。

普通の旅客は、容易に此処までは入って行くことは出来ないけれども、ここを見ずには、天下の山水を語ることは出来ないと私は思った。今でも交通はやはり不便で、田辺から入るか、十津川から入るか、または汽船で勝浦まで行ってそこから軌道で新宮に行って熊野川を溯るか、この三つの一つを取らなければならない。

私は帰りには、新宮から勝浦に出て、そこで再び沿海を航行する汽船の甲板に身を託した。勝浦には鉱泉がある。田舎の汚ない温泉ではあるけれども、効能が多いので、浴客は到るところから集って来た。浴舎の設備もかなりに整っている。

串本（くしもと）を通る時、旅客はそこにある橋杭岩（はしぐいいわ）の一奇勝のあるのを見落してはならない。陸から見ると、かなりに大きく奇観であるけれども、沖からでは、どうかすると見落してしまうことがある。

とにかく、熊野は日本の山水郷だ。是非一度は入って行って見なければならない。

五二　龍神と鉛山

温泉の分布上から見れば、近畿に、またこの他にいくらか温泉がないではない。京都府の中で、前記の外、丹後（たんご）の竹野（たけの）郡の木津（きつ）村に木津温泉がある。この温泉は炭酸泉で摂氏三十七度の温度を保っているから、かなりの温泉である。

それに海浜に近く、十五町くらいで、美しい海山を望むことが出来るから、浴客はかなりに多い。しかし交通線から離れているために、全く一地方の温泉として以上の声価を保つことが出来なかった。

奈良県地方では、北部山嶽地方に、なお二、三の分布を見る。しかし概して十津川あたりの山の中で、設備も十分に出来ていない。

兵庫県の温泉は、前に記した外、特徴として、例の飲料水を製して、海外に輸出する炭酸泉が多いから、布引の布引水、平野の平野水、前に記した有馬の鉄砲水など皆なその揆を一にしている。中でも有名な平野水の出来る平野鉱泉は池田町から一里ほど隔てた多田村大字平野にあって、一時は浴舎も沢山出来て、立派な温泉場の形を成したけれども、炭酸水の製造の盛んなのと反比例をなして、そう大して発達しない。この他、この附近には、孔雀、三矢、森本、リネルなどという鉱泉があって、それぞれその名を附した炭酸飲料を多量に製造している。この他、河辺郡長尾村字中山寺に中山温泉というのがある。その名は多く聞えないけれども、風景が好いので、将来立派な温泉場として発達する見込が十分にあるというところである。

和歌山県では、龍神温泉が頗る著名である。そこの人たちの言うところに依

龍神は近

ると、その温泉はかなりに歴史も旧く、湯の分量も多く、浴客もまた非常に多いということであった。しかし交通は余り便ではなかった。龍神街道などという路があって、その温泉のために種々と昔から交通の便を計っているにも拘らず、今でもそこに行くには、徒歩で十二、三里も北方の山の中に入って行かなければならなかった。しかし、炭酸泉で摂氏の三十九度を有している温泉であるから、行って見て効能の少いことは決してない。それに、山巒が高く、ちょうど日高川の源流に当っているので、世を離れた山の温泉らしい気分もきっと多いに相違なかった。浴槽も六ケ所にわかれていて、淹留数十日に及ぶ浴客も少くないという。私はその名を聞いてまだ行って見たことがないから、詳しくそれをここに描くことが出来ない。その他、この附近の山の中に二、三温泉があるが、それは取り立てていうほどのこともない。

　田辺の附近にある鉛山温泉、其処はちょっと面白いところらしい。私が田辺の汽船を待っていると、ちょうど其処に鉛山温泉に行く客たちを乗せた船が今出て行こうとするところで、よほど私もそれに乗って行って見ようかとも思ったが、大阪に入るのがおそくなるので思い留った。何でも各種の温泉が沢山に湧き出していて、設備もそんなに酷く田舎めいてはいないということであった。

畿では一番すぐれている温泉だそうだ。山も深い。夏も涼しい。蚊などもいないということである。交通がもう少しどうにかならないものか。

鉛山はこの頃多分世人の口に上るようになった。これつまり近畿が持った海の温泉場としては、此処と熊野の勝浦とこの二つがあるばかりであった。そしてその優劣の点から言うと、無論此方の方が、湯としても、風景としてもすぐれているらしかった。地図で見ただけでも島などが無数に散点して、海のたたずまいにも他に見られないようなシインを持っているらしかった。海岸に横っている岩にも奇岩が多かった。

たまには大阪から紀州がよいの汽船を利用して、此処までやって来て、淹留十数日に及ぶ浴客もあるということであった。しかし近畿の温泉として、泉質、泉量共にすぐれているのは、やはり前に記した熊野の湯の峯温泉に指を屈しなければならなかった。そこでは、泉の熱度が高いので、米を嚢に入れてそれに浸せば、忽ち飯となるということだ。

も龍神と同じく好い温泉だが、やはり交通が十分でない。

五三　北国の温泉へ

こういう風に、近畿地方は温泉に乏しいがために、上方の人たちは、温泉と言うと、きっと北国へと出かけて行くのが例になっている。

従って、加賀の山中、山代とか、能登の和倉とかは、一面近畿の人たちのために備えられた温泉と言っても好いようなものである。大社線の城崎、または海を越して九州の別府(べっぷ)へと出かけて行くものも尠(すくな)くはない。けれども春から夏にかけてはその十の七、八は北国の温泉へと皆(みん)な志して出かけた。

であるから、山中や和倉の設備は主として上方の客を標準にして拵(こしら)え上げられているのを誰も見落すものはないであろうと思う。その気分、その感じ、その色彩、すべて上方風である。女などには上方から入り込んで来た分子が決して尠くないのを私は見た。

せめて近江にでも好い温泉があれば、そう遠くまで出かけて行(ゆ)かなくとも好いのであるが、生憎(あいにく)そこには鉱泉すら湧出しなかった。風景明媚な琵琶湖(びわこ)の周囲には、そうしたものの一つすらも見出すことが出来なかった。
で、その北国の温泉の旅をする人は、琵琶湖畔を米原(まいばら)まで来て、そこで北陸道の汽車に乗り替えて、そして山巒(さんらん)の重畳(ちょうじょう)した越前(えちぜん)の方へと向って行く。

秀吉が最初の本拠を置いた長浜(ながはま)、山巒の中にその水光の半ば埋れた余吾湖(よごのうみ)、賤ケ嶽(しづがたけ)の決勝戦の戦われた古戦場、それから長いトンネルを越して、ロシアへの北方の門戸である敦賀港(つるがこう)、南朝皇太子の悲劇の址(あと)の残っている金崎宮(かながさきのみや)、太古からそこに歴然と鎮座している気比神宮(けひじんぐう)、常宮(じょうぐう)の絵のような海、杉津(すいつ)から見た美しいシインも幻のようにきえて、瓜生保(うりゅうたもつ)が孤忠を示した杣山(そまやま)城址、時の間に汽車は福井に来て、新田義貞の戦死のさまなどが仔細に旅客の胸に集って来た。

　福井市では、公園に行って見る価値がある。継体天皇の銅像、次に志があったら、維新の志士橋本左内の墓を展するのも好い。ここでは九十九橋は、市の中心で、これで橋南橋北にわけられてあるのも面白い。羽二重業の日本でも屈指のところだけあって、商業が何処となく活気を帯びていて、生き生きとして感じが好い。市街もまた瀟洒である。

　曹洞宗の本山永平寺に賽しようとする人は、此処から電車でこの麓まで行き、そこから山門のある門前町へも達する。流石に一宗の本山と言われるだけあって、山も深く、境も闊く、殿堂も宏壮に、おのずから礼拝の念が起って来るようなところだ。旅客は是非一度は参詣しなければならない。

　この附近では、芦原温泉がある。ここは三国港の東一里、福井から加賀に入って行く県道の附近にあるので、行って浴するのに便利である。塩類泉で、温度はかなりに高く、最高度七十七度を算した。北にずっと丘陵が靡いて、西南遠く田野に面した形はちょっと温泉場らしくって好い。三百戸ある中の七十余戸は、温泉旅舎を営んでいるので、それでも常に浴客の多いことが知れた。

　此処に泊っていて、三国港の方に行って見ると、かなりに面白いところがあ

この芦原温泉はなかなか好い。今では福井市の温泉と言って好いくらいに栄えて

る。三国港はちょうど九頭龍川の河口に位していて、その港の形といい、船舶の来り集っているさまといい、いかにも裏日本の昔栄えた港という空気を旅客の胸に深く染み込ませた。この町にある三国の宮は即ち県社三国神社のあるところは、ちょっとした高い丘で、杉の古木などが深く繋っているが、西北に一面に日本海を見渡してなかなか風景が好い。

九頭龍川の河口は、銚子口と言っているが、これを北にめぐると、安島崎がある。そしてその前の雄島からかけて、一帯の奇岩は所謂東尋坊の奇勝をつくって柱状節理を呈した輝石富士岩が、海蝕作用を受けて、高低参差、神工鬼刻の奇観を呈している。実際すぐれた海濤の眺めである。

裏日本の海岸では、ここあたりから、若狭、丹後、但馬にかけては、徙崖が到るところに発達して、到るところに、海山の眺めのすぐれた風景を展開していた。この東尋坊を始めとして、常宮の海岸、若狭の四湖、内外海の怒濤、それからやや西して、小浜湾外の久須屋ケ嶽の背面に、例の大門小門の奇勝がかくされてある。それからなお西して、高浜附近、舞鶴附近到るところとして、旅客の思いを惹かぬものはない。そして、その徙崖と怒濤とは、遂に日本三景の一である例の天橋立の奇勝をそこに展開しているのであった。

いる。発見されてからまだ三十年くらいしか経たない新しい温泉で、湯の感じが何処か越後の村上の瀬波に似ている。冬、三国に行って、例の精子蟹を食う楽しみは忘れられない。

芦原に一

私の知っているところでは、裏日本では、この一帯の徙崖と、松江附近と日本アルプスの末梢の海に落ちた親不知附近と、越後と羽前の間に横った海府浦と男鹿半島とが最も海山の勝のすぐれているところであろうと思う。

五四　温泉軌道

上方の人たちの出かけて行くために、北国の温泉は、その設備やその空気がすべて上方式であることは前に言ったが、近頃では、温泉軌道なるものが出来て、片山津、粟津、山中、山代、何処へでも自由に行って遊浴することが出来るようになった。

私が行く時分には、大聖寺から山中までの軌道はあったけれど、片山津と粟津とはやや離れていて、二、三里の間を車か乗合馬車に頼らなければならなかった。しかし、これらの温泉はすべて皆な面白かった。近畿地方には容易に見ることの出来ない温泉場らしい気分を持っていた。

この中で、一番栄えているのは、やはり今でも山中温泉であろう。その感じは何方かと言えば暗い方であるが、昔から世にきこえた温泉だけに、風俗などにも面白いことがあって、長く滞在して見ると、じっと落附いたような気分に

夜泊って、三国に行って、そこから一里半の東尋坊の奇岩を訪ねる――これも面白い旅のひとつである。

山中、山代あたりよりも芦原の温泉の方が感じが好かった。

山中へは大聖寺駅

なるところである。浴槽の設備は、上方式で、中央に特等並等の湯があって、湯銭を払って、旅舎から出かけて行くようになっている。湯女を此処ではししと呼んでいる。

軌道の終端駅で下りると、もうそこはすぐ温泉場で、狭い暗い通りに、例の山中漆器を並べた家だの、小料理店だの、温泉旅舎だのずっと続いて並んでいるのを旅客は眼にした。二階、三階の欄干には、浴客のかけた手拭などが白く見えて、やがてそのゴタゴタした細い通りは、中央に浴槽のあるところへとひとりでに旅客を伴れて行った。扇屋、吉野屋などという大きな旅舎がその附近にあった。

この山中温泉の持つに蟋蟀橋附近の渓流は、かなりに旅客の思を惹くことの出来るものであった。既に前に言った通り、土地の感じが狭く暗いので、この美しい渓流も、何処かギゴチないような感じがするが、それでも夏など行って見ると、涼風が両袖に溢れて来るような好い感じがした。

渓の種類から言うと、瀞潭ではあるが、またそう大して深い感じのするたとえて見れば紀州の瀞八町のようなああしたすぐれた瀞潭ではないが、それでも温泉の持った渓流としては、何方かと言えばすぐれた方だ。夏はそこでは鮎な

から電車で。山代へは山中への電車の途中から左へ。

どが獲れた。

　これに比べると、山代温泉はぐっとひらけている、前者が山の温泉なら後者は平野の中の温泉と言ったような気がする。浴槽の設備や、旅舎の構造や、人家の位置などにも、よほどそうしたところがある。一言にして言って見れば、著しくリファインドされた温泉場である。従って女などを伴れて騒ぐ客は山中などよりも此方(こっち)に多いということだ。

　それに、この附近は、例の九谷焼の主産地の中心を成している。山中温泉に漆器市街の気分が多いように、此処(ここ)には陶器市街の気分が漲(みなぎ)っている。大きな陶窯(とうがま)を持った家、赤い青い色彩のチラチラする陶器を並べた店、何処となく金持の多いような気分、そうした感じが始めて行った旅客にもすぐ感じられた。

　片山津は、この二つの温泉と比べると、ぐっとまたその趣が違っている。無論、温泉としては、山中、山代に如(し)くべくもない。湯の効能もよほど違う。しかし、前二者が山の温泉平野の温泉であるのに引かえて、これが水郷の温泉であることは、特記するに値いする。

　この温泉は柴山潟(しばやまがた)の潟湖(かたこ)の中から湧出する。つまり、この地方に特有な三つの連続した潟湖の岸にその白い湯気を漲らしているのである。私の知っている

片山津は動橋駅から電車へ。

限りでは、湖の中から湧出する温泉は、此処と伯耆(ほうき)の東郷(とうごう)温泉との二つであるが、何方にもそれぞれ特色があって、俄(にわ)かにその優劣を下すことは出来ないが、私の嗜好では、此方よりも東郷温泉の方が静かで好かった。しかし此処とてわるいわけではない。静かな湖水、叢生した芦荻蒲葦(ろてきほい)、藻(も)の花の白く咲いた中に捨てられた浮んでいる舟、ことに、その向うに、ひろい松原の緑を隔てて、日本海の怒濤の地を撼(うごか)して聞えて来るのは何とも言えない感じを私に与えた。

それに、ここには、鮒(ふな)、鯉(こい)、鰻(うなぎ)などがかなりに獲れた。食物などは、従って前の二つの温泉よりも豊富な訳だ。

ここもやはり、中央に大きな浴槽があって、客は皆な其処(そこ)に手拭を持って出かけた。

ここから見える松原の中はちょっと散歩して見ても面白いところだ。何故なら、そこは昔、北国街道のあったところで、例の斎藤実盛(さいとうさねもり)が髪に涅(でつ)して、義仲勢の雲霞(うんか)の如く押寄せて来るのを支えて、そこで戦死した古墳が今だにその松原の中に残っているからであった。それは小さな輪塔形(りんとうがた)の石であったが、松林の中に深く埋められて残っている形は私に「詩」を思わせた。

それに、この海岸では西瓜(すいか)が出来た。それに塩浜(しおはま)などもあった。いかにもさびしい静かな気分のするところで、そこから松原をぬけて、湖の岸に出て来ると、遥かに雲を破って白山の雄大な姿が仰がれた。路は湖と湖との間を連続させる芦荻の緑の多いデルタの岸を縫って、静かないかにも田舎らしい感じのする間を通って、今の北国街道の松並木のあるところへと出て来た。

この三つの湖水の一目にあつめて眺める三湖台は、本当から言うと、小松から粟津へ行く途中にあるのであるが、この街道を北して、旧い駅の人家の中ほどから折れて入って行っても行けた。私の行った頃には、そこは全く榛莽に埋められて憩うべき茶店一つもなかったけれども、今は少しは旅客のための設備も出来たかもしれない。温泉軌道さえ出来たくらいだから……。

此処から眺めた三湖の眺めは、ちょっと変っている。湖の色は錆びているから、とても美しいとか見事だとかいう、そうした派手な感じは得ることは出来ないけれど、また一面その錆びたところに面白い趣致があって、かなりに深く私の心を惹いた。ここからは、日本海の怒濤もそれと髣髴された。昔の北国街道の位置、安宅の関の跡が今は海中一、二里のところに埋ってしまった形なども、地形上から見て興味が饒かった。

小松の多太神社は、此処らできこえた古い社だが、そこにある斎藤実盛の兜、

小松から尾小屋への軌道がわかれて

それを見て芭蕉が、『無残やな兜の下のきりぎりす』と詠んださまなども、旅客に昔を思わせずには置かなかった。

　粟津の温泉は、前の三つに比べると、一番静かで居心地が好かった。これは平野の温泉でなくて、丘陵の中の温泉と言う感じがした。旅舎にも大きいのが多く、それでいて静かに落附いたような気のする家が多い。それに、この近くに、例の北国で有名な那谷寺がある。これは花山院が紀州の那智と美濃の谷汲との勝を二つ兼ねて持っているというところからつけたもので、香煙はかなりに盛で、賽客は常に跡を絶たない。

　山もやや深く、御堂も立派だ。秋の紅葉時分はことに好かった。とにかく此処に集っている温泉は、北国の遊覧地としては、かなりに面白いところである。夏は小松の先きの海岸に、小舞子という停車場が臨時に出来て、そこに海水浴場が開けた。猫の額のようなところで、とても舞子などに比すべくもないが、海松乱立し、怒濤掀飜するさまは、いくらか旅客の思いを惹いた。

五五　白山へ

小松から松任に行く間に、汽車は大きな鉄橋を渡った。

行っている。

粟津は幹線の粟津駅から電車へ。

これは即ち手取川であった。白山の万山重畳した中から流れて、深い横谷をつくって、鶴来から此方へと出て来て、そして安宅に至って日本海に注いだ。北国ではかなりにきこえた大きな川であった。

橘南谿の『東遊記』を見ると、かれは十二月に京都を立って、そして此処に来て、風雪に逢って、殆ど命を殞そうとしている。『手取川の風雪』という題目で、かれはそれを書いているが、その時分のことを考えると、そうも交通が不便であったかと言うことが想像された。

この手取川の谷は、旅客に取って、是非一度入って行って見て面白いところだ。白山の持った種々の色彩は実にそこに多く展けられてある。一体白山という山は山が深いので、海岸に近く駛っている汽車の窓からは、容易にその翠巒を認めることが出来なかった。北国を通っても、汽車では竟に白山とは親しむことは出来ないような位置にある。

この白山の登山者は、金沢からするものは、鶴来に行って、それから始めて手取川の谷に添い、その麓近くまで十余里の間、或は渓に架し山に凭った山村、或は日光の潺々とかがやく急瀬、雲霧の深く封じた谷などを通って行くのであるが、この間には、山水の奇景は非常に多く、さながら一巻の山水図譜を繙く

金沢から鶴来までは軽軌の汽車、それから白

ような感じがするということであった。

これとは別に、越前（えちぜん）の方から入って行く路は大野（おおの）に出て、それからかなりに嶮しい峠を越して、その麓のところへと出て行った。

山の麓までは自動車が通ずる。

この白山登山者の浴する白山温泉と言うのは、白峯（しらみね）村の一の瀬というところにあるのであるが、白山火山の基礎を構成する侏羅紀（ジュラき）砂岩の間から湧出して、泉量も多く、熱度も高く、非常に好い温泉であるということであった。日本アルプスの上高地、白骨（しらほね）などと名を斉（ひと）しうするものであろうと思う。ここでは、炭酸水を製し、白嶺水（はくれいすい）と言って世間に売り出している。白山の頂上までここからなお三里を数えた。

しかし普通の旅客に取っては、こうした高山に登り、世離れた温泉に浴するのは容易なことではなかった。従って此処ではそうした記事は好い加減にして、汽車に添ってなお旅をつづけなければならない。

鶴来町はしかし特色のある町だ。つまり加賀平野と山地との間に位置してあるために、山野の産物を交換するという形になっているからである。

五六　和倉へ行く途中

この温泉地から、能登（のと）の和倉（わぐら）まで行く間には、かなりに寄って見て行くに値いしているところがある。

松任（まっとう）では旨（うま）い饅頭（まんじゅう）が出来た。金沢（かなざわ）では、一夜泊ってあちらこちらを見物する。此処（ここ）からは銭屋五兵衛（ぜにやごへえ）の出た金石港（かないしみなと）に向って、北に電車がわかれて行っていた。

金沢の市街から受ける気分は、やはり大藩の城下らしいという応揚な気分が一番多いように私には思われた。広島、仙台あたりいくらか似ているところがある。なお詳しく言って見れば、何処（どこ）か沈滞しているような気分である。のんきに落附いているという気分である。従って、商業活潑と言うような気がしない。それに、わるくすれたようなところがない。

停車場から町の中心まで行くには、かなりに距離がある。

金沢に来ると、前田（まえだ）氏の祖先が、近畿から入って来て、いかに北国の諸勢力と戦ったかと言うことが先ず思い出された。越中の佐々氏の勢力に対抗した形も決して楽ではなかったろうと思う。そして漸（ようや）くそれを平らげたと思うと、上杉が能登から此方へと入って来た。石動（いするぎ）山脈乃至倶利加羅（くりから）の山嶺が度々争奪の中心となった。

であるから、前田氏がここに始めて御山城（おやまじょう）の最初の基礎を築き上げた形は面白いと私は思う。前田氏は、毛利（もうり）氏、伊達（だて）氏などと違って、段々奥から外へ出て来るのではなかった。全く他郷から入って、そして此処にその最初の位置を築き上げたのであった。その辛労のほども従って多かったことであろうと思われた。

城としては、今は石川門（いしかわもん）しか残っていないけれども、その基礎の大きさは、十分にそれと想像することが出来た。そしてその丘陵の一角に、例の有名な兼六公園（けんろくこうえん）があった。この公園は、庭園として岡山の後楽園（こうらくえん）、水戸の偕楽園（かいらくえん）と名を斉しゅうしたものだが、後楽園の平野の庭園、偕楽園の湖の庭園なるに比して山の庭園と言ったような風がある。従って樹木が多く、影が多く、幽邃（ゆうすい）にしてかつ瀟洒（しょうしゃ）である。

金沢市では、この他に、尾山（おやま）神社の支那風の楼門（ろうもん）などが、普通人の行って見るところであるが、なお仔細に、昔の城の址（あと）を探って見るのも興味が饒い。東の新地の手前にある浅野川大橋（あさのかわおおはし）のあるあたりも、ちょっと行って見る方が好い。

東の新地の裏に連っている丘陵の中には、眺望の好いのできこえた卯辰山（うたつやま）があり、上杉謙信が一度入って来て陣を布いた山などがある。東の新地は、北国の狭斜街として感じが好い方であった。

津幡に行って、汽車は二つにわかれる。和倉に行くものは、此処で七尾線を取らなければならない。この線の沿道には、しかしちょっと面白いところがある。河北潟の水光が瀲灎として日に映じたさまや、その潟湖の外方の砂丘が一種地理学上面白い特色を持っていることや、鯉、鮒、鰻、ことにここで獲れるわかさぎが美味であることや、春はその砂丘に松に雑って紅桃の花が絵のように咲くことや、敷浪附近の白砂青松が、舞子須磨あたりのとは違って、いかにも印象派の油画の感じのする趣致を持っていることや、大伴家持の此処らを往来するころには、海水が深く入り込んでいて、或は邑知潟もその一部であったかも知れないと推定される子浦附近の地形や、石動山脈の一主峯である宝達山が上杉前田両勢力の衝突点であったことや、多気の一の宮の古社や、汽車が水上を駛って行くような邑知潟や、能登木綿の主産地である能登部の町や、僧泰澄の址を語っている石動山や、そうしたものの中を、汽車は早くも駛って、遂に謙信が『越山併得能州景、遮莫家郷憶遠征』と詠じた古城の址と、美しい海と、船舶輻湊した大きな港とを持った七尾湾頭の晴波をその前に展開

子浦はしほとよむ。大伴家持の歌がある。

して来た。

五七　和倉温泉

和倉温泉は、この七尾から、小蒸汽で行くのである。陸路を行けば二里ほどあるが、水上の交通が便なので旅客は大抵それによる。

七尾港乃至和倉の前に展開された海は、入海ではあるが、北国でも多くなくしてそして稀れにあるものである。七尾は敦賀と共に、裏日本の枢要なる外国への門戸を成している。今では敦賀の交通上至便である位置に推されて、いくらか昔のような活躍した気分を失ったが、それでもなお船舶が輻湊し、帆檣は林立し、沖には汽船や軍艦等が来て碇泊した。

前に横った能登島は、大きいので、ちょっと見ては島という感じのしないくらいであった。大口瀬戸、小口瀬戸、この二つの水門が遥かに大洋の渺々としたかがやきを見せて、そこに無数の帆影が黒く重り合って出て行くさまは奇観である。それに、入海だけに、海は静かで、夏は白いボートだの、競漕の赤い白い旗だの、海水浴する人たちの麦稈帽だのが、到るところに、ゴタゴタと巴渦を巻いている。

今では乗合自動車が七尾駅から汽車の発着毎に往復した。しかし、汽船で行く方が海山の景色が見えて好い。

小蒸汽はやがて旅客を温泉の湧き出す和倉へとつれて行く。旅客は忽ちにして其処(そこ)に大きな浴舎の層を成して連っているのを発見するであろう。いかにも海の温泉場らしい気分を感ずるであろう。また一種漁市らしい感じのその中に雑っているのを発見するであろう。海の温泉場としてちょっと感じの好いところである。

元はこの地は海で、その海の中から温泉が湧き出していた。そして潮の干満に由って湧量に増減があった。それを長い間に、種々の施設を為(な)し、明治になってからは、十二年に大土工(おおいどこう)を起して、山を拓いたり海を塡(うず)めたりして、そして今の形にしたのであるということであった。殊にめずらしいのは、この温泉の泉質が、日本で他に類のない沃度泉(ようどせん)であることで、従って非常に効能が多いことである。

北国では、温泉としては、どうしても此処(ここ)にその第一指を屈しなければならないと私は思う。

ここに淹留(えんりゅう)して、あちこちと出かけて見るのも面白い。能登半島は元は島で、今の汽車の駛っている地点は、かつて海水が自由に奔張したところであるが、そうした意味から地形を研究して見るのも興味が深いし、海岸を往来する小さ

浴舎は和歌崎か。

七尾から穴水を経て輪島まで乗合自

動車が行く。

な汽船で、東海岸を廻って見るのも好い。

しかし、能登には高い山はない。すべて丘陵性で、東海岸などは、何方(どっち)かと言えば、海原平野と言ったような気がするところであった。それに、海山の眺めとしては、東海岸よりも西海岸の方がすぐれているということであった。

私は西海岸はまだ入って見ないが、東海岸は小木(おぎ)から、飯田(いいだ)、珠洲(すず)の鼻(はな)まで行って見た。

此処には汽船が毎日七尾、和倉から出るのでわけはない。旅客は一夜泊りで、その珠洲岬(すずみさき)の鼻まで行って見ることが出来た。この間には、宇出津(うせつ)小木などという面白い港があり、小木の少し先きの九十九湾(つくもわん)などいうところがあった。珠洲には沸して入る温泉などもあった。

この汽船の航路には二つある。一つは、七尾から和倉を経て小口瀬戸を出て行くもの、一つは七尾からじかに大口瀬戸を出て、一直線に宇出津、小木に行くものである。前者は主として内海諸港の交通の便に当り、後者は小木以北珠洲に至る主要航路を司っていた。従って、東海岸に行くには、前者よりも後者に頼る方が便利である。

五八　小木港

私は旅舎の二階の欄干に寄って立っていた。下には小さな港――裏日本の和船の港として標式的である港が開かれて帆檣は一杯にそこに繋がれてあった。碧い碧い潮がその多い船舶の間を迅く流れた。私は昨日汽船の甲板の上から艀で此処に下りて来た。そしてすぐ和船を雇って九十九湾まで行かせた。この小木の港と九十九湾のあるところとは一重入江を隔てているので、舟はどうしても一度大洋に出なければならなかった。従ってかなりに荒い舟の掀飜を覚悟しなければならなかった。小さな舟の岸の岸壁を縫うようにして、辛うじてその九十九湾へと入って行った。

九十九湾は名にきこえたほどすぐれたところではない。言わばただ明媚な静かな入江で、他の奇はない。湾内にある島なども、そう大して私の心を惹かなかった。或は舟で見るよりも、陸から、徙崖の上から、この湾を望んだ方がすぐれた感じを旅客に与えたかも知れなかった。

小木から飯田に行ったのは、この翌日であった。飯田は郡役所などのあるところだけにちょっとした町で、割合に感じが好かった。珠洲の鼻までそこからよほどあったが、そこも思っていたよりも平凡であった。

とても、伊豆の石廊あたりの幽深な徙崖や深潭を其処に発見することは出来なかった。しかし、海は美しい。その色の碧さは流石に北海である。波もまた大きいのが立つ。

この東海岸では、しかし到る処の港々が私の心を惹いた。此処では、昔から変らない和船の港、風都合で幾日も舟かかりをして順風を得れば夜でも昼でも直ちに出帆して行くような港、北海の鰊を積んで来た漁師たちの財布の金を絞るような女のいる港、時には狭い湾口まですっかり帆檣で埋められるような港を私は見ることが出来た。私は思った。今では何処にそうした特色ある港を発見することが出来るであろうか。太平洋沿岸では、とてもこうした港を見ることは出来ない。房州や常陸ではとてもこうした港は見ることは出来ない。陸前の海岸でも見ることが出来ない。伊豆の海岸でも見ることが出来ない。三陸の海岸に行ったら、或はこれに近いものを発見することが出来るかも知れないが、しかも由来、表日本よりも裏日本の方がこうした特色が多かったのであるから、そこでもここに発見するような純潔な古い港は発見することは出来ないと思った。私は旅舎の欄干に凭って、じっと大洋にかがやく日影に見入った。

ふと海を越して、山影を見た私は、

「あの山は何処らになるね」

こう言って、ちょうどそこに来かかった婢(おんな)に訊いた。

「そうですね」

「魚津(うおつ)あたりかね」

「そうです」指して「魚津はちょうどこの見当だそうです」

「じゃ、立山(たてやま)はこっちだね」

「え、立山はここらに見えます」こう言って婢はその右を指した。

そこには雲があって、その日ははっきりと山の連亙(れんこう)を見ることが出来なかったが、とにかくこうして大洋を隔てて日本アルプスを望み得る位置に身を置いていることが私には嬉しかった。私は富山湾の深盂(しんう)と、その上に連った富山平野と、更にその奥に起伏する山巒とを思った。またつづいてその左に連った日本アルプスの末梢の海に落ちた形を頭に描いた。

帰途の甲板の上は、行きの荒かったのに比べて静かな好い凪(なぎ)であった。岸の絶壁の上に靡(なび)いた赤松、沖遠く湧き出て行った鯖釣(さばつり)の舟の勇しい光景そうしたものを静かに落附いて眺めることが出来た。平原のような能登丘陵の上には枯草を焼く煙が真直(まっすぐ)に立のぼった。

五九　富山市附近

富山平野は、越中(えっちゅう)五十万石と言われたところだけあって、面積も広く、地味も豊饒に、加賀平野などよりも、平野としての特色を沢山に持っていた。北国では、越後平野に次いでは此処(ここ)に指を屈しなければならない。

そして高岡(たかおか)市はその西南に、富山市はその中央にある。城端線(じょうはなせん)の汽車の馳走(しそう)するあたりは、丘陵平野と相交錯し、織物なども出来て、富山市附近とはやや違った形を持っていた。

そこから飛騨(ひだ)の白川(しらかわ)の山の中に入って行く路などは、旅として面白い。富山市から出て一路真直に飛騨に入って行く路も、旅客の思いを惹くことが多い。飛騨は日本でも屈指の山水郷である。かなりに遠い路ではあるけれども、今は自動車が通ずるから、そう大して難儀をせずに、飛騨の高山町まで行くことが出来た。

富山市から笹津まで汽車が出来た。

しかし、温泉としては、この地方はあまりすぐれたものを持っていない。あるにはあるにしても、多くは交通の不便な山の中か、火を加えて沸かす鉱泉くらいのものである。中でただ一つ汽車の線に近く、小川温泉というのがあった。

それは黒部四十八瀬の横流する海岸平野から少しく山に入った小川という川の上流にあったのであるが、それがかつて、山海嘯のためにすっかり出なくなって、今は汽車線路の近所にそれを移した。湯は元出たところの附近から湧出するものを樋で遠く引いて来るのである。設備はかなりに出来て、旅舎などにも大きいのがあるが、温泉としては決して上乗のものでなかった。

立山の山の中にある立山温泉は、温度も高く、湧出量も多く、好い温泉であるけれども、交通が不便なため、夏時、立山登攀者が入るくらいのもので、普通一般には通用しなかった。やはり、日本アルプスの中にある上高地、白骨と同種類である。しかし設備はとてもこれ彼に及ばざること遠い。

しかし富山から出て越後の堺まで行く海岸平野は地形から見てなかなか面白いところである。此処は世人も知っている通り、治水に困難なので有名なところであるが、それと言うのも、日本アルプスの山の中から出て来た数条の急流が今までの烈しさと強さとを失わずに、この海岸平野に流れ出て忽ちにして海に注いでしまうような形になっているからである。そして、この数条の川の中で、黒部が一番烈しく、水量もまた多いが、昔はどうしても此処で完全に治水

立山の岩峅寺に行くには汽車は飛騨に行く線の新川駅から東にわかれる。今では立山の山の中にはわけなく行けるようになった。

工事を施すことが出来ず、水が出れば出たままに任せて置いた。そのため、旅客は淹留数日に及んで、水の引くのを待ってそしてこれを徒渉したという。黒部四十八瀬と言う名は、実にそうした時の光景を言ったのであった。

それにしても興味を惹くのは、この黒部の一水である。日本北アルプスの中を、人跡不到の地を殆ど二、三十里も横流して、そして漸くこの海岸平野へと流れ出して来ているが、こうした川は、日本にも他に類がなかった。ただ、会津の只見川がややそれに近いけれども、それとて人跡不到の地は十二、三里にしか過ぎなかった。大きな谷をつくって、一路直ちに平地に落ちて、そしてまた忽ち海に入って行く形は、私の心を惹かずには置かなかった。

この黒部の谷を七、八里も上って行ったところに、西鐘釣温泉という山の温泉があった。無論、深山の中で、普通には容易に入って行くことが出来ないけれど、また五月から十月までしか湯を開いて置くことは出来ないような温泉であるけれども、附近に鉱泉などがあり、また深い密林があったりして、山としての趣きには富んでいた。また、この他に、小黒部、入黒薙などという小さい温泉がやはりこの山の中にあった。

それに、この海岸平野の街道上の珠のように貫いている町に、心を惹かるる

山川温泉の附近に舟見温泉というのがある。

糸魚川で海に落ちる姫川の上流七、

ところが二、三あった。泊、入膳、中でも最も人口に膾炙しているのは魚津町の蜃気楼である。橘南谿もその『東遊記』にそのことを書いているが、今でも四五月頃に、そこに行くと、天気の加減で、その蜃気楼を目にすることが出来るということであった。

それに、泊から市振の方へ行くと、例の有名な親不知の嶮がある。ここも裏日本ではすぐれて海山の風景の好いところである。怒濤と徙崖との奇は、他に多く見ることの出来ないものがあった。

六〇　越後の諸温泉

越後には、温泉はかなりにあるけれども、それほど大きな有名な温泉はなかった。前に記した妙高山麓の赤倉温泉の他には、北方の村上町附近に新たに湧出した瀬波温泉などが、中では先ず聞えている方であると思う。

それから、山の中に入ると、まだ小さな温泉が処々にあって、昔の関東への至要道路であった三国街道の沿線には、湯沢などという好い湯がある。昔の旅客は皆其処に一泊するのを例とした。

しかし、越後の人にきくと、松の山温泉を説く人が多い。そこは土地として

八里のところに蓮華温泉がある。やはり日本アルプス中の特色を持った温泉である。

も深い山の中であり、交通も不便であるけれども、効能が多いので、浴客が年々数万に達するという話であった。

そこは面白いところらしい。無論私はまだ行って見たことはないから、詳しいことは此処に書くことが出来ないが、高田から西にひろく連った頸城平野を次第に丘陵の中に入って行く地方で、全く汽車のラインに離れているために越後では南魚沼地方と此処とが一番文化の及ばないところであった。

高田から安塚を経て、中魚沼の信濃川の谷に入るまでには、旅客は少くとも半ば平野、半ば丘陵である十六、七里の道を通過しなければならなかった。そしてこの間には町というほどの町もなく、小さな宿駅が処々に村落と雑って散点しているのにすぎなかった。

松の山温泉は、この長い街道を十二、三里も行ったところの松代という一小駅から、更に南に山の中に三里も入って行かなければならない位置にあった。非常に交通が不便である。とても普通の旅客がわざわざ入って行くに堪えないものである。汽車の幹線路から其処に行くのに割合に便利な地点は、先ず来迎寺駅か、更に深く入って、小千谷あたりから行くのであるが、それでも里程十里近くを歩かなければ、その街道の松代までは行くことは出来なかった。

今はこの松の山温泉にもわけなく行けるようになった。北越幹線の新黒井駅からそしかし、こうした不便な山の中にある温泉場であるから、まだ世間に知られないめずらしい風俗や、シインや、ロオマンスは沢山にあることであろうと思う。それに、効能一方の温泉で、長滞留の浴客が多いから、その費用なども極めて廉であるに相違なかった。

来迎寺駅附近には、この他に、橡尾又温泉がある。それは湯の谷村大字上橡立にあって、湯沢川の北岸から湧出している。冬は冷却して駄目だが夏は境が幽邃で、世離れているので、浴客はかなりに多く集って来るのを例とした。

私は一度どうかして、信濃川の沿岸を歩いて見たいと思っているが、今だにそれを実行することが出来ないのを遺憾に思っている。今の汽車の沿線は、概して海岸または海岸平野で、深く越後の国に入ったというような感じがしない。何処でもしない。それには、どうしても信濃川乃至魚沼川の谷あたりまで入って行って見なければ十分でない。汽車のない時分には、これらの峡谷も、皆な旅客が大勢通って行ったもので、魚沼川沿岸の三国街道などは、北国から江戸へ行くものの皆な通って行ったところであった。しかし私の面白いであろうと思うのは、北信の飯山町から、その西北二、三里のところにある野沢温泉あたりに一泊し、それから信濃川の峡谷に添って、十日町から小千谷の方へ出て来

っちに行く汽車が右に岐れて浦川原駅まで行った。ここから松代まで一里乗合自動車がある。そこから温泉までもういくらもない。この街道から松の山温泉に入って行く路がある。

る路である。飯山から十日町までは十五、六里、もっと以上もあるが、車で駛らせれば、一日でそこまでは行くことが出来た。十日町から小千谷まで八七里であるから、中一夜泊れば、幹線鉄路の駛走するところまで出て来ることが出来た。

この間は『北越雪譜』などに詳しく書いてある地方で、山水も美しく、町邑にも越後らしい特色があって、冬の堆雪に埋れ果てた形もまた奇観である。『北越雪譜』の記者山東京山は、この信濃川の峡谷と山巒一つを隔てて縦に流れている魚沼川沿岸の一邑塩沢の郷士鈴木牧之をたずねて、そこに長い間滞留していたのであった。従ってその書にはこの附近の記事が多い。

鈴木牧之が書いた苗場山登山記行なども私の心を動かした。

苗場山はこの地方では有名な高山であった。ちょうど北信の秋山郷に接触しているような位置であるが、その頂の眺望は、波濤のごとく起伏した連山を眼下に見て、雲の美、山花の美、容易に名状することが出来ないほどであるという。

そしてこの苗場山は、長岡附近、乃至は信濃川の大鉄橋のかかっているあたりから、南の山巒の奥深く遥かにその翠鬟を眺めることが出来た。それと言う

二、三年して上越線が完成すれば、ここらの温泉も町も皆な世間に浮び出して来るに相違ない。湯沢温泉などことに賑かに、名高くなるだろう。

のは信濃川の峡谷が南から北へと大きくひらけているためで、小千谷の町はずれの橋の上から見た眺望などは、私の長く忘るることの出来ないものの一つであった。

魚沼川の峡谷即ち元の三国街道のあったところの路もまた逸興が多かった。これは小千谷から小出島まで四里、小出島から浦佐へ二里、浦佐から六日町へ五里、六日町から塩沢へ一里半、塩沢から湯沢に三里という距離で、上越の境である三国の大峠へとかかって行くのであるが、概して谷深く水清く魚沼川の峡谷に添い、東に会津境の高い山巒を帯び、嵐気常に揺曳して、水声佩環を鳴らすが如しと言ったようなすぐれた渓山のながめを処々に展開した。冬は旅客を乗せた橇が点々として堆雪の上を走った。

それから三国の大峠にかかろうとするところにある湯沢温泉は、昔は中々栄えたものであった。旅客は皆なそこに来て泊って、翌日の山越えの準備をした。また向うから下りて来たものは、その疲労をやすめるために其処にゆっくり一夜泊った。従って白粉をぬった女なども多く、賑やかな温泉場の光景があたりに色彩濃やかに巴渦を巻いていた。しかし、汽車の出来た今はそこを通るものなどはもうなくなってしまったであろう。湯沢の湯の煙は、冬は徒に堆雪に埋

東京からも人が行くようになるだろう。伊香保に行く時間が少し余計にかかれば、そこまで行けるのであるから……。夏の避暑地としても非常にいいところとなるだろう。

上越線は越後方面は已に塩

められてしまっているであろう。こう思うと、昔青年時代に越えて来たことが いろいろと思い出された。

沢まで通じている。

六一　北陸線沿線

北越幹線の汽車の貫通している地方にも旅客の思いを誘うようなところは、決して尠くなかった。この間には、温泉は少いが、海水浴舎が処々にあって、一夜静かに海の波の音を枕にするようなところは到る処に得られた。先ず直江津の近くに、五智如来の古い堂があり、その少し先に郷津の小さな海水浴場があった。直江津は港としては、とても七尾、敦賀に比すべくもないが、それでも重要な水陸交通の衝に当っているので、沖には汽船が常に碇泊した。此処からは富山伏木間の航路の他に、佐渡の小木に向って出帆する汽船があった。

郷津の海水浴はそう大したものではない。松原がやや見るに足りるばかり、海はやや平凡に堕している。これから北陸線を行くと、親不知駅附近にも、ちょっとした小さな海水浴場があった。

直江津から東して、米山の翠微に向って汽車の駛走して行く間は、ちょっと感じが違っていて好かった。松原が多く、春はその中に桃の花が雑って咲いた。ところどころに松原の中に埋もれたようになって見えている小さな沼も旅客に「詩」を思わせた。そしてひろい海を隔てて、鳥首岬の左に長く突出しているのが手に取るように見えた。

そこを通ってその岬頭に北海の波の白く颺るのを見る度に、私にはいつも、『東遊記』の「名立崩」の一章が思い出された。やがて犀潟、潟町、柿崎などの停車場があらわれ出して来て、北海の怒濤を防ぐ防波柵の海岸近く並んでいるのを目にした。

北越線では、何と言っても、米山山脈の海に尽きたところ、鉢崎、青海川のトンネルのあるところ、鯨波の海水浴のあるところが、一番旅客の眼を刮せしめた。昔にあっても、この翠微の中を横ぎって通じている国道上は、風景のすぐれたところとして世に名高く、笠を傾けて旅客が淼漫とした海に対したさまが『名所図会』の中に書いてあったりした。米山の頂には、例の有名な米山薬師があった。

この海岸の眺めは、夏よりもむしろ冬の方が好かった。暗澹として北海の怒濤の打寄せて来るさまは何とも言われなかった。いかにも裏日本の海のような気がした。それに比べると、夏は岩も浅露に、海も静かに、海水浴をするには好いが、冬のような烈しい世離れた感を得ることは出来なかった。

鯨波の海水浴としての設備はかなりにすぐれている。蒼海ホテル――停車場からすぐ上って行くところにあるその旅舎などは、夏は殆ど客で一杯になるほどである。私はそこに冬の寒い頃に一夜行って泊った。

鯨波を離れると、汽車は次第に海から遠ざかって行く。柏崎からは、昔の海岸路、即ち、椎谷、出雲崎を経て、寺泊の方へ出て行く路が左にわかれる。それは悪田川の渡しをわたって、荒寥寂莫とした砂浜の間を、絶えず北海の怒濤に面しつつ、十五、六里も北に向って進んで行く路で、昔は今の幹線鉄路の駛走しているところにある路よりも、旅客は多くこの路を選んだ。誰も彼もこの道を縦断して行った。芭蕉もこの路を歩いて来た。それと言うのも、今の信濃川の流域が太古は海であって、海水がかなりに深く湾入していたので、従って後になっても、その方面は十分に開けなかったのであろうと思われる。蒲原平野に国道の出来るようになったのは、よほど新しいことであるに相違なかった。

この昔の海岸路は、面白いであろうとは思われるが、しかし今は誰も通って行くものもなかった。それに、その東に起伏した丘陵を隔てて、柏崎から新潟の白山駅に達する地方的小軌道が出来て、海岸路にある諸邑の名を有した停車場が連珠の如く連っているので、その地方に赴くものは、誰も皆なこの汽車を利用した。従って寺泊でも出雲崎でも、その停車場から、一里乃至二里を歩いて行かなければならなかった。

柏崎から、安田、北条を経て、塚山へと汽車は行っているが、ここから暫しの間添って行く渋海川の峡谷は、ちょっと面白い渓山であった。来迎寺からは小千谷の方へ行く軌道がわかれた。

安田から岡野町を経て、松の山温泉の入口である松代まで自動車が通ずる。

蒲原平野にも温泉の分布は二、三あった。勿論大したものではない。大抵はわかし湯である。三条町の南東一里にある如法寺温泉、そのまた南西一里にある矢田温泉、北潟温泉などが即ちそれである。長岡から橡尾町に至る間には、北谷村大字田井に湯の沢温泉がある。しかし共に多くは言うに足らない小温泉場である。

六二　新潟へ

弥彦山は越後では聞えた名山である。標高はそう大して高くはないが、蒲原平野が海であった時分、ずっと長く入江の西を囲んで、その支脈が新潟の鼻ま

柏崎から荒浜、出

で延びて行っていたのと、そこに太古から弥彦神社が鎮座されてあったのとで、それで世にきこえる形になったのであろうと思う。今でもそこには旅客はよく出かけて行った。

幹線の汽車が三条を通るあたりでは、ことにその山脈がはっきりと手に取るように見える。いかにも舒(の)びやかな静かな丘陵の連亙(れんこう)である。蒲原平野が海であった時分には、その入江に倒影を蘸(ひた)したさまがさぞ見事であったろうと思われた。最も南なのが国見山(くにみやま)、中央が弥彦、更に離れて北に靡いているのが角田山(つのだやま)である。そこに行くには、幹線からすれば、三条で下りて、信濃川をわたって燕(つばめ)町に出て、吉田(よしだ)から真直に行くのが路はあまりよくはないが一番近い。越後鉄道の線からすれば、地蔵堂(じぞうどう)駅で下りて、中島から、昔の国道である国上(くがみ)に出て、そこから、弥彦の町のあるところまで二里ほどである。西吉田(にしよしだ)駅から行っても、二里はある。

弥彦の社殿のあるところは、かなりに幽邃で、感じが好かった。社殿もまた壮麗である。優に一度は参拝するの価値がある。そしてその夜は、それから北、一里を隔てたところにある岩室(いわむろ)温泉に一泊するのが好い。この温泉は、越後では比較的浴客の多い温泉で、浴舎なども三、四十軒はあって、一地方の好温泉

雲崎を経て、白山線の大河原に連絡する軌道が新たに出来た。

大河津、寺泊間も汽車開通した。

弥彦に行くには白山線の西吉田駅から支線に

場たる価値は十分にあった。新潟、長岡、三条あたりから浴客はよくそこに出かけて行った。しかし塩類泉の温度がわずかに二十一度であるから、そう大してすぐれた温泉とも言われかねた。

この他、新潟の西一里、関屋温泉があった。越後鉄道線の関屋駅からすぐであるから一浴もまた興味が饒い。

幹線で来ると、長岡から、三条、加茂、このあたりは平凡で別に見るものはない。加茂に青海神社があるが、これとてわざわざ下りて見るほどのものはない。

新津に来ると、岩越線が西にわかれて行く。また、此処から新発田を経て村上へ行く汽車が北に向ってわかれて行っている。従って新津はこの線の大駅を成している。

ここから亀田にかけては、例の越後梨の本場で、平野一面に梨畑のあるのを旅客は眼にするであろう。やがて新潟市は大きな信濃川を前景にしてあらわれて来た。

停車場から市へ入って行く間にかかっている信濃川の万代橋は、やや旅客の眼を欹たしむるに足りた。いかにも溶々とした大河の河口である。川を挟んで

乗換える。終端は弥彦駅、山にはそれからのぼる。いくらもない。

立っている大きな鉄工所の煙突、川にひびきわたるエンジンの響。川には汽船や帆船が織るように往来して、いかにも水郷の都市らしい感じが鮮やかにあたりに展開された。

で、この長い四百有余間の長橋を渡る。やがて静かな、のどかな、県庁所在地でありながら電車一つをも持っていない町がその前にあらわれ出して来た。

　しかし外面はちょっと淋しく見えるけれども、内部にはいろいろなものの充実した都会ではあった。第一、静かに落附くことの出来るような都会であった。次に管絃の声の常に湧くがごとくきこえる都会であった。次に生魚の多く料理の旨い都会であった。美しい白い肌の多い都会であった。旅舎にすぐれた旅舎の多い都会であった。それに、市の内部を縦横に貫通している溝渠、多い橋、溝渠の岸に駢べ植えられた柳、これがこの都会を印象派の絵のようにして見せた。

　従って此処は冬より夏の方が特色が饒かった。冬は北国の都会ではありながら、海岸近いので雪は少く、厳冬の候にも、道路はなお泥濘を免れず、とても長岡、高田のような雪の町のすぐれた感じを得ることは出来なかった。それに比べると、夏は河風が涼しく、夜は賑やかで、樽砧の音が夜遅くまであたりに聞えた。

ここで見るべきところは、日和山(ひよりやま)の眺望台、それから白山神社くらいのもので、あとはわざわざ行って見るようなところもなかった。

ここから佐渡へは、毎日午前と午後とに二回汽船が出た。潮の都合と凪(なぎ)の都合で、汽船は万代橋(ばんだいばし)のすぐ下まで入って来る時と来ない時とがあるが来ない時は、遠く税関や倉庫の前を通って、二、三十町近くも海岸へ出て行かなければならなかった。そしてその間の艀はかなりに烈しく動揺した。

佐渡の夷港(えびすみなと)までは海上五時間。しかしそれも春、夏で、冬はこの航路は全くとまってしまった。

酒田行の汽船も毎日此処から出帆したが、羽越線の汽車が出来たので、大打撃を受けたであろう。

六三　瀬波温泉

新津(にいつ)からわかれて新発田(しばた)、村上(むらかみ)の方へ出て行く線路も面白いところであった。左に北海を予想したひろい地平線を眺め、右に会津(あいづ)から米沢(よねざわ)の西に連亙した朝日(あさひ)山脈を仰ぎ、しかも汽車は、かつて海であり、やがてはデルタであり、今でもなお処々にその残水湖の水光を髣髴することの出来るようなところを駛走して行った。水原(すいはら)駅を過ぎて、天王新田(てんのうしんでん)駅に至ると、福島潟の水光は瀲灧(れんえん)として汽車の窓硝子（まどガラス）に反映して見えた。

水原から北へ二里半ほど山の中に入ると、出湯（でゆ）という温泉があるが、設備も完全でなく、わざわざ入って行くほどのところでなかった。

やがて新発田町に着く。此処（ここ）には兵営があったり、城濠（じょうごう）に美しい蓮の花の咲く古城址があったりする。溝口（みぞぐち）氏の城下で、今も人口一万三、四千を有する大きな都邑である。

ここから、村上まで行く間には、菅谷（すがや）の不動（ふどう）、乙村（おとむら）の大日堂（だいにちどう）などが有名である。黒川（くろかわ）を過ぎて平林（ひらばやし）まで行く間には、右に羽前（うぜん）の小国（おぐに）町に入って行く路がわかれて行っていた。この路はたえず荒川の流れに添って、峠を二つも三つも越して入って行くのであるが、汽車の中から見ても、山巒が深くその間を遼繞（りょうじょう）して、蒲原平野あたりとは地形の夥しく変って来ているのを旅客も見落すことはなかった。

山巒が次第に近く、嵐気が夥しく近く襲って来る感じが、いかにも好かった。海岸平野――あの闊（ひろ）かった海岸平野が、次第に狭くなって、平林あたりに来るとも、その幅がもう三里くらいしかなくなっていた。そしてその北の山巒に迫って行こうとするところに、白堊（はくあ）の多いあの静かな美しい絵のような村上町の

村上線の坂町駅から、鷹の巣温泉へ行く自動車が左にわかれる。

鷹の巣温泉は川の北岸にある。坂町駅から二里。

市街は横っているのであった。

この町は、標式的山裾の町として私には忘れかねた。また嵐気の多い気分の穏かな町として忘れかねた。殊に『東遊記』の作者が三月の初めに、此処を通って、それから羽前に越える葡萄峠の積雪を越えて行った形に於て忘れかねた。南谿はこの峠で殆どその命を殞そうとしたのである。わずかに五、六里の間の風雪に一日を費さなければならないような目に逢ったのである。「葡萄嶺雪に歩す」の一文がいかに私に少年の旅の心を誘ったであろうか。

この葡萄峠の嶮は、今でも容易に越えて行けないような処であった。つまり越後と出羽の境に横った大山嶺で、村上から葡萄まで七里、葡萄から昔関所を置いた鼠ケ関まで七里、つまり十三、四里に近い難道であった。私はこの間を昔の人々が越えて行ったさまを想像せずにはいられなかった。

この村上町から三面川に添って下って一里ほどで瀬波港があるが、この港と岩船町との間に、浜新田というところがあって、そこに明治三十七年四月に噴出した瀬波湧泉があった。これはもと油井を穿つために起した工事であったが、七、八十間掘り下げた時、突然井の濁水奔騰して、百四十間の高さに達した。今では大分その勢が衰えたそうであるけれども、それでも熱度が高く、量が多

羽越線が完成したのでこの温泉は非常に発展した。

この温泉に惜しいことは水の不自由なことである。

今はこの汽船などに用はない。羽越線の汽車は海岸の徙崖に十

いので、油井の計画を変じて、温泉となし、立派な浴舎、浴槽も段々出来るようになった。旅客は是非とも一度はそこに行って見なければならない。

瀬波港から羽前の鼠ケ関に行く汽船があるが、これは多くは新潟から酒田に航する汽船が寄って行くのであるが、この間には例の有名な海府浦の勝が横って、その甲板の上からその髣髴を指すことが出来た。海中に浮んだ粟島の一青螺も、深く旅客の思を誘った。


数箇のトンネルを穿って忽ちにしてこの間を通過し去ってしまう。

六四　冬の温泉

暖かい海岸にあるものもなつかしいけれど、それよりも私は山にある温泉に一層深く心を惹かれた、冬から春にかけては殊にそうである。深雪に埋った山村、またお山の裾にある温泉場、客とでもない一室に閉籠って、火燵板の上に原稿紙を置いて、静かに筆を走らせる快味は忘れられない。

そうした温泉場は大抵汽車の線から一、二里を行かなければならなかった。東北の飯坂、下野の塩原、那須はやや遠いけれども、または春や秋に行ったように自由にそこにある多くの湯に行って見ることは出来ないけれど、それでも自動車があるのでどうやらこうやら湯本までは出かけて行くことが出来た。那須野（すの）から左に仰いだあの大きな那須岳（なすがたけ）は、どんなに旅客の眼を楽ますか知れなかった。雪に暮れた黒磯（くろいそ）の一駅、そこに一夜泊って明日の午前に、向うから来る自動車を待って、深雪の氷った山路を奥深く入って行く興味はまた格別だ。

塩原の冬は寒い。自動車もない。箱根よりも客がない。

塩原の谷も面白い。城壁を立てたような山巒、右に高原の大きな火山群その間に深く箒川（ささがわ）の谷に穿たれて入っていて、軌道はその中までいくらか入って行っている。夏は浴客で一杯になる旅舎も、すっかりしんとして、二階三階の不用な室の戸は皆閉めて、手近いところへと客を案内する。客もまた旅舎の人たちの住んでいる近くにいる方が淋しくなくって好（よ）いという風にして、落付いてそこに行李（こうり）を卸す。浴槽は浴槽で、夏用いる大きな方は閉じて、小さな方へ婢（おんな）たちが案内して行く。それもまた冬の積雪の中の温泉らしくって感じが好かった。

入って来る浴客たちにも、夏や春秋とは違って長い旅の途中にちょっと寄って見たという商人風の男、でなければ収穫を終って正月になるまでちょっと遊んで来るという農家の人たち、話す言葉にもなつかし味があり、その物語にも都会の人にはめずらしく思わるるようなことが多い。いかにも落付いた、世離れた気分である。

「随分、雪は積りましたな」

「Aにはもう行けますまい」

湯の中でおうとしながら、こんな話をするのも面白かった。

箱根も底倉、芦の湯あたりまで行くと、そうした冬の山の温泉という気分が味わわれるけれども、湯本、塔の沢あたりでは駄目である。それに、山の雪の閃耀も、東北線、または信越線で見るようなものは見ることは出来なかった。富士の晴雪だけでは、山の雪を味ったような気がしない。

これに比べると、伊香保は冬は好かった。途中が既に平凡でない。平生はあの平凡な高崎乃至前橋までの線が決して平凡でない。吹上あたりまでは、秩父山塊の目を眩せしめるような雪、それから先は、二荒火山群及びそれに連接して越後境の山々の深雪、やがて赤城がその美しい雪の姿をその前に現わして来た。

磯部は山の温泉ではないけれども、また鉱泉ではあるけれども、浅間の雄姿と碓氷川の潺湲とがよかった。また、関東平野の気分が何処かに残っていて、西風の音が水の潺湲とした音に雑って旅客の興を惹いた。

伊香保へは電車があるので、足殆ど土を踏まないくらいにして行けた。渋川あたりからは殊に冬の山らしい感じを饒くした。関東平野に雪がなくとも其処に行くと、四面悉く雪で輝き渡った。

六五　冬の伊香保

そこの終点にある電車の会社の一間、暖炉で室の中だけ五、六十度の気温になっている一間　梅が見事に綻びかけている一間、そこで硝子窓越しに吾妻方面の山の深雪を望んだ感じは、私にはまだ忘れられなかった。白い壁を塗ったような山の起伏乃至はその襞の深浅に由って、日影が或は濃かに或は淡くさし添っている具合は、絵も及ばなかった。私はその雪の中の温泉場——四万河原湯、沢渡、更に遠く高原の上に位置した草津の温泉を思った。

「今でも行けますかな、草津へ？」
「行けるには行けますが、大変ですな」
「四万は？」
「そこには行けます」

私はその深雪をわけて草津まで行ったら、さぞ面白いだろうと思った。殊に雪を載せた川原湯附近の渓谷は私の思を誘った。

赤倉は今はスキーで賑かになった。

深雪に埋れた山の温泉場、それを思うと、私は日光の奥の温泉、または越後の赤倉の温泉を思わずにはいられなかった『おく山に降る初雪を仰ぎ見ていで湯守る人は下り行くらん』こうした歌を詠んだことがあるが、そうした山奥の温泉は、毎年十一月の末になると、家をすっかり包んで、そして皆な里へと下りて来るのであった。湯本の温泉は日光町の人たちがこれを経営し、赤倉の温泉は高田の人たちがこれを経営した。

　私はそうした閑却された山奥の温泉に行って見たいと思いながら、今だにそれを実行せずに居る。それでも赤倉には、年中居附きの民があって、その深雪の中で、妙高山の山中で採れる細い篠竹で養蚕の籠をつくることをその冬の生計の料にした。

「冬はもう惨めなものでさ」こうそこの住民の一人である按摩が言ったことなどを思い出した。

　赤倉の温泉までは行けないにしても、その附近は、冬は面白いところだ。日本中で冬期一番多く汽車の不通になるところ、雪が一丈も積って、電信柱が纔かにその尖頭を見せているところ、俳人一茶が『これかまア終の栖家か雪五尺』と詠んでそして遂にそこに墓となったところ、しかし今では、田口の停車

赤倉がスキイで賑かになり、野沢がやはり同じ

場のじき近くに、赤倉から遠く引いて来た妙高温泉と言うのが出来て、冬は湯は途中で冷めて夏のようには行かないけれども、それでも直江津あたりで一夜すごすよりは興味が饒かった。

これらの山奥の温泉、冬は全く戸を閉めて浴客もないような温泉、そのまた更に山奥に処々に散在している温泉を私はおりおり頭に描いた。岩代(いわしろ)の五色(ごしき)温泉なども確かにその一つである。日光の裏山の川俣(かわまた)温泉などもその一つである。つづいて私は曾て晩秋に行ったことのある栗山(くりやま)の奥の湯沢(ゆさわ)の小さな谷を想像した。あのめずらしい湧泉(ゆうせん)はどうしているであろうか。湯が石灰質を多分に持っているので、吹き出す穴がいつともなく細長い管になって、運が好いと、それが二、三尺の高さになったところから湯の吹き出している奇観を見ることが出来るのであるが、私の行って見た時にも一尺ほどの高さを持っていたのであるが、今は、冬はどうなっているであろうか。こう思うと、深い深い山の雪が歴々(れきれき)と私の眼に映って来るような気がした。熊の足跡のボツボツと黒く印せられる山の雪が、または猟師が積雪を却って幸いとして山の峰から峯へとそうした獣(けもの)の跡をたずねて行くというような世離れた光景が……。

若い人たちで満たされるようになったことを考えると、そうした山の中の温泉も長くその冬のさびしさ静けさを保っていることが出来なくなるだろう。

六六　山の温泉

山の温泉と言うほどではないが、また二つとも沸して入る鉱泉ではあるけれども、関東平野の西北の複雑した丘陵の中にある藪塚、西長岡の二温泉は、冬になるといつも私の心を惹いた。

それは或は温泉そのものよりは、その四周をめぐる山の雪の閃耀が私を惹き寄せるのかも知れなかった。しかし丘陵の中の温泉、日本でもあんな廉いまた世離れた温泉があるかと思われるような温泉、ついこの間まで飲食物と旅舎と別別に会計のつけを持って来られるような温泉、そうした温泉はちょっとめずらしい。なかでも、西長岡のずっと丘陵の中に折曲って入って行くという形が私には面白かった。

その附近では、平野と山巒との交錯した空気が味われた。西風にざわつく萱原、薄原、枯れ果てても散らずに葉のガサコソと梢についている楢林、マッチをすって火をつけたら、忽ちめらめらと燃えあがるだろうと思われるようなのも、田舎蕭条として冬の趣の中に旅客を伴れて行くに足りた。西長岡にある三階の日当りの好い一間に坐して、終日人なしに鳴っている蓄音機を耳にしながら、湯豆腐か何かで、静かにひとり盃に親んでいる興味は私には忘れかねた。

この丘陵の中に一夜二夜をすごして、あくる日は、太田の呑龍に賽し、それから馬車で二、三里の路を利根川畔の妻沼へと行く。四月になって霞が棚引くようになってはもう駄目であるけれども、その以前ならば、関東平野をめぐる山の雪は、驚くべき、美しい閃耀を惜しげもなく旅客の前に展開して見せるであろう。また例の坂東太郎は紺碧の美しい流をその前に開いて見せるであろう。旅客にもし暇があったら、妻沼から利根川を渡って一里半、川の堤防にくっついたようにして衰えて残った昔の河港赤岩に行って見ることを勧める。交通は便とは言えないが、汽車の線路からは、何方から行っても二、三里あるが、その堤防の上は、山の雪を見る地点としては、関東第一と言って好い。

信州の高原にある温泉も、私の心を惹いた。信越線で行くと冬行って浴することの出来る温泉は、先ず上田の先にある別所温泉である。此処はそう大した地形も山水もすぐれていないが、とにかく昔からきこえた大きい古い温泉である。それに電車の便もある。この附近にある沓掛田沢の二つの温泉もちょっと忘れられない。昔は汽車がなくて、上田から松本に行くのに、あの大きな上下七里もある保福寺峠を越して行ったのであるが、ちょうどその山裾に位置しているので浴客も多く、感じも賑やかであった。その周囲を山巒が取巻いている形も面白かった。私は松本の方から来て、そして沓掛に一夜泊った。

夏のみ浴槽の開かれるような温泉は、この信州の高原にはかなりにある。浅間の奥にある鹿沢(かざわ)温泉などはその一である。蓼科(たでしな)と八ケ岳の間にある本沢(ほんざわ)温泉などもその一つである。皆な深く雪に埋められているのである。大屋(おおや)駅の奥にある霊仙寺(れいせんじ)温泉は、しかし冬でも行くことが出来た。

信越幹線の豊野(とよの)駅から自動車の便のある渋(しぶ)、安代(あんたい)、湯田中(ゆたなか)、この三つの温泉はやや俗だ。中では渋が奥にあるだけそれだけ一番好いが、とにかく附近の山村の農夫たちが、深雪に埋れた無為の時間を利用して、醤油味噌を負って、皆なそこに出かけて行くので、どうしても雑沓(ざっとう)して静かに落附いていることは出来なかった。

六七　浅間、諏訪、富士見

松本の近くにある浅間(あさま)温泉の冬の山の雪は見事だ。そこでは、晴れた日には日本北アルプスの雄大な連亙(れんこう)を見ることが出来た。それに、温泉場としても、中流以上の人たちの行く設備も整っていて、土地にはただ後に小さな丘陵を帯びたばかりで他の奇はなかったけれど、暖かい火燵板の上の酒、静かな一間、ちょっと散歩に出かけても、山の雪が日に光って、旅の興を動かすことが多い。どうかすると、雪の降り頻る中で、静かな三味線の音をきくことが出来た。

其処にいると、北アルプスの雪の中に埋れた温泉場が際限なく想像された。白樺の林の中を通って、路という路もないような密林の中に渓流を幾度か渉って段々入って行くような白骨温泉、有明山の麓に人知れずかくされているような中房温泉、そういう温泉場がなつかしく思い出された。乗鞍や、穂高や、槍ケ岳の北を掠めて、飛騨に入って行くこの方面の唯一の交通路である野麦峠の深雪なども眼の前に浮んで来た。

諏訪はどうしても冬の温泉場だ。夏行くと、殺風景な、俗なただの温泉場であるけれども、冬は湖水は氷に堅く閉じられ、スケイトの遊戯場は開かれ、四面の平凡な山巒も雪に光って、山の寒い冷めたい空気が二階の欄干から湖を眺める旅客の肌へ染みた。それに、中央線で其処まで行く間が平凡でなかった。笹子の手前の桂川の谷の岩石か処々に雪を着けているさまも絵のようであれば、甲府盆地をめぐる四周の山は夏には見ることの出来ない美しいまたは晴れた雪の容を見せた。汽車から見た富士の晴雪も見事であった。しかし更に美しいのは、韮崎(にらざき)から次第に登って行く八ケ岳の雪の高原である。雪に埋れた松林、雑木林、処々にさびしそうに点綴(てんてい)された山の村落、深く深く穿(うが)たれた釜無(かまなし)の谷、それに、冬の山の気象の変化の烈しさは、今晴れていたかと思う間に、忽(たちま)ち一(いっ)間(けん)先も見えぬような風雪のすさまじい光景を展開して来るのはめずらしくはなかった。しかも汽車は五、六十度の温かいスチイムの気温を常に保って走っているので、暖かすぎるくらいの心持で、この雪の絵巻に対することが出来た。

　諏訪は上諏訪(かみすわ)の牡丹屋(ぼたんや)あたりに淹留(えんりゅう)して、時には木曾谷(きそたに)の雪を見に出かけて行くような余裕のある旅をすると、冬は面白いと思う。それに、箱根(はこね)の下あたりは山らしい感じが饒いし、また伊香保(いかほ)ほど寒気が凛烈(りんれつ)でないので、都会の人たちは安じて、長く滞留していることが出来る。それに、物価も何方(どっち)かと言えば廉い方だ。

　富士川(ふじかわ)の舟は、汽車が出来てから、その交通は昔のようではなくなったけれども、それでもその岸深くかくされた下部(しもべ)の温泉は、今でも私に行って見たかった。流石(さすが)に、甲州でもきこえた温泉だけあって、その効能も十分にあるし、湯も少い方ではないし、山巒に囲まれた世離れた感じも好(い)い。これで百姓の味噌醤油連(れん)さえ雑沓しなければ好いと思うが、これはどうも田舎のこととて為方(しかた)

富士見は冬は思い切って寒いが、雪を見るには好い。

がない。前の夜に馬車鉄道で甲府から鰍沢まで行ってそこで泊って、あくる朝一番船の河舟で、残月を帯びながら、苫の上にいち白く置いた霜をなつかしみつつ富士川を下って行く感じは、到底多く得られない冬の旅の一つであった。途中、波高島で下りると、下部はじきだ。山を一つぐるりと廻りさえすれば、その世離れた「信玄のかくし湯」は見えて来た。

六八　日光の奥

日光の奥にある温泉は、私に取って忘れることの出来ないものである。普通人の入って行くのは、日光町から六里、中禅寺湖畔からまだ三里ある湯本温泉だが、この温泉がせめて中禅寺の菖蒲ケ浜附近にまで樋か何かで引いて来てあったなら、それこそ日光は遊覧地乃至世界の公園以上にすぐれた温泉気分を以て満さるるに相違ないのであるが、またそれを実行しようとするなら、決して絶対にできないことはないのであるが、現にその実行をある程度まで進めて見た人たちもあるのであるが、いろいろな反対があって、容易にそれが行われないという。惜しいことだと思う。

菖蒲ケ浜から地獄茶屋に行くあたりは、その温泉を引いて来るとしては絶好の位置であった。林間、五、六軒の浴舎、湖上には白色のボウト、水は思い切って碧に澄んで、何んとも言われない好温泉場を発見することが出来るであろう。しかし、その代りに、そこが出来たら、今の中禅寺の旅舎のあるあたりの繁栄はすっかりそれに奪い去られてしまうであろう。それなども、きっと反対の中心になっているのかも知れない。

それはとにかくとして、湯本の奥の温泉場は私に取って忘れられないところであった。私は其処には種々な記念を持っていた。ある時は栗山の方から万山の中を突破して其処にやって来た。ある時は裏山めぐりをやってその疲労を其処に医した。ある時はようよう二、三日前にその浴場を開いたばかりのところにやって来た。それは五月の初めの頃であった。

「まだ、家の方は湯は開きませんから」

こう言って女中は、向うにある夏は外国人の来て泊る方の浴槽へと案内した。私たちは長い廊下を伝って行った。麓はもう新緑の深いころであるのに、其処にはまた一片の緑の色を見出すことが出来ず、林は空しく、山奥の雪は白く日に光って、しんとした湖水はさびしく冬の山の姿を倒しまに蘸した。いかにも寂として、心も骨も再び冬に逢ったような気がした。

この湯本の温泉などは、今も昔も変らない温泉場のひとつであろう。夏から秋にかけては、中禅寺から馬車があるが、冬は全く駄目だ。五月の初浴槽の中に徒(いたず)らに白く湯気の漲(みなぎ)っているのもさびしい心を私に誘った。室(へや)にはそれでも石楠花(しゃくなげ)の漸く開きかけたのがさしてあって、それが何とも言われない旅情を促した。

あくる朝の霧、深い霧！ 私は海に、山に、霧についての種々のシインを沢山に眼に描くことが出来るが、しかもその朝ほど深い静かな霧を見たことはなかった。一間(いっけん)先どころではない、殆ど二尺(にしゃく)前も見えないくらいの深い深い霧である。そしてあたりはしんと静まり返っている。何の物音もきこえて来ない。まるで太古の時代に返ったような気分である。私は静かに欄干に凭(よ)ってそれを眺めた。

ある夏に来た時には、其処に眼の美しい綺麗なメイドがいた。それは皆な日光の町からやって来るのであるが、不思議に、此処(ここ)には美しいメイドが多かった。『おく山は六月(みなつき)に咲く石楠花の花ばかりとも思ひしものを』こうした歌を私は詠(よ)んだ。

しかし、何処(どこ)の温泉場にも見るように、やはり、夏は雑沓して、あまり居心地は好(よ)くなかった。勿論、避暑地としては、千米(メートル)以上の高さまで、白樺や山毛欅(ぶな)の叢生する森林帯で、蚊などは無論いないから、夏の暑さを忘れるのに

めになってから行ってもまだ山には雪が深く残っている。

は、至極好いところであるけれども、それでも、客が多いので、あまり親切に待遇されないようなことが間々あった。やはり、春と秋とが好かった。

それに、此処は猫の額のようなところではあるけれども、仔細に探ると、行って見て面白いところが多かった。白根に登って見るのも興味が饒く、五色沼あたりに行って、日光火山群を大観するのも面白く、狩籠、ぬり籠の湖水をめぐり、金田峠を越して、栗山の川俣温泉に行って見るのも、決してつまらないものではなかった。金精峠を越して、上州の東小川に出て行く路は、かなりに嶮しいが、案内者なしではちょっと行けないようなところだが、この道を通って沼田の方へ出て行くのも興味が饒い。

旅舎の欄干に凭って、白根の赤ちゃけた膚に、朝日の当るを眺めていると、子規が軒を掠めるようにして近く鳴いて飛んで行った『おく山のあかつき方の子規心地よしとや絶えずなくらん』こうした歌を詠んだのももう遠い昔である。

それに、日光からはるばる六里の山道を登って、此処に浴舎を営んでいる人たちの生活に興味があった。私のよく行った家の老主人は、元気な面白い人であったが、よく此処にかくれた話を私にしてきかせた。「御維新の戦争の時には、つくづく世の中が険呑で生きていられないと思いました。何しろ自分の持

この旅舎は松本と言った。今はその老夫妻も

っている財産も、ぐんぐん持って行かれてしまうんですから……。これゃとても駄目だ。山の中にでも入らなければ安心してはいられない。こう思って、この山の中に入る気になったんですが、今、考えると、まるで夢のようです」そうした動機が人をしてこの深山の生活を選ばしめたのは意味あることではなかったか。この老爺は、よく旅舎の裏の山畑を耕して、此処で有名な旨い大根などを栽培した。秋など行って見ると、その老爺が畑の塵埃を山のように積んで、火を燃しているのをよく見かけた。

死んだ。旅舎もなくなった。自在湯と相対したところにある一番奥の旅舎だった。

六九　中禅寺湖畔

静かな湖畔をめぐる路、夜遅くなど其処に行き着くと、湖を隔てて温泉場の灯をこの上なく嬉しく目にするような路、初夏の頃行っても雪がところどころに白く残っているような路、この路を縫う秋の紅葉の美しさは、他には多く見られないものであった。紅葉する木は、漆、柞、錦木、とうだん、それに八汐の躑躅などであるが、それが影低く湖畔に綴られてあるさまは、ちょっと屏風の絵でも見るような気がした。山は秋は早く、十月の始めには、既にその美しい絵が見られた。

湖水では、鯉、鮒、鰻などが獲れた。鱒も十月頃は旨かった。岸につないである小さな舟に乗って、漁師をつれて、そうしたものを釣って見る興味も、此処では忘れられないものの一つだ。ある年の秋には、私は友達と一緒に、妓と三味線とを載せて、この湖を溯回した。

この湖の決水口を成している湯瀑も好い瀑である。日光の山中では、その大きさに於ては　華厳に次ぐと言われている。惜しいことには、あたりがやや浅露で、とても華厳乃至方等般若のようなすぐれた谷を発見することが出来ないけれども、それでもそこから見た戦場ケ原と、その原頭に大きく姿をあらわしている男体山との眺めは、美しかった。日光山中の諸勝に伍しても、敢て劣らないものがあった。

麓の里に折りて來し
一もと紅き岩躑躅
わけてわが行く奥山に
春を傳ふる使かも

この詩は、ある年日光から湯本にやって行く途中に得たものであるが、麓の春色から次第に冬の山に入って行く感じは、私にいろいろなことを思わせた。神橋のあたり、山内の寺坊のあるあたり、すべて山かがやき、水光り、八汐の躑躅は山隈水涯に点綴せられて、到るところ春色が闌であるのに、一度方等般若の谷を経、大平の林の中に入り、華厳の凄しい瀑声を耳にして一碧の湖光、静かに中禅寺の湖畔に行くと、花は次第に少く、春は次第に麓になりて、あの美しいかがやきは何処に行ったかと思われた。冬は再びやって来て、寒い山気は私の肌に染み透って感じられた。

私は日光に出かけて行くと、きっといつでも湯本の奥まで行った。私の考では、中禅寺で引返して来ては決して日光のすべてを知ったとは言うことは出来ないと思う。否、むしろ中禅寺から湯本に行く間にこそ、世離れた昔のままの静かな日光があるような気がした。湖畔に添ってぐるぐる廻って行くような路、子規と鶯とがかけ合って啼いているような路、碧い碧い湖水を絶えず左にして行くような路、つづいて、龍頭の瀑、地獄茶屋、やがてひろびろとした高原がその前に展げて来た。

七〇　ひとつの手紙

私の歌の師匠の文章をちょっと此処に引いて見る。それは、私が日光に滞在中、五、六日一緒に案内して歩いて、帰られてから二、三日して寄せて来たものであるが、別に他の奇もないようなものであるが、しかし歌を詠む上に於て、瀑の名称などに不便を感じて、そしてこうした文を草したのであると思うと、興味がないでもなかった。

昨夜御通信後、月光益々清くして昼の如くねれられぬ儘に左の愚文を草せり。初稿なれば不整こと勿論也。こはこのほども一寸申述候瀧の別名のことにつきふと思ひよりしことどもを手紙にかへて書き試み申候まで也。猶御批評をも下され候はゞ幸甚……。

地、景よしといへども名よろしからざれば人言はず。風景よしとにはあらねど名よろしければ人皆いふ。ましてよき所に名のなきはあかぬ心地ぞする。おのれこたび二荒山にのぼりて、しか思へりしこともいと多し。早く此山には名高き瀧もあれども、猶大方は元のまゝに唐めきて、我國人の口にはいひ

よからずなん。かゝれば今聊かわが見しところどころを形容して、その二つ三つを言はゞ、

先づおのれがやどりし照尊院の南山は、月によりて最中の山と名づけ、前川の板橋を月見橋とや言はん。北なる女峰は黒髪にむかへて白髪山とも言ふべからんか。また馬返しよりのぼり行く深澤の右につらなる屏風の如き嶺は岩墻山、左にめぐれるは衣垣山、又谷川の落合ひにかゝりたる橋はとりあへず行合橋など言ふべからん。

方等は御旗の瀧、或はさぎりの瀧、般若は岩橋或は岩船の瀧、其山は高幡山或は千別の山、またこれを望む頂上を端の嶺とや言はまし。阿含は煙の瀧、これを見る中の茶屋はやがて中の嶺、華嚴は雲か花かといふ心にて三雲の瀧或は花ふりの瀧、又此處と奥の嶺など言はまほしき心地す。されど忙しき旅に一目見しのみなれば此名猶實に及ばず、よき人よく見てよびかへたまふべし。

右俄かに思ひ及びしなればもとよりその名當を得ず、しかしながら、もし御紀行中へ御書加へ、この新名によりて御歌どもあらば、後の人の語り草ともなりぬべあらん。おのれも少々、

面白き今宵の月を君達は最中のみねに今仰ぐらん
月見はしわがかげばかりうつりけりせゞの白波寒き此夜は
打むかふめをの二山雪ふりて共しら髪ともなりにけるかな
岩垣のみねの岩戸のもみぢ葉は神のみけしの心地こそすれ
引はへし衣垣山をけふみればすきまもみえず紅葉しにけり
行合のはしの上こそうれしけれしるもしらぬも物語りして
山風はいたくさわけに廣はたの御旗の瀧はかげもさわがず
さま〴〵の瀧はあれども岩はしの瀧の様こそかけはなたれ
秋をのみ言ふらん人に高はたの春のやしほの色を見せばや
落ちてまた再びのぼる水けぶりその水上やこひしかるらん
すみなれしつばめも岩にこもるまで三雲の瀧は秋ふけにけり
のこりなく紅葉しにけりふたら山はしなかおくの峯のはてまで

とにかくこうした、新しい名を日光の山水につけて、そしてそれを歌に詠んだことは面白いと私は思った。いかにも古の国学者乃至(ないし)歌人らしくって好(い)いではないか。またいかにも昔の歌詠(うたよみ)らしくって面白いではないか。

私はその時のことを思うと、師匠が方等般若の茶屋の眺めに心を奪われて、どうしても此処に一夜泊りたいと言ったことを思い出さずにいられなかった。それほど師匠はこの滝の眺めに心を打たれた。それから師匠は、私の滞在していた寺に泊って、『いつの世にいかに契りておきつらん思はぬ寺に二夜ねにけり』という歌を詠んだ。

私の歌の師匠は、性は松浦、名は辰男、桂園派の直系で、景恒の門下、松波遊山翁はその友であった。

七一　塩原

塩原は有名な温泉郷である。山が美しく、渓が美しい上に、温泉が到る処に湧き出している。福渡戸、古町、塩の湯、皆な行って浴すべしである。

私の考えでは、箱根、塩原、この二つが都会の人たちの行って浴するのに最も適したものであろうと思う。無論、設備や交通の便に於ては、これ、彼に及ばないこと遠しと言わなければならないけれども、早川と箒川とを比べては前者は決して後者の匹儔ではなかった。

大平台あたりは好いには好い。しかし福渡戸まで入って行く渓畔の眺めのす

東北本線の西那須野乗換、高原軌道で、新塩原の終端駅に行く。

ぐれているのにはとても敵しない。塩原の山水は箱根に比べて、いかにも明媚である。瀬の潺湲として美しく処々に「絵」を開いている形は、とても早川の谷にはこれを庶幾(じょき)することが出来ない。それに、感じが柔かで、線が細くっていかにも女性的である。

ここから乗合の自動車、馬車、それに腕車。交通は便利である。

由来、野州(やしゅう)は山水を以てきこえている国である。大谷(だいや)の谷、鬼怒川(きぬがわ)の谷、箒川の谷、すべて美くしい。大谷は飽までも男性的であるに比して、箒川の谷は飽まで女性的である。そしてその中間を鬼怒川の谷が行っているような形である。

しかし、大谷の谷には、惜しいことには温泉がなかった。鬼怒川の谷には、中岩橋(なかいわばし)から一、二里で、滝の湯(たきのゆ)、そこから更に溯って三里余で川治の湯(かわじのゆ)があり、更に奥深く栗山郷(くりやまごう)の中に入れば、川俣(かわまた)の温泉があり、またそれと谷を隔てて、五十里川(いかりかわ)の上流に、湯西川(ゆにしがわ)の湯があって、その分布はかなりに多いけれども、いずれも、山中の温泉場で、設備もわるく、交通も不便であった。それに比べると箒川の谷には、温泉が近く都会の人たちの手の届くところにあり、東北の幹線鉄路から、軌道がわかれて入って行っているので、行くのにも、そう大して不便を感じない。上野から五時間で西那須野(にしなすの)に着き、それからまた軌道を一

今市から大滝へ軌道がある。中岩橋はその途中である。

時間半で、その山口の新塩原まで入って行くことが出来た。

宇都宮までは、汽車は概して平凡である。左に日光、右に筑波、加波の翠黛を見て僅かに眼を楽しましめることが出来るくらいのものである。しかし、汽車が一度宇都宮を離れて、往古の那須野に入って行くと、感じがまるで違って来るのを見る、林や、草藪や山が次第にあらわれて来る。宝積寺と岡本との間には鬼怒川が大きく流れ落ちて来ている。昔の阿久津の河港の形なども旅客の心を惹かずには置かなかった。

それに、左に連る山が非常に大きい。日光火山群はやや後になってしまっているけれども、それと鬼怒川を隔てて連った高原火山群がいかにも高いので、嵐気が常に揺曳している。夏など通ると、水墨山水図を見たように雲が湧き上がる。

それに、そこらに行くと、右に長い丘陵が見え出して来て、黒羽町のあるあたり、仏国寺のあるあたり、日本で著明な那須国造の古碑のあるあたりがそれと指さされる。やがて箒川にかけた鉄橋をわたる。塩原の谷に入って行くところにある城塁のような山巒も見え出して来る。

西那須駅から関谷へ行く間は五里、軌道の出来ない中は、この路はかなりに

東北幹線宝積寺駅から右に烏山へ軽軌が分岐している。

同じく西那須野駅から右に黒羽町へ軽軌がわかれて行っている。

いやな、退屈な路であった。大抵はがたくり馬車か何かで、暑い日蔭のない路を体も痛くなるほど揺られ揺られて行ったのであった。しかし、今は軌道が出来た。小さな客車を一つ二つつけた汽車は楽に旅客をその翠嵐の中へと運んで行ってくれた。

大綱(おおつな)を下に見下してから、十八町の路、渓に添った路、洞門があったり渓橋があったり小さな滝があったりする路、この路は自動車や車で行くよりも、却って徒歩で行く方が好い。いかにも渓の眺めのすぐれたところである。

福渡戸、塩の湯、門前、古町、何処(どこ)に行っても、瀟洒な浴舎と、層々重なった二階三階の家屋とを私たちは見ることが出来た。一番都会の人たちのやって行くのはどうしても福渡戸だが、やや静かな心持を味おうとするのにはもう少し入って、塩の湯あたりまで行って見る方が好い。そこにある明賀屋(みょうがや)という旅舎は静かで好かった。

私は福渡戸にも、塩の湯にも泊ったことがあるが、静かでいかにも山の中に来たというような気分は、却って塩の湯の方がすぐれていると私は思った。

付近にある滝などはしかしとても日光の諸渓には及もつかなかった。兄弟(きょうだい)の滝(たき)、吉井滝(よしいたき)などというのがあった。その他、散歩区域としては、野立岩(のだちいわ)、高尾(たかお)

湯津上の国道の石碑は黒羽町の南一里。

天狗岩のあるところが非常に渓谷の眺めが好い。

但し夏は夜、虫が多いのが閉口だ。それに長くいると、山が深いので陰気で鼻がつかえるよの碑、天狗岩などいうのがあるが、要するに、名所と言うだけでそう大して心を惹くものではなかった。

　この箒川の奥を極めて、新湯あたりまで出かけて行っても面白かった。高原山もそう多くの努力を須いずして登攀することが出来た。

　ここから鬼怒川の谷の川治の湯まで越えて行く間道がある。かなりに嶮しい道ではあるが、其方の方へ出て行くものもたまにはあった。

うな気がする。退屈しない点から言えば、箱根の方が好いかも知れない。

七二　那須へ

西那須野から黒磯に来ると、雪はちらちら落ちて来た。しかしまだ雪で白く埋められた那須嶽の大きな姿はそれと薄暮の中に指さすことが出来た。いかにも山裾らしい気分があたりに漲り渡った。緩やかな丘陵の上にほっつり高くなっていた磐城の八溝山も、今はすっかり見えなくなってしまった。日は既に暮れつつあった。黒磯の停車場にはもう灯がついて、向うにさびしそうに、または寒そうに、その山裾の町の横っているのが見えた。

「那須に自動車は出るかね」

停車場に汽車が着くと、すぐ窓から首を出してこう私は訊いた。ことに由(よ)ったら、其処(そこ)に行って見ようかと私は思った。私は行きたい、行きたいと思いながら未だについぞ行って見たことのない那須である。高原性の眺望に富んでいるという那須、或は山の奥に、或は渓流の底に。或は高原の上に、処々に分布されてあるという那須九湯(なすきゅうとう)、そこは、物価も廉く、滞在費もかからず、風俗も淳朴で、居心(いごころ)が非常に好(い)いと言われている温泉場、そこにこうした冬の日に、雪に埋れた冬の日に、こっそり行って一夜泊って来たら、さぞ逸興(いっきょう)が多いであろうと私は思ったのである。

「もう出ませんな」

「出るには出るんですか？」

「え、今でも一日に二、三度は通っているようです」

「出るのは何時(いつ)頃です？　午前ですか、午後ですか」

「時間はきまってはおりませんが、大抵午前のようですな」

「夏なら、そんなことはないんでしょう？」

「夏ならもっと出ます。四、五回は少くとも往復します」

多分今頃からでは無いだろうと思ったが、果してない。一夜泊って、明日行

その後、私は出かけて行って、湯本の松川屋に泊った。五月だった。そこで、私は次の歌を詠んだ。(都をば春にわかれて來しかどもおく山櫻いまた匂はす)どてらを借りても寒かったことを覚えている。

って見ようかとも思って見た。しかし、私は仙台まで行く通し切符を持っていた。先にも心が惹かれた「まア、この次にしよう」こう思って私は雪に埋められた那須嶽を仰いだ。

いかにもさびしい冬の気がした。温泉も浴舎もすっかり雪に埋れて、雨戸をぴっしゃりと閉て、冬籠をしているさまが私の眼の前に描かれて見えた『はるばると二荒高原那須がねにふりつもりたる雪ぞさやけき』こうした歌を私は手帳にかきつけた。

これから積雪の中に入って行くので、汽車はその準備をするというように、暫しそこに停っていた。いかにも寒い山裾の町らしい気分が私の心に染み通って感じられた。

私はいろいろと那須の湯を想像した。湯本から大丸、北温泉あたりに行く谷間の路のさまなども想像された。其処は紅葉の美しいところであるという。其処の紅葉を見ては、塩原、日光あたりの紅葉は見られないという。渓もまた美しく、潺湲また潺湲、佇立去るに忍びないようなところが沢山にあるという。奥の奥にある三斗小屋、板室に行く路は、ちょうど那須嶽の半腹を掠めて入って行っているので、時に由っては、その噴煙が凄じくその路に靡き下るという。

またその路は会津方面に赴く間道をなしていて、維新の乱の時には、官軍の別動隊がこの山路を入って行ったという。そう思うと、縁がなくって、未だに其処に入って行くことの出来ない身が憾まれた。私は大きな那須嶽の暮れて行くさまを眺めた。

やがて汽車は動き出した。

全く山の中である。かなりに雪も深かった。殊に、芦野と白河との間は奥羽と関東との昔の限界で、その山脈の東に例の白河の古関址が今でも残っていると思うと、私の胸には種々な感想が湧くように簇りあつまって来た。汽車はかなりに急な勾配を、ゴトンゴトンと音を立てつつ進んだ。一緒に腰を並べた鉄道の工夫は、頻りに水力電気の工事の話などをした。灯のついた車室の中には、これから夜一夜乗り通して、あくる朝は青森から北海道に渡るという殖民者の家族の群などがあった。幼い子供たちは既に母の懐に抱かれて眠っていた。

古城址を前にした白河の町に来て、私は弁当を買った。

七三　白河附近

甲子温泉は、白河楽翁公の紀行文に由って始めて世に知られた。

それは白河から西の方に当っていて、かなりに深い山の奥である。位置はちょうど那須の湯本と背中合せをしているような形になっているが、その間の山巒の嶮峻なので、其方からは容易に入って行くことが出来なかった。

楽翁公の紀行文で見ると、山は非常に深いらしい。またそこに入って行く間に、絶えず添って行く阿武隈川の渓谷も頗る見事であるらしい。殊に楽翁公は、そこの谷の紅葉の美を力説している。これほど美しい紅葉はないように言っている。

そこに入って行くには、白河から真船へと出て行く。この間二里半。山が既に奇である。嵐気の襟に迫って来るのを感ぜずにはいられない。真船からは、阿武隈川の渓谷に添って絶えず西へ入って行くのであるが、この谷がかなりに深く、両山相仄し、奇岩絶壁相仄して、水の鳴ること、さながら佩環を鳴らすが如しである。従ってこの渓谷の間には、五里ほどの間殆ど村落も人家もなく、ただ、渓縈り水鳴り石出ずるばかりである。

それに、次第に渓谷の狭く、山の深くなって行く形が面白かった。いかにも大河の生れ出して来る渓谷らしい感じがした。温泉に近く、北に甲子山の聳えているのを見る。雲煙が常に坌涌する。

やがて辛うじて温泉場の人家を渓谷の中に発見する。それまで行く間はかなりに長い。それと言うのも、休むべき人家も村落もあたりに認められない故であろう。温泉のあるところには、旅舎——と言ってもそう大きくない旅舎が十軒近くあって、全く山中の温泉場らしい趣を見せている。やはり、毎年四月頃から浴場を開いて、十月の末にはそれを閉じてしまうというような温泉場である。

温泉のじき近所には、白水滝という瀑がある。そう高くはないが、幅が一二間あって、かなりに壮観を呈している。これから阿武隈川の谷を究めると、三里ほどで、雄瀑、雌瀑のあるところへと達するが、またその瀑は白水瀑に比して、非常に大きいが、そこまでは遊客も滅多に入って行かない。

この温泉は塩、鉄、硫酸の気を混じて、かなりに効能があるので、遠い嶮しい山路をも厭わず、浴客は常にあちこちからやって来た。

ここに行った帰途には、白河町附近に、南湖公園を訪ね、感忠銘を見、道興准后の歌の中にある人なつかしの山などを探って見るのも興味が多いであろう。それに、もし暇があったら、白河から昔の奥羽街道を南に戻って白坂の古駅を過ぎ、往者の古関址を榛莽の間に探ぐることを私は勧めたい。何と言っても名

この甲子温泉を詳しく書いたものに、大町桂月氏の『甲子紀行』がある。

高い昔の白河の関である。遠く北奥に赴く旅客が、遥々と京都から此処まで来て、更に奥深く入って行くという心持はどんなであったであろうか。『つてあらば都の人につげてまし今日白河の關は越えぬと』実際思うてもあまりあるのは、昔の旅のわびしさである。今、其処には明神の社があって、楽翁公の立てた古関址の碑が昔を語り顔に残っているのを見た。

七四　湯岐温泉

白河から棚倉町へは、今、軌道が出来た。この路は常陸街道で、棚倉町から先は久慈川の渓谷に添って、太子町などを通って、常陸の太田町へと出て行くようになっているが、かなりに往昔からあった路らしく、武将たちも度々此処を通って行った跡があった。ことに、磐城と常陸の境に、矢祭山という山水の名所があって、奇岩怪石を以て世にきこえているので、好奇の旅客はわざわざとそこまで入って行くものかなりにある。

否、そればかりではない。久慈川の谷はかなりにすぐれた山水を持っている。太子町なども特色に富んだ町である。この町から八溝の南の凹所を掠めて、那須野に出て行く路も、余り人の知らないところでそして逸興に富んでいる路である。

白河から棚倉に行く間は、半ば丘陵、半ば田塍である。林なども多い。棚倉の町に入ろうとする処に、低い城塁のような山があって、それを廻ってぐるりと入って行く感じはそうわるくはない。町では城址が公園になっている。こんにゃく、陶器などが其処から出た。それに、ここには、町の西の山寄りに、都々古別神社の古祠がある。これと、八槻にある同じ名の神社とは、延喜式内にも出ているような古祠で、八槻の方では、道興准后が『梓弓八槻の里の櫻狩花にうかれてあそぶ今日かな』という歌を残している。

棚倉町は、今はどうなったか知らないが、私の行った時分にはさびしい田舎町であった。徳川時代にも、此処は首尾のわるい大名が遷謫の意味でよこされたような城なので、総ての形に於て、鄙びて貧しい土地であったには相違なかった。附近でとれる米なども、量は多くっても質のわるいものが多かった。

棚倉から寺山へ一里、そこはちょっと嵐山に似ていて、紅葉の勝を以てきこえている。しかし、此処あたりでは、渓はそう大して見事でない。八槻の都々古別神社へ賽するには、これから南に入るのであるが、国道を塙まで行って、それから低い山巒の間を三里ほど右に入ると、そこに、湯岐という温泉がある。

温度が低いので、いくらか火力を加えなければ浴することが出来ないが、純とした田舎の温泉で、行って見ると、変った趣が尠なからずある。

浴舎は二、三軒あるが、いずれも百姓家で、皆な兼業に温泉をやっているという形である。従って食う物に贅沢を言うわけには行かない。これから那倉という処に出て、東海岸の平潟まで里数十一、二里、所謂磐城山地と言われている低い丘陵の重り合った中に、路は渓に添ったり山に凭ったりして通って行っているのであるが、山桜が多いので、春は見事であるということである。勿来関の昔の桜はつまりこの山地の一部の春のあらわれであったのであった。

八溝山に登るには、路が二筋三筋あって、棚倉の方からも登って行けたが、普通は矢祭山の奇勝を見て、下野宮まで行って、それから、久慈川の一輻射谷である谷を上野宮に溯り、そこから登って行くのが本道になっていた。山は標高が千三百五十米で、そう高くない。従って登攀するにもそう大して困難を感じない。この山頂からは、那須野からかけて、遥かに関東平野のひろびろとした野を眺めることが出来た。

久慈川の谷は、矢祭山あたりを序幕とすれば、太子町から袋田滝のあたりが中幕で、西金から太田町までが大切であろうが、到る処水鳴り谷応えて、一村は一村を開き、一水は一水を孕むという形である。この街道は、旅客は是非一度は通って見なければならない。

七五　猪苗代附近

須賀川町では、其処で下りて、それから東南に十七、八町を隔てた龍ケ崎の乙字の瀑を訪ねて見ることが肝心だ。滝と言っても、それは阿武隈川の一ところ段階を成して、小ナイヤガラの形を呈しているのを指して言っているので、風景は別にそう大してすぐれてはいないが、ちょっとめずらしい感じを旅客は味うことが出来た。

須賀川町は昔から商業地としてきこえているところだけあって、町が何処となく活気を帯びている。ここから西に、長沼、江花を通って、若松地方に出て行く路も、ちょっと歩いて見て面白い。

郡山町はこの附近の小都会と言っても好いくらい賑やかな処だ。猪苗代湖から引いた水道工事や、水力電気やで、忽ち非常にひらけたという風であった。町では開成山公園あたりに行って見るが好い。

それに、この町は右に岩越線を岐ち、左に平郡線を起しているので、汽車の平郡線はちょっと面白い。

線路はちょうど十字形を成して、旅客の乗降が非常に多い。岩越線を行けば、ここから一時間の行程で、水光明媚なる猪苗代湖畔に達し、更に一時間で会津若松の盆地に入り、これから更に西して、山巒重畳とした中を、阿賀川の渓谷と共に越後の津川から新津へと出て行くことが出来た。この間の阿賀川の渓谷の眺望は、汽車の窓から見ても、倦むことを知らないほどの好眺望、好山水であった。東して平郡線を辿ると、磐城の山地の間を貫いて、直ちに山中の一邑小野新町に達し、それから鎌田川の谷に添って下って、常磐線の平町へと行くことが出来た。更に平町を起点としてこの横線を横断すれば、太平洋海岸から日本海々岸へと横ぎることが出来るのであった。この長い横線中、温泉場としては、平町の一つ手前に、磐城湯本があり、郡山の次駅に熱海温泉があり、会津の若松の附近には、例の東北の三楽園の一つと称せられた東山温泉があった。いずれも行って一浴するに足りた。

　熱海温泉は、郡山から入る路と本宮から行く路との交叉点に当っていたので、汽車のない時分から、旅客の労をやすめるところとして、その設備はかなりによく整っていた。全く街道筋の温泉場と言うような形があった。今はそうした趣は、よほど少くなったけれども、それでもなお浴舎が軒をつらねて並んで、浴客は常に多く集って来た。惜しいことには湯が少し温かった。

　汽車の通って行く猪苗代の湖畔は、流石に日本にもきこえたところだけあって、山光水色頗る明媚である。いかにも山湖らしい特色があたりに漲って、四囲をめぐる山巒の姿にも捨て難い趣がある。無論、諏訪湖などよりもすぐれている。琵琶湖などよりも或は感じが好いかも知れなかった。それに、北には磐梯火山群が高く聳えて、猪苗代町のある位置なども旅客に面白い感じを与えた。かつて湖底であって、それが段々陸地になって行った湖底平原の形も地理的に見て興味が尠くなかった。

　磐梯山の聳えている地方は、例の爆裂の結果として、美しい湖水がいくつも出来たりして、避暑には持って来いというようなところであった。秋元湖のあるあたり、殊に山色が明媚である。それに、温泉が非常に多くその附近に湧出した磐梯温泉が中でも最もすぐれているが、その他、中の湯、草の湯、川上などがあった。この川上温泉は爆裂当時、全く噴出物のために埋められてしまったのであったが、更に新に復活して、今は山の北麓にその浴場を開いた。

　しかし、いずれも山の温泉場で、普通の旅客にはちょっと入って行くのに困難であった。設備もまた都会の人々を満足させるものは何処にもなかった。

ここから磐梯山の山の中に入って行くと、川上温泉がある。檜原湖あたりもすぐれた山水のシインである。

汽車は猪苗代の湖成（こせい）平原を西に走って、戸の口に行って、例の十六橋の閘門（こうもん）を有する決水口を経、日橋川（にっぱしがわ）を渡って、次第に会津盆地へと進んで行った。磐梯山の翠色は次第に右に偏って行った。

七六　会津の東山温泉

東北の三楽園、それは何処（どこ）かと言うと、羽前（うぜん）の上（かみ）の山（やま）温泉、羽後（うご）の湯（ゆ）の浜（はま）温泉、それから会津（あいづ）の東山（ひがしやま）温泉であった。

無論、それには、温柔郷（おんじゅうきょう）という意味がふくまれてある。賑やかな温泉場、三味線と鼓との日夜絶えない温泉場、白粉（おしろい）と臙脂（えんし）との気分の漲りわたった温泉場、そういう意味である。従って其処（そこ）では静かな一夜を庶幾（しょき）することは出来なかった。また落附いて旅のつかれを医（いや）すことも出来なかった。その代り、そこではいかにも温泉場らしい温泉場、女と男と戯れ合った温泉場を見ることが出来た。そうした温泉場にとまって見るのもまた旅の一興であろう。

箱根、塩原、ああした温泉でもなければ、上方（かみがた）の宝塚、有馬あたりの温泉場とも違っている。城の崎、道後、別府などとも違っている。東北地方でなければちょっと見られないような気分である。

其処に行くのはわけはなかった。若松の停車場で下りる。そして町を一わたり見物する。維新の際、戦乱の巷に化した跡は、今日でもまだ何処かに残っていて、町が何処となくさびしく荒れているような気がする。公園だの、例の飯盛山の白虎隊の墓などを行って見る。暇があったら会津陶器、漆器などを見るのも好かろう。で、車なり、自動車なり徒歩なりで、市街を東南に出て、小さな谷川に添って入って行く。ちょっと感じが好いやろかまえという汚い駅場見たいなものが途中にある。そこできなこ餅などを売っている。一里ほどでやがてその賑やかな温泉場へと入って行く。

渓に添って、層を成して、浴舎が並んでいる。いずれも二階三階である門並に小料理屋の招牌をかかげた家がある。白粉をぬった色の白い女が歩いていたりする。三味線の音が頻りにきこえる。浴客は白縮緬の帯などをしめて、だらしない風をしてそこらを歩いている。

渓は処々に潺湲とした美しい瀬を開いているけれども、それほどすぐれた渓とも思われなかった。周囲をめぐる山も、そう大して高くなく、山の温泉ではあるけれども、山の気分は割合に少なかった。

渓舎は大きいのがあるだけに、何処に行って泊っても、室も立派だし、設備

若松の城址は一見価値が十分にある。

東山は猫の額のようなところだ。人気もあまり好いとは言えない。(あまりにも向いの山の高ければみねつたいして月そのほれる）最近また行っ

も完全していた。湯も豊富で、何処にもちゃんと立派な内湯が構えられてあった。

泉質は塩類泉で、滝の湯、眼洗湯、狐湯の三つにわかれている。効能は少しはあるが、病を養うための温泉場でないことは前に既に言った。

ここでは芸妓でも揚げて、騒がなければ面白くない。酒を飲まなければ面白くない。女を相手に一夜寝なければ持てないという風である。比較してはちょっと変だが、また風俗などは無論違ってはいるが、出雲の美保の関と言ったように平気でそうした歓楽を許しているという形である。三楽園の一つと言われるのも尤もだと私は思った。

この東山のある渓谷と山を一重隔て、西に、大きな一つの渓谷が展開されてあるのを見る。そこを流るる川は末は大川と言って、阿賀川に合湊するものであるが、そこには、日光、今市の方へ出て行く間道が通じていて、谷に添って、温泉の分布が二、三ある。川の西岸にあるのを小谷といい、南岸にあるのを芦牧と言っている。共に街道筋の温泉で他の奇はないが、この谷をずっと入って行って、田島から弥五島あたりに行くと、段々渓谷が深くなって、雲煙の坌涌が著しく山らしくなって来る。そして、その近所に、塔の岼と言う奇岩があっ

てこうした歌を詠んだ。

東京から出かけて行ってそこで宴会見たいなものを開くものが多い。

た。これから山王峠を越して、下野の五十里まで十一、二里、全く山の中である。

若松附近では、阪下町、喜多方町など下りて見てちょっと面白い。喜多方から北へ四里ほど入った山の中にある熱塩温泉は、耶麻郡では殊にきこえた、浴客の多い温泉であるが、また、北に高峻な飯豊山脈を控えていかにも深山の中らしい気分の多いところであるが、しかし交通が不便で、普通の旅客にはちょっと入って行くに面倒であった。

柳津の虚空蔵も、この地方では聞えた流行仏であった。汽車の線から行くと、幹線から下りて、それから車で三、四里を南に入らなければならないが、只見川の大きな美しい渓谷に路は添っているので、車で行ってもそう退屈するようなことはなかった。虚空蔵の社堂は頗る宏壮で、その舞台が川に臨んでいるさまは、容易に他に見ることの出来ないようなところであった。渓も堂宇の下で深い瀞潭を成して流れて、対岸の山巒の連亙もまた凡ではなかった。前には賑やかな町があって、一種流行仏の門前町らしい賑わいをあたりに展げていた。

これから只見川の峡谷に添った南会津の地方は実に広大な区域を持ている。多くは山また山で、旅客は滅多に入って行かなかったような山の奥であるが、

喜多方から熱塩に行く乗合自動車が毎日二回出る。但し冬は知らない。

そこにある温泉は塩類泉で、伊豆の熱海の湯に似ている。

山水としてはそう大したものではないが、ちょっと静かで好い。

また、他には見ることの出来ないほど文化の到らない地方であるが、しかもこの沿岸は山水のすぐれたところが多く、温泉また処々に湧出して、早戸、本名、大塩等の湯が、全く田舎の温泉場らしい形を以て、連珠の如く、その沿岸につづいていた。維新の戦に、越後の長岡で破れた会津軍の負傷者は、皆な六十里越、八十里越の嶮路を越えて、この峡谷へと落ちて来て、そうした温泉にその金創をいやしたということであった。柳津から只見川を溯って、南の果ての檜枝まで里程二十五、六里、この間すべて山に凭り谷に架した山村で、全く世に知られない山水が処々に点綴されてあるのであった。檜枝俣から上毛の尾瀬沼へ越えて行く路は、旅客の思を誘わずには置かないような処だ。

柳津へ喜多方から自動車が出る。

　阿賀川の谷も美しい渓谷だ。そこは汽車で通って行って見ただけでもわかる。山と山との重り合った中を渓は何遍となく屈曲して流れて行っている。津川あたりはことに何とも言われない。球摩川、富士川などよりももっと美しい。昔は野沢あたりから川舟が出て、一、二里も下ったところで始めて朝日に逢うというような光景によく出会したものだ。何でもこの谷には小さな鉱泉などが二つ三つあって、夏一月ぐらい静かにかくれてくらすのには好いところだということである。森田恒友氏がここのことを詳しく画にも文にもした。

七七　常磐線の湯元温泉

平町（たいら）のつぎの湯本（ゆもと）駅で下りた。

それは最終列車である。しかも時間がおくれて、十時半に着くべきのがもう十一時すぎになっている。夜は曇って空には星の影も見えなかった。

停車場に、旅舎の番頭の提灯（ちょうちん）くらい見えそうなものだと思って、あたりを見廻して見たけれども、ついにそれらしいものも見えなかった。

為方（しかた）なしに、私たちは歩いた。

私は男の児を二人伴（つ）れていた。私は松島の旅から海岸線に来て、此処（ここ）に一夜をすごそうと思っていた。「もう眠いだろう?」こんなことを言いながら私は歩いた。

この浜街道はかつて私の若い時に草鞋（わらじ）がけで一度通たところである。湯本の温泉にも一夜泊ったことがある。しかしそれきり、汽車では素通りしても、ついぞ下りて見たことがないので、停車場から下りて見ても、町が何処（どこ）にあるのだか、浴舎が何処にあるのだか、ちょっと見当がつかない。

「町は何方（どっち）ですか」

常磐線では温泉は此処だけだと言って好い。折木にも楢葉にもこう訊き訊き行った。

大きな塀のつづいているのが闇の中に見えた。左側はまだ田圃である。山の上の松が微かに夜を劃って見えている。かなり行ってもまだ見当がつかない。しかし二、三町行くと、段々家の灯が見え出して来た。話声などもきこえて来た。「ははあ、これが昔の街道だな」こう段々飲み込めて来た。

やがて町らしくなって来た。

しかし、どうも昔歩いたところとは勝手がちがっているような気がする。もっと浴舎が沢山にあったように覚えている。路の通りに、通りすがりの人が浴して行く浴槽なども三つや四つはあったのであるが、そうした様子もない。不思議にしながら、一軒一軒、浴舎らしい家を覗いて行く。行っても行っても、汽車の中できいて来た松柏館という家が見えない。

暫く行くと、町は段々さびしく、灯が少くなってしまう。

「松柏館っていうのは」

為方がないので、もう一度こうきくと「もう来すぎてしまった」と言って丁寧に教えてくれる。それでようようわかって、大きな浴舎の中へと入った。

昔、自分の泊った千人風呂の大きな浴槽のあった家はたしかに街道の中にあ

温泉があるが、それは大したものではなかった。

った と思ったのに……。そうしたものはなくなってしまってこうした旅館が出来ていると言うのは……。やがて通された一間は、宿場の女郎屋を思わせるような、いやにごたごたした、また古びた八畳の一室であった。

夜であったので、あたりはよくわからなかったけれど、ただ徒に建物が大きいばかりで、室々の粧飾なども至って殺風景であるのを私は目にした。出て来た女中は、眠むそうな眼をして、遅くやって来た客を邪魔あつかいにした。

「お湯をお召しになるなら、今、すぐ御召しなさいませ、温くなってしまいますから」

「だって、此処はわかす湯じゃない筈だがな」

不思議にして私がこう言うと、

「でも、温るくなりますから……」

で、急いで、私たちは湯殿へと行った。湯殿はかなりに広い。また割合に綺麗な湯殿であったけれども、其処にある浴槽は小さくって、僅かに二人しか入れないくらいのものであった。そして、その上には、藁で拵えた蓋のようなものがかけてあった。

なるほど湯はもうそう熱くなかった。入った時はちょうど好いくらいに思われたが、入っている中(うち)に段々それが温く、容易に出て洗う気にはなれなかった。どうしたんだろうと私は思った。昔来た時には非常に熱い湯であった。また非常に豊富な湯であった。夜中に起きて、大きい浴槽の中に一人浸(つか)ったことも覚えている。それであるのに……。

漸く暖(あったま)って上に上ったが、室に帰るとすぐ、其処にやって来た、前の女中とは違った年老いた婢(おんな)を捉えて、

「どうしたんだね、一体、此処の湯は？　もとのように出なくなったのかね」

「ええ……もう……」

駄目だというような調子で老婢(ろうひ)は言った。

「出なくなったのかね？」

「ええ、ええ、出なくなりましたとも……もとは沢山にあったんですけども、炭坑を彼方此方(あっちこっち)に掘り出してから、皆なそっちに行って、此処にはもとの百分の一も出なくなってしまいました。……その癖、炭坑では湯が出て出て困っているようなところもあるんですが……」

「そうかね、それでわかった……どうも不思議だと思っていた。街道にもと

は浴槽が二つも三つもあったもんだが、それも見えないし、湯は湯でぬるくなるって言うから、どうしたのかと思った」

「今じゃ、十二時すぎはとめて置いて、貯めておかなけりゃ、一杯にならないんですから……。それに、温くもなりました。いくらか火を加えなければ入れないんですから」

「そうかね、変れば変るもんだね」

「昔の湯本って言えゃ、大したもんでしたけれど……千人風呂があったり、大きな旅舎も、もっと沢山あったりしたんですが……、今じゃ、もう！」

「そうかね、僕はまた炭坑だの鉱山だのが出来たので、湯本はますます繁昌して、女なんか沢山入り込んで来ていると思っていたんだがなア」

「お客は今でもありますけれどもね……どうかしなくっちゃならんって、町会などでもいつも問題にしているんですよ」

天然にもそうした変遷があるかと思って、私は不思議な気がした。なるほどそれで昔街道に庇を並べた大きな旅館のなくなった理由もわかった。私たちはやがて女中の運んで来た晩い夕飯をすませた。

夜中にかなり強い雨の音がしたので「明日は降りかな、どうせ降るなら雪の方が好いのに……」と思ったが、翌朝起きて見ると、果して、四囲を取巻いた丘陵には鼠色の雲が湧いて、屋根の瓦の夥しく濡れているのが二階の硝子越しに見えた。停車場まで行く間の路もかなりにわるくなっているらしく思われた。

「雨だな」

こう私は子供たちに言った。

しかし夜遅くやって来て見たのとは違って、あたりの感じが、または周囲を取巻いた丘陵の姿が、または深く雲霧に包まれた古い駅路の町の気分が、一種なつかしい心持を私に誘った。衰えた温泉場に冬の雨のそそぐ感じもわるくなかった。賑やかで、騒がしくって、とても落附いては眠られまいと思った温泉場をこういう風に衰えた形に発見するということも私に「詩」を思わせた。

湯から上って来て、朝飯をすませてしまっても、まだ、雨がやまないので為方なしに、私は帳場に車を頼んだ。ところが、生憎車は出払ってしまって一台もないという。止むなく、私たちは宿屋の傘を三本借りて、そして、冷めたい雨の降頻きる中を、昨夜暗中模索をした路を駒下駄で拾いながら停車場まで歩いて行った。

そしてそこから汽車に乗った。

七八　常磐線沿線の海水浴

常磐線の駛走している陸羽浜街道とは、海水浴はすぐれたものが非常に多いけれども、温泉は甚だ尠なかった。前に書いた湯本の衰えた温泉場を除いては殆ど他に何物もないと言っても好いくらいであった。この他に久の浜の少し先に、折木温泉があるけれども、これもわかし湯で、そう大して大騒ぎをするほどの温泉場ではなかった。

しかしこの線には見るところが沢山にある。土浦からは、霞ケ浦をわたって鹿島、香取へと行かれる。また、陸行五里にして筑波山に登ることが出来る。水戸には例の名園偕楽園があり、仙波湖がある。梅の名所として東京からは、花季にはいつも臨時汽車が出る。水戸から那珂川の小蒸気に頼るなり、水戸の一つ先の勝田駅から軌道に頼るなりして、湊町から大洗の方へも行けた。湊町は昔栄えた和船の港で、今はそうした方面は衰えてしまった形が面白い。長い橋をわたった向うにある祝町の遊廓がだらだらした長い坂を挟んでいるさまも、人にあるロオマンスを思わせずには置かない大洗は好いところだ。松も好いし波も大きい。ちょうど銚子の一角を此処に移して来たような感じがする。旅舎

磯浜の先きに大貫がある。そこから北浦の鉾田町まで電車が出来た。

も二軒あるが、いずれも海に臨んでいて欄干から一目に大洋の怒濤を見ることが出来た。

河原子、助川、河尻、何処に行っても、かなりに整った海水浴舎の設備があった。中でもすぐれて眺望の好いのは、河尻であった。つづいて磯原の天妃山夫婦島、大津の海水浴に泊って、平潟の古の港を見に行くのも興味が饒い。磐城に入ると、勿来関址がそこから遠くない。その海岸には、風光画くが如くなる松川磯の海水浴場がある。松が非常に美しい。

鉾田からは佐原に行く汽船が出た。

平町以北では、久の浜海水浴が好い。海も見事である。附近に、波立の薬師があって、奇岩怪石が多い。それから、請戸港附近も昔の和船の港のさまを見るには好いところである。中村から先では、例の松川浦、つづいて原釜海水浴、鳥の海海水浴、阿武隈河口にある荒浜町などもちょっと面白いところである。

それに、この海岸には、松が多い。岩沼の方から入って来ると、中村あたりまでは殆ど松原の中を汽車が通過して行くようなものである。あたりが静かで丘陵の中にところどころかくされた小さな沼に、夕日が美しくさし込んでいたりした。

松川浦はこの沿岸では、松島に次ぐと言われているけれども、夕顔観音あたりの眺望が好いだけで、眺めがあまりに平遠にすぎていると私は思った。概してこの海岸は磐城よりも、常陸に属した方に　すぐれた海山の眺めがあった。

しかし、前にも言った通り、この沿線には、湯本、折木、この二つの温泉を除いて、他に温泉の分布を見ないのは、何となくさびしい気がする。相馬の野馬追祭は、地方の祭礼としては、ちょっと面白い風変のものであるが、わざわざ東京から見に出かけて行くものなどもあるが、変っているというだけで、大したものでもなかった。

七九　飯坂温泉

福島では奥羽線が分岐した。米沢、山形、新庄、秋田方面へ行く旅客たちは此処で乗換えなければならない。また、東北遊覧車は、行きに此方から入って幹線で帰って来るか、行きに幹線で青森まで伸して、帰りにこの線で帰って来るかしなければならないものである。従って、福島市は、そうした旅客に取って肝要な枢軸の地点として役立った。

福島附近には、温泉はかなりに多い。庭阪、温湯、土湯、穴原、船場などの諸分布を見る。しかし、この附近で一番世にもきこえ、設備も完全していいのは、十綱川の谷に湧出している飯坂温泉である。

ここに行くには、福島の一つ先の伊達駅から軌道がわかれて行っている。十綱川の渓谷は、其処では既に福島平野に落ちているので、瀬も、潭も、そう大して見事ではないが、浴舎が低く渓に沈んで、街道で見ては一階の平家でも、入って行って見ると、二階、三階になっている形が面白い。湯の量も多く、設備も全く東京式で、いかにも福島市の持ったすぐれた温泉場という気がした。

それに、東山ほどではないが、やはり一面温柔郷らしい空気が漲っていて、芸者などがかなりに多く、旅舍に由っては、女がだらしない風をして、朝そこから出て来たりした。やはり、福島が東北での第一の商業都会であり、羽二重の主産地である川俣町などをその近くに持っているので、自然金廻りもよく、そうした遊び方をする客が多いためであろう。東京あたりから其処に落ちて行く芸者などもかなりであった。

従って、あまり静かな温泉場と言うわけには行かなかった。三味線と、鼓と、女の脂粉の匂いと、一種淫らな気分と、つづいては客の服装をじろじろと見てそれで単純に、室をきめてしまうというような、温泉宿らしいところがあるのが厭であった。

福島市では、あまり見物するようなものはない。町そのものも、これで県庁のある市街かと思われるくらい淋しい。信夫山公園、それから古の跡の信夫摺(しのぶずり)の石などぐらいのものであろう。しかし、この平野から見た脊梁(せきりょう)山脈は、非常に見事である。私はかつて、其処(そこ)で『吾妻山(あづまやま)はや雪ふりぬみちのくの奥の細道いかにたどらん』という歌を詠んだ。

吾妻火山群から右に靡(なび)いている山巒、その間を穿(うが)って、奥羽西線(おううさいせん)の汽車が通って行っているのであるが、難工事と言われたところだけに、汽車で通って見てもいかにも山が大きい。長いトンネルなども数多くある。

この山の中に、五色(ごしき)温泉というめずらしい温泉がある。無論、春から秋までしか人が行かないようなところであるが、効能が著しいのと、世間ばなれがしているのとで、浴客は多く出かけて行く。たしか、峠の停車場から十五、六町入った山の中にあるのであるが、私はまだ行って見たことがないからよく知らないけれど、一軒で三、四百名も収容することの出来る大きな浴舎があって、すべて感じが古風であるということであった。

従って、自炊でもしていれば、極(ご)く安く滞在することが出来た。

これから奥羽線を伝って行くと、米沢までの間にも、既に二、三の渓谷の中の温泉があり、更に進んで、国道上に、赤湯、上の山などの有名な温泉があって、何処に行っても、湯の宿にとまることが出来たが、それはあとで書くことにして、これから幹線を進んで見ることにする。

八〇 桑折岩沼間

私はある年、山形から金山峠を越して、山中七宿の渓谷の間を通って、幹線の桑折駅へと出て来た。

何故、この路を歩いたかと言うのに、それはこの山中にある白石川沿岸の材木岩を見たいと思ったからであった。私はかつて林鶴梁の文集を読んだ。その中に、その材木岩のことが口を極めて賞めてある。松島の勝と比べて書いてある。しかし、それだけでは、私はまだそこに入って行って見なかったであろうが、仙台で泊った親戚の老人がまたそれを賞めて、「あんな好いところはない……。ちょうどその時は紅葉の頃であったが、奇岩にそれが点綴して彩られてある形は何とも言われなかった」と言うのを聞いて、それで、是非見たいと思って、わざわざその谷に入って来たのであった。

金山峠は感じの好い峠であった。しかし、山中七宿のある渓谷はそう好いとは思われなかった。私はやや失望した。

それに、連日の徒歩で、私はかなりつかれていた。渡瀬（わたせ）に来た時には、もう足が一歩も先に出なかった。為方（しかた）がなしに、すぐその近くに、材木岩があるのを知りながら、私はその荒れ果てた駅の旅舎に寝た。

あくる朝は小雨が降っていた。

村を外れると、やがてその渓はあらわれ出して来た。

なるほど奇観だと私は思った。今考えて見ても、あのくらい大きい柱状節理（ちゅうじょうせつり）の奇岩はちょっと他には思い出すことが出来ない。塩原（しおばら）の奥にある材木岩などはとてもあの比ではない。但馬（たじま）の城（き）の崎（さき）の玄武岩（げんぶいわ）は、穴としては面白いが、岩としては、やはりこれには敵しない。芥屋（けや）の大門（おおと）も及ばない。

材木を積み重ねたような形をした岩の高さは、仰ぐばかりで、そして長さは五、六町に亘っている。いかにも雄大である。そして、その岩と岩との間に、松の面白い形をしたのが生（は）えていて、紅葉がいかにも美しく絵のように点綴されてある。それに、幸いに雨であったので、岩の濡れた色が私に静かな心持を誘った。

ただ、惜しいことは、その前を流れる白石川の渓谷がやや凡であった。瀬は

この材木岩は但馬の城の崎の玄武洞よりももっと奇観だ。行くなら秋の紅葉の頃が好いと思う。

あるが、それは普通の小さな瀬で、とても富士、玖摩のような奔湍激流を見ることが出来なかった。

私は雨の降頻る中に、傘を傾けて、長い間立って眺めた。

白石川の渓谷は、これからずっと、山巒の起伏した間を流れて、後には幹線に添った路の方へと出て行くこの近所に小原という瀟洒な温泉があった。それは好い静かな温泉であった。普通では白石から入って行くようになっているが、しかも、その温泉まで入って来ながらも、その材木岩のその附近にあるのを知らないものが多い。旅客は是非そこまで入って行って見るべきである。桑折から入って行く路は、峠がかなりに嶮しかった。

福島から白石まで出て行く山の中は、汽車で通って見ても、興味の多いところであった。桑折を経たあたりから、次第に山村らしい気分をあたりに漂わせて、山と山との間に細長く入っている平野が旅客に変った感じを与えた。それに前に連亙している山巒の中には、忘れられない例の北畠顕家が南朝のためにつくした霊山の翠微が雑っているのであった。また、その山巒のかげには、あの阿武隈川が大きく屈曲して、角田地方へ流れて行っているのであった。越河を経たあたりに来ると、其処はちょうど岩代と陸前の境で、源頼朝が平泉の泰

越河駅あたりは雪の多いと

ころである。

衡(ひら)を攻めた時、始めてここで第一戦を戦ったのである。その跡も旅客の心を惹かずには置かなかった。

山巒は次第に左右から迫って、嵐気が常に湧くように坌涌した。そして片倉(かたくら)小十郎(こじゅうろう)の古城址を持った白石の市街は、次第にその白堊粉壁をその翠微の中にあらわして来た。汽車のレイルに添って、潺湲として流れて下る白石川の水も絵のようだ。

大河原(おおがわら)からは、脊梁山脈の中に入って行く大きな路が覗かれた。冬、通るとその奥の高い山々は全く雪に埋れて、さながら白壁を塗ったように眺められた。それも理(ことわり)である。そこには、蔵王(ざおう)火山群の雄大な山巒が巨人のように聳えているのであるから……。

岩沼(いわぬま)に来て、始めてひろい仙台附近の平野が開けた。『野に來ればあとも形(かたち)もなかりけり夢かとぞ思ふ山の上の雪』こうした歌を私は其処を通る時に詠んだ。

八一　蔵王岳の麓にある温泉

この蔵王(ざおう)火山群の麓(ふもと)には、温泉が処々(ところどころ)に湧出(わきだ)した。

前に言った白石附近の小原温泉もやはりその一つであるが、白石、宮あたりから入って行くと、鎌先、遠刈田、青根、この三つがこの附近では有名である。仙台あたりの人たちはよく、この山中の温泉場へと出懸けて来た。

　鎌先は白石から入って行った。山と山との間の路を折れ曲って渓に添って入って行くようなところで、路はかなりにわるい。車も通じない。しかし、湯は豊富で、山の中で、いかにも気の澄むようなところである。遠刈田へ行くには大河原乃至白石で下りて、宮へ行って、それから松川の谷をずっと北に入って行くのであるが、此方はその半ばまで街道筋であるので車も通ずれば、路も平坦だ。で、二里ほど行って、永野というところに着く。これから左に入る、そこから温泉のあるところまでは一里半ほどである。前の鎌先に比べると、浴舎も多く、浴客も多く集って来て、夏は賑やかな温泉場である。ここから、七日原という蔵王嶽の下の高原を横って、山路を通って、二里ほどで、鎌先に行くことが出来たが、この路は高原性の感じに富んでいて好いところだ。ここから蔵王嶽へ登って行くことも出来た。

　青根温泉は、仙台侯の悠遊したところで、位置も前の二つの温泉に比べてすぐれているし、設備もぐっと完全していた。仙台からそこに行くには奥羽を横

白石から鎌先へ自動車が通じた。

遠刈田へは大河原から軌道がわかれて行っている。

断した笹谷峠の路を七、八里、川崎というところまで入って、それからずっと左に折れて入って行くのであるが、それが正面からの順路であるが、遠刈田から行けば、峠を越して二里ほどで其処に行き着くことが出来た。

そこはいかにも位置が好かった。ちょうど高原の上に位していて、その浴舎の欄干に凭って、目を放つと、蔵王火山群の余脈の遥かに平野に靡き下って行くさまと、左に大きく連亘している脊梁山脈の起伏したさまと、その前に複雑して流れて平野に下って行くさまざまな渓谷とを眺めることが出来た。殊に忘れることの出来ないのは、晴れた日には、山を越し、高原を越し、川を越し、村落を越し、平野を越して、遥かに太平洋の波を眺めることが出来ることであった。その形はさながら越後の赤倉から北海の波を望むのに似ていた。

この沢山の温泉は立派に東北の一温泉郷を成していると言って好い。

しかし、一、二年前に、何でもその温泉場は火災に逢って、一戸残らず焼けてしまった筈であるが、あの不忘閣の大きな層楼も、今は再び建てられたであろうか、またあの大きな浴槽も今は再び建てられたであろうか。

それにつけても思い起すのは、羽前の高湯温泉から、案内者を一人伴れて、蔵王嶽と地蔵嶽との間を掠めて、一日がかりでこの青根温泉に下りて来た時のことであった。それは夏の八月の末であったが、登路は頗る嶮しく、行っても山は尽きず、殆ど倦み疲れてしまったが、漸くその鞍部（あんぶ）に着いて、遥かに陸前の地方を望んだ時の快感は今だに忘れることが出来なかった。太平洋の波はやはりそこからも遠く日にかがやきわたって見えた。

峠から青根へと下りて来る路も、非常に嶮しかった。時には深い谷の縁のようなところを通ったり、密林の中をわけて下ったりした。ある高原では、一面に草花が乱れ咲いて、御花畑とも言うべきところなどもあった。午後四時頃、私は辛うじて、青根の温泉宿をその前に発見した。

この他、仙台附近では、秋保（あきう）、作並（さくなみ）などという温泉があった。秋保は赤石川（あかいしかわ）の渓谷の中に湧出して、静かな好（い）い温泉場であるが、今は長町から軌道か馬車鉄道が出来ていて、わけなく其処に行くことが出来た。作並は、昔、旅客が脊梁山脈を越えて行く頃に栄えた街道筋の温泉で、ちょうど仙台から山形に越えて行く関山越（せきやまごえ）の山の此方（こっち）の裾に当っていたが、今はどうしたか。全く地方的の温泉になってしまったか否か。

秋保の先きに湯元温泉がある。

この路を辿って脊梁山脈を越せば、山形駅の山寺のところへと出て行く。

八二　鳴子と鬼首

仙台を見物し、更に松島（まつしま）に行って見る。この間には見るところが多い。仙台では、芭蕉辻、榴岡公園、広瀬川の向うにある伊達氏の宗廟、それからもう少しく細く入って、政岡の墓、支倉六右衛門の墓でも見れば見るのであるが、もう好い加減にして其処を去って、塩竈線で松島へと行く。途中に、多賀城碑だの、蒙古の碑だの、野田の玉川のあとだのがある。塩竈神社に詣で、それから舟で松島へわたる。舟子に頼むと、途中、扇渓の手前の総観山というのに舟を寄せてくれる。とても富山や大鷹森の眺めには如かないが、それでも新富山くらいには見られる。で、松島に一夜泊る。流石に日本三景の一と言われるほどのものはある。朝、旅舎の二階の欄干から見た眺めなどは、何とも言われない。

しかしこの附近には、不仕合なことには、温泉らしい温泉はなかった。ここで温泉をと言えば、どうしても、鳴子あたりまで行かなければならなかった。

しかしそこに行くにも、今はそう大して難かしいことではなかった。松島駅へ行って下りの汽車に乗ると、一時間ほどで、小牛田駅へと着く。そこは、鳴子に行く方の汽車と石の巻へ行く汽車とが交叉して、十字形をなしているが、西に岐れるラインに頼って行くと、これも一時間半くらいで、伊達政宗の古城址を有する岩出山などというところを通って、次第に脊梁山脈の重畳した翠微の方へと近づいて行く。

　この山巒に向って入って行く感じがちょっと好かった。

　今はこの汽車は鳴子から、往昔の尿前の関のあるところを通って、羽後の新庄へと、脊梁山脈を横断して行っているが、この路は歴史上頗る興味のあるところで、源義経が平泉に落ちる時にもこの路を通って行ったし、芭蕉も『奥の細道』で、平泉から引返して、此処を通って、『蚤しらみ馬の尿する枕元』という句を残している。その時分は、此処はひどい山の中で、それを越えるのにも、案内者なしでは越えて行くことの出来ないようなところであった。それは『奥の細道』を見てもよくわかった。しかし今はその荒山の中もわけなく汽車で越えて行くことが出来た。

　しかし、この汽車は、この地方で有名な温泉村八湯、乃至鬼首村八湯の無数の温泉のただ一角を掠めたばかりで、直ちに西に尿前の関の方へ向って去っているので、仔細にこの温泉を探ろうとするには、旅客は此処に二、三日を費さなければならなかった。

　鳴子の停車場のあるところは、鳴子温泉のあるところで、いかにもゴタゴタした、またいやに婬らな空気で満されているが、その附近には、一里乃至半里を隔てて、川広、田中、赤湯、車湯、鰮湯、滝の湯、星の湯などと言うのがあった。いずれも温度が高く、泉量が多く、浴舎の設備も相応に出来ていて、悠遊数日をすごすに足りた。

しかし、旅客は温泉村八湯だけに満足せずに、更に荒雄川の屈曲した谷に溯って、鬼首の山の中まで入って行かなければならなかった。そこは山巒に周囲を取巻かれたようなところで、渓谷から渓谷へと到る処に温泉が湧出しているが、中でも殊に注意すべきは、その奥にある吹上の間歇泉であった。それは、日本にも伊豆の熱海と此処と二つしかないもので、一昼夜、およそ七回、時を定めて熱湯を噴出して、夏はその高さ数丈に及ぶということである。弘法と今一つ何とかいう穴があって、それが一つやめば一つ噴き出し、一つ噴き出せば一つやむという形になっているということである。しかしここまで入って行くには、鳴子駅からまだ二、三里も山巒の中に入って行かなければならなかった。

尿前の古関址のあるあたりにも、昔の跡が多少は残っていて、その頃あったという大きな家の雨風に晒されて、骨ばかりになって残っていたが、今もなおあるであろうか。この汽車は、新庄に行き、新庄からは、また酒田行きの汽車に連続していた。

この一つの穴は今は噴き出さなくなったという。

この附近から栗駒山の山頂にある須川岳温泉にのぼって行くものが多い。

八三　平泉附近

平泉の昔を探ぐるには、半日あれば足りた。ここでは、高館の址と金色堂とを探れば、それで好い。いかにも廃都らしい気分の張りしたっているところである。例の芭蕉の『夏草や兵どもが夢の跡』の碑は、毛越寺の中に立てられて残っていた。達谷窟は平泉の都であった時より以前からあるものであるが、そこまで行って、それから山越しに、磐井川の厳美渓に出て行く路がある。

この一の関附近には、この厳美渓の他に、猊鼻渓と言うすぐれた山水がある。私はその名を聞いてまた行って見ないが、否、その勝は近時世に知られたもので、私がそこを通る頃には、そうした山水があるとも知られなかったものだが、それは非常にすぐれた渓山であるということであった。厳美渓などはとてもその脚下にだも及ばないということであった。何でも一の関から東北に入って行くのであるが、二、三里も行くと、もうその渓の入口で。これから十五、六町の間、渓山皆な欹ち、奔湍皆な鳴るという風であるという。厳美渓はこれとは反対に一の関から西に入って行くのであるが、山が浅いために、折角の深潭も大にその価値を減ずるという形であった。しかし、瀞潭そのものばかりを言えば、

この路は山越しとは言え今は非常に好い路になった。

猊鼻渓にはその後行って見た。特色のある面白い渓谷だ。一の関から狐禅寺を経て、北上丘陵に入り、四里、長阪町、

此処とて、決して多く得られるものではなかった。両岸乃至渓谷中に起伏している岩石に面白い形をしたものが多かった。水は思切って青く、松がその上に叢生して、さながら土佐派の絵でも見るようである。或人はこの渓を木曾の寝覚に比して、弟たり難く、兄たり難しと言ったが、山の深さに於ては、これ彼に及ばず、潭の美しさに於ては、彼これに及ばずと言って好い。しかし、美濃の土岐川の細長い渓の方が、画趣に於ては、遥かにこれにまさっていると私は思った。

人家二、三軒、渓橋がその前に架せられて、それを渡って、対岸に行くとそこに小さな堂や、松崎慊堂の選んだ碑があって、渓の静かに湛えられたる、小さな瀑のそれに瀉下している、または岩石の縦横に起伏している、確か山水の一横画巻を見るような思いがした。

普通の旅客には、ちょっと億劫であるが、もし草鞋ばきで、十二、三里の山路を突破することを厭わない人には、私はこんな扇頭小景に満足していずに、更にその渓谷を溯って、栗駒嶽の北の麓を掠めて、須川の温泉に一夜泊り、翌日は脊梁山脈の凹所を越えて、秋田県の稲庭から湯沢の方に出て行く路を歩くことを勧めたい。何故なれば、そこには、また世に多く知れないすぐれた山水

そこから五、六町でその渓の入口に達することが出来た。

五串の橋畔の旅舎に一度泊ったことがあった。静かで好かった。

がかくれているからである。

厳美渓から須川まで八里、この路はかなりに険しく、一日はどうしてもかかる。駒湯・新駒湯などというのであって、設備はどうせすぐれてはいないけれども、そうした温泉に一泊するのも、また優、旅思を慰めるに足りた。栗駒嶽はこの附近での著名な山の一つである。

水山まではそう大してのぼりではないが、それから嶮しくなる。何と言っても路がわるい。馬と牛だけが通る路である。少しのぼって、暫しの間高原を行くが、また林にかかってひた上りになる。この間一里くらい。大抵の人はそこでヘトヘトになる。九分どおりその山路を登ったところに茶屋がある。そこで餅やそうめんを売る。これから笊森の大きな裾を掠めてのぼる。路も何もない。左は深い谷で、前に須川岳の残雪を見る。やがて少し行って下りになる。三十町ほどで須川岳温泉のところに来る。温泉宿というよりも共同浴室と言ったようなもので、事務所があって、浴客の族籍を帳面につけて、空いている室に案内する。大抵合宿である。しかし湯は非常に豊富である。秋田の方へ下る路も大湯まで三里の間はかなりに嶮しい。やがて小安川の渓谷は次第にひらけて、とても他に容易に見ることの出来ないような美しい山水が展開されて来た。

小安川の渓谷は小安温泉のあるあたりがちょっと好い。

それは飽までも深く穿たれた渓谷であった。両岸の絶壁は人を圧するように欹ち、水はその狭い谷に激せられて、その鳴る音佩環を鳴らすが如く、時には谷を尽してすさましい瀑布となって落ちているようなところもあれば、渓橋がそれからそれへとかかって宛然南画の山水図譜を見るの思いをするようなところもあった。そしてこの渓谷の中には、処々に温泉が湧出して、到る処静かに一夜をすごすことが出来た。

このあたりに泥湯という温泉がある。

この渓谷の長さ七、八里。

八四　盛岡から青森

これから盛岡を経て青森に至る間にも、仔細に探れば、温泉はかなりに多い。これと言うのも、岩手、森吉などの火山群が多く、その分布もまた複雑しているからであるが、多くは深山の裡、また大沢の中にあって、温泉場として名を成しているものは甚だ尠い。その中で、志戸平、大沢、鉛、この三つの温泉は豊沢川に沿って連珠のように連っているので、この頃では大分世間に知れ、東北本線を行くものも、中には其処まで入って行くものが出来て来た。そこに行くには、花巻駅で下車、そこから大沢行の電車に乗る。この間が一時間半くらいかかる。高原性の土地で、ちょっと心持が好い。その高原から始めて山に入ったところに志戸平温泉がある。豊沢川に臨んでいて水声が潺湲としている。浴舎が一軒、ちょっと居心地が好い。それに此処は三陸方面から魚類が来るので食うものは割合に豊富だ。それから二、三十町、やはり電車で大沢温泉に着く。三つの中では此処が一番浴客が多い。それから鉛温泉までは電車がないので、トロコに乗せて貰う。そこに一番奥で、全く万山の中である。

台温泉はこれとは全く谷を異にしている。花巻駅から自動車が往復する。

それから岩手山の南の中腹、岩手郡西山村に網張温泉と言うのがある。この温泉は、殊に熱度も高く、湧出量も多く、頗る有名であるが、いかにしても山の上にあるので、やむなくそれを土筧で麓の大釈まで引き下して、そして温泉場の設備を施している。従って、大釈温泉の名を以て世にきこえている。夏などは盛岡あたりから、避暑旁よく出かけて行く。

しかも、普通幹線路を汽車で旅行する旅客に取っては、いずれも、あまりに交渉を持たない温泉場で、全く地方的であるのはやむをえない。

否、温泉ばかりではない。盛岡から青森に至る間は、すべて荒涼落寞として、さながら昔の蝦夷地にでも入ったものの如く、山も川も、旅客には何らの親しみを示していないような気がした。ただ、この中で、陸奥に入ろうとするところにある中山峠、即ち馬淵川の持った渓谷は、やや人の眼を聳だたしめるものを持っているが、それとて中部地方に見るようなすぐれた渓山では決してなかった。国道上を行くと、金田一の附近に、湯田という温泉があって、十和田湖の方に行く人々のよく一夜泊って行くところだが、そこにも普通、汽車には縁が遠く、途中、下りて寄って見るという訳には行なかった。

八戸港の方へ行く汽車に乗って、明媚な海岸で、一夜静かに泊って見るのも面白いと思う。海中に浮んだ蕪島、そこから少し行ったところにある鮫港、こらあたりで味う気分は、幹線の汽車の中で味う荒涼としたものとは著しく違って、生き返ったような気がするに相違なかった。

しかし、それはただ其処だけで、一度汽車の線に戻ると、依然として昔の蝦夷地らしい荒涼寂寞があたりを領して、冬の雪除のトンネルと、三本木原の荒涼とした原野と、小河原沼のかすかな遠い光と、ただそうしたものばかりで陸奥湾の一駅野辺地町へと入って行く。

陸奥湾の深く入込んだ波濤は暗澹としている。いかにも影が暗い、従ってその右を縫った下北半島の長い砂浜、遠くに晴日に望むことの出来る恐山の噴煙、

今は汽車が大湊まで出来た。恐山にはわけなく行けた。

そうしたものも暗く、さびしく、決して明るい感じを旅客に与えなかった。馬門の鉱泉のあるあたりは、街道に並木松などが靡いて、ちょっと感じが好いけれども、其処に一夜泊って見ようというような気がどうしても起らない。およそ暗い海も言って、これほど暗い侘しい感を私の胸に与えたものは、他に思い出すことが出来なかった。私はハイネの『北海』の詩を其処で思い出した。

下風呂温泉——田名部から四里、全く北海に面している。

八五　小湊半島

ところが、此処に、この附近の小湊半島の一角に、あたりに似つかないようなやさしい明るい詩のような伝説があった。

それは汽車の小湊駅から一、二里ほど入ったところに、かつて頬の紅い娘があった。そしてその娘は、他郷から来た若い商人に恋いした。その契りはいかにやさしく濃やかであったであろうか。殆ど他所目にも羨まるるほどであったという。しかし男はいつまでも其処に留っていることは出来なかった。男は旅のものである。で、幾度か別れを惜んだ後、また来年は必ずやって来るから、そしてその時は椿の油を沢山に土産に持って来るからと言って、別れた。娘の涙は滝津瀬のようであったと言う。ところが、その男が再びやって来る来年をも待たずに、娘は思い焦れに焦れて病の床について、そしてやがて死んで行ってしまった。時は過ぎて行った。それとも知らない男はやがてやって来た。娘を喜ばせようと思って、沢山の椿の油を持って……。

さてそれと始めて知った男はその墓の前に慟哭(どうこく)した。しかし為方(しかた)がないので持って来た椿の油をそこに撒(ま)いて、そしてまた旅へと行った。風雨(ふうう)十余年、それから半島には、椿の樹が非常に多くなって、今でも春は美しい花が緑葉(りょくよう)の濃い中から見えた。それは皆(みんな)その娘の思いであった。

やさしい詩を読むような伝説ではなかったか。この一つの伝説を持ったがために、その暗い海も明るくされ、そのさびしい海添いの村も美しくされるような気がするではないか。私は実に、その伝説のために誘われて、わざわざ小湊駅で下りて、そしてその半島の中に入って行って見たのである。

そこは半島で言っても、下北半島のように長く海中に突出しているのではなく、停車場からその鼻まで二里、周囲をくるりと廻っても四、五里しかないくらいのところであるが、そこにはなるほど野椿(のつばき)の樹が多く、たまには五、六百年も経過したのであろうと思われるような老幹などもあった。村はところどころに点綴(てんてい)されて、或は崖のかげに、或は椿の樹の間に、或は丘の裾に、ぽつりぽつりかくれたりあらわれたりしているが、全部徙崖で出来ているような地形だけに、その間からおりおり海のかがやきが見えたりして何とも言われないなつかしさを私の胸に誘った。しかしその伝説は、今では何処にもその跡を留めてはいなかった。

　この半島の西の一端から見た海は、島などが処々に点綴せられて、いかにも見事な眺めであった。そしてそれと相対した浅虫の温泉のある海岸はさながら屏風の絵でもあるかのようにその前に展けた。

　半島の静かな午後
日は椿の樹の緑葉を洩れて
濃かに海から射し込む。
海は碧く且つ静かだ。
島がその影を
鏡のやうな海の上へ。
その海の上には
美しい傳説の少女の姿がほゝゑんで立つてゐる。
曾て艱んだ戀の痛手から浮び上つたやうに。

海は碧く静かだ……。

こうした「詩」を口吟みながら、私は其処から停車場の方へと来た。

八六　浅　虫

陰翳の多い海ではあるけれども、または暗い感じのする波濤の動揺であるけれども、それでもこの浅虫の海岸は、東北の汽車の通る長い長い退屈な線路の中に、一ところ際立って美しい絵を見るようにはっきりと私の頭に印象されて残った。

何という深い碧であろう。それと言うのも暗い海であるからである。また八甲田山の高い深い山嶺をその南を帯びているからである。また何という美しい徙崖と島嶼の対照であろう。怒濤は凄じく常に海中の無数の島嶼を洗った。

かつては此処は誰も知らなかった。温泉の湧き出していることをも知らなかった。それをある時痛手に悩んだ鹿が教えた。何時でもそこに鹿が来ている。そしてその体をその中に浸すようにしている。不思議にして、村の人はやって来て見た。湯が湧いていた。またかつては此処は村の人たちのために、麻を蒸すための湯として役立った。そして今の浅虫の名はそこから転訛して起って来たのであるということであった。その遠い原始の時代のことが私の頭の中を繞(めぐ)った。

徙崖を後(うしろ)にし、海を傍に控えたその美しい温泉場は、掠めるようにして通って行く汽車の窓からも見えた。波は高く颺(あが)っている。帆(ほ)が斜(ななめ)に欹(そばだ)っている。かと思うと、波の上下動をする中に、のんきそうにして小さな釣舟(つりぶね)がふわふわ浮んでいる。ゴタゴタと固った浴舎の屋根からは夕炊の煙が静かに靡(なび)いている。誰でも一夜泊って見たくならずには居られまいと思う。

青森の港市(こうし)――いやに開けた半可通(はんかつう)の港市が近いだけに、その気分も年々わるくなって行くそうであるけれども、それでも其処(そこ)にはまた落附いた昔の田舎らしい気分が巴渦(うず)を巻いていた。自炊程度の客がまだ多く、一日三円ならば十分に暮して行くことが出来た。

そこでの快楽は、やはり海にあった。浜へ出て貝を拾うとか、舟を借りて海に釣に出かけるとか、または波の静かな時に、重箱に海苔巻(のりまき)でも詰めて島へ遊びに行くとかであった。島には大して大きいのはないけれども、それでも、そこからそこへと舟で漕いで廻って歩くと、一日の行楽は十分に得られた。

それに、この附近は、南部(なんぶ)氏と津軽(つがる)氏との争奪の地点であったことも、旅客にいろいろな思いを誘った。唐味桟道（とうまいさんどう）の嶮、そこを南部氏はどうしても入って行くことが出来なかった。実際、野辺地（のべち）から青森の海岸平野へと出て行く間は、天険無比（てんけんむひ）と言って好いところであるから……。陸路を取れば、今でもその海岸の桟道の跡は仔細に見ることが出来るのである。

浅虫のある所と相対して、海を隔てて見える山巒（さんらん）は、下北（しもきた）半島の大湊（おおみなと）のあるあたりで、晴れた日には、その沖に軍艦の碇泊しているさまや、岸に添って白堊（はくあ）の人家の並んでいるさまや、その中を青森、野辺地通いの汽船の往来するさまなどが一つ二つ蜃気楼のようになって見えた。

深雪に埋れた冬もわるくはないが、何方（どちら）かと言えば、やはり夏の温泉場であった。気候も涼いし、蚊も多くはいないし、生魚（なまさかな）は多いし、物価は比較的に安いし、青森は近いし、幹線沿線の夏の温泉場としては、此処などはたしかにすぐれたものの一つであった。

ここから浦内へ行く間で、旅客は岩木山（いわきやま）の端麗な美しい姿を眼にすることが出来た。

やがて青森港の中に旅客はその姿を発見するであろう。維新後に栄えた港だけに、市街のつくりといい、その外観といい、すべて新しいゴソゴソした気分で、感じはあまり好い方ではなかった。埠頭は汽車の停車場と連絡して、そこには北海道への聯絡船田村丸がその白いペンキ塗の姿を明るく横えているのが見えた。

田村丸は毎日二回、ここを出帆して、平館海峡を横って、五時間ほどで北海道の一角函館港へと着くことが出来た。

青森を出発点にして、外ケ浜街道をたどって、往昔の松前への渡船地三厩の古港へと行く路は面白い路だ。里程は海岸に添う間が七、八里、それから山路に入って五、六里あるが、都合に由っては、青森から汽船でその半を行ってそこに上陸して、それから山に入って行っても好かった。昔、松前に赴いた人は、皆なこの路を遥々と通って行ったので、『東遊記』の作者の足跡がやはりその辺陬の地にまで及んでいるのも旅客の心を誘った。南渓は三厩に行って、そこで舟を待ったが、風の都合がわるいので思い返してそして此方へと戻って来た。そして三厩できいたことを材料にして、北海道のことを二、三書いた。母衣月の海浜の記事などは、今も私の心を動かした。

三厩から山越しに、十三潟の方へ出て、都合が好かったら、竜飛岬の奇勝をさぐって、それからざっと弘前平野へと出て来るのも興味の饒い旅の一つだ。

大町桂月氏に従えば、この平館海峡の東方の徙崖には小舟を艤して行って見ると非常に好いところがあるということである。

八七　大鰐温泉

弘前平野に来ると、感じがぐっと明るくなって来る。一番先に岩木山の秀容が旅客の眼を鮮かにした。林檎畑、梨畑などが多く汽車の両側に見え出して来て、四囲をめぐる山巒がいかにも大きい。点々として処々に散在した村落や町の白堊の日にかがやいたさまも、静かな落附いた心持を旅客に与えた。

この弘前平野で、温泉らしい温泉は、平川の流れに添った大鰐温泉であった。その他には、岩木山の半腹に嶽の湯というのがあり、黒石から十和田湖の方へ入って行く路に、温湯、板留などという温泉があった。しかし大鰐を除いてはすべて山中のまたは田舎の温泉場で、わざわざ行って見るほどのところでもなかった。幸田露伴氏は、その『枕頭山水』で、わざわざ嶽の湯まで出かけて行って、その雑踏と不潔に驚いてそこそこに遁げるようにして帰って来たことを書いている。温湯、板留には、十和田湖を見に行く人がおりおり行って泊ったがやはり、あまり綺麗ではないということであった。そこに行くと、大鰐と蔵館の二温泉は流石に街道筋を添った温泉場であり、弘前附近の人たちも湯治に出かけて行くところだけあって、浅虫と比べては、設備がやや不完全であるけれども、それでも行って浴するに足りた。

平川の流れは、汽車の中でも見られる通り、潺々とした小さな渓で、旅客の思いを惹くほどのものではなかったけれども、それでも、そのあたりの山巒の形がやや趣に富んでいて、昔、陸奥の高野山と言われた寺の跡のある城塁のような山の姿も面白く、萩桂という変った木のある寺の庭なども、旅客の思いを慰めることが出来た。温泉も綺麗でそして効能があった。

それに、この弘前平野には、他と違った美しい女の白い肌があった。別に淫蕩な気分と言うようなものは発見することは出来なかったけれど、太平洋沿岸即ち盛岡とか、八戸とか、一の関とか、乃至は青森とか、そういう地方で見ることの出来ない美しい眉と白い肌と一種雅調のある不思議なスラングとを発見した。この美人系の分布と言ったようなものは、表日本よりも却って裏日本に多いのは一体どうしたわけだか知らないが、雪の多いのもその一原因であるらしく、また和船の交通上から来た上方の種の太平洋沿岸地方に比して多く雑っているのも、その一原因らしく私には思われた。概して地形から、感じから、生活状態から、すべて表日本よりも裏日本の方が明るいのも、私に予想外の感じを起させた。弘前、秋田、それから鶴岡、山形、ずっと下って越後の女の美しいのは誰も知っていることである。

弘前平野では、岩木山と、それから岩木川の上流十数里を溯った暗門滝とが、最も見るに値いしたものである。岩木山は、夏に誰でも登って行けた。その頂上の眺望は、三面に海を瞰下して、とても他に多くその匹を見ることが出来ないほどであるという。暗門滝は、非常に谷が深いので土地の人でも滅多に行ったものはなく、わざわざ出かけて行った人でも、運がわるいと、谷が崩れていたりどうかして其処まで入って行けずに引かえして来るものもあるという。しかし、瀑は非常に壮観で、華厳式の豁然として深潭に瀉下している形は、人目を驚かせずに置かないということであった。

それからもう一つ、弘前から五所河原を経て十三潟に行くのが面白いという。潟は老衰した潟湖で、荒涼寂寞としているということであるけれども、いかにも世離れたさびしい感は十分に味うに足りた。五所河原から鰺ケ沢、深浦などという衰えた古の和船の港を見て、大戸瀬の奇岩に目を驚かし、海岸づたいに、羽後の能代港へと出て行く路も一度は通って見たいようなところだ。概して徒崖の中を行くのであるけれど、そう大して困難するような嶮しい峠も地図の上には見当らなかった。

弘前駅の一つ手前の川部駅から五所河原木造の方へ軌道がわかれて行っている。鰺ケ沢にもわけなく行ける。

大鰐から汽車は次第に山の翠微の中に入って行った。有名な国有林のある地方だけに、山には檜の緑が多く、翠嵐揺曳して、いかにも深山の中のような気がした。羽後の国境に近く、碇ケ関の停車場があるが、そこにも温泉が湧出して、旅舎両三軒、山に凭り渓に枕して、一幅の活画図を展いているのを私は見遁さなかった。

八八　十和田湖附近

十和田湖のある山の中は、交通が不便なので、旅客は滅多に入って行かなかった。従って未だ世に知られないような山水が処々にある。

そこに入るのには、路が三つある。弘前平野から入って行くもの、これは即ち前に書いた温湯、板留などというところを通って入って行くのであるが、この路は割合に楽であるという。次には、東北幹線の古間木駅で下りて、三本木へ出て、それから奥入瀬川の渓谷を溯って登って行くのであるが、この路は嶮峻でかつ荒涼としているけれども、その奥入瀬川の渓谷の美は、天下にもあまりに沢山あるものではないということであった。その次ぎは、羽後の大館から、小阪鉱山を経て入って行くのであるが、この路は前の二つに比しては、交通機

今はしかし古間木から三本木を通って奥入瀬の渓谷を入って行く路が一番便利になった。夏なら、其処から

関がいくらか整っているので、入って行くのに便利であるが、しかし途中は、多くは鉱山のために俗化されて、殺風景な俗なシインが多いそうであった。

　私はしかし未だ不幸にして十和田湖を知らない。詳しくそれを此処に描いて見せることが出来ない。しかし、そこに行った多くの人たちの話を総合して見ると、山湖としてはすこぶるすぐれているらしい。幽深とか、幽邃とか言う感じは、とても他の山湖では味うことは出来ないものがあるということである。ある友達は、弘前平野から入って、湖畔に一泊して、それから、十和田と小阪との間の大湯とかいう温泉に一泊して、大館の方へと出て来たが、その温泉などは殊に賑かであったという。また、ある友達は三戸から入ってその嶮しい奥入瀬川の渓谷を伝ったが、その渓の美しさ、または密林の深さは日本アルプス山中の渓谷といえども、これに及ばないと言っていた。また、かつてある画家がこの渓谷を描いたのを見たことがあったが、それなども私の旅の興をそそるのに十分であった。私は今でもそこに行って見たいと思った。

　それから、この路とは違うが、これと南に相並んで、ライマンという峠があった。やはり三戸方面から小阪へと出て行く路だが、この峠の名は、最初にドイツ人のライマンという人が越えたためにその名を得たものであるが、この峠

十和田遊覧自動車があって、足、土を踏まずして湖畔に行くことが出来た。

蔦温泉は奥入瀬の銚子口の瀑のあるあたりから左に入って一里半ほど。ちょっと離れた温泉である。旅舎はしかし一軒しかない。

なども一度は通って見たいと私は思った。

しかし十和田は世離れて山水がすぐれていても、一度小阪地方に下りて来ると、鉱山の殷賑な空気が原始的の土俗を腐敗させて、人気もわるく、女なども多く、物価も昂く、不愉快な思いを旅客に起させるようなところが非常に多いらしい。

またある友達は話した。「随分あの時は強行でしたよ。十和田を出て、小阪に来て、それから尾去沢から、夜通し歩いて、盛岡の方へと出て来ましたが、あの時は流石の僕も疲れましたよ。何しろ、夜っぴて歩いて、また明日歩くんですから……。しかし、あの路は面白い。ちょうど、岩手山の裏を通って来るようになっているんですから」

「馬車か何かあるでしょう」

「あるにはありますがね、田舎ですからあってもないようなもんですよ。一度出てしまえば、あとはないんですから……」

尾去沢から岩手山の裏を通って盛岡へと出て来る路、その路はかねて私も歩いて見たいと思っているところだけに、一層その話が羨しかった。荒涼としたその路はどんなであるであろうか。また、裏から見た岩手山はどんな姿をその前にあらわしているだろうか。私は一笠(いちりつ)の姿淋しくその荒野を横断した友達の姿を種々(いろいろ)に想像した。

八九　男鹿半島

淋しい海近い村、低い山巒の遼繞(りょうぎょう)した村、その中にある小さな温泉宿(おんせんやど)、中には見かけに寄らない大きな浴槽があって、何方(どっち)かと言えば温度の低い湯がそこに一杯に湛(たた)えられてあった。浴客というほどの浴客もないので、ひとりわがものにして、その大きな浴槽の中に身を浸した。

このさびしいさまが好かった。世離れているさまが面白かった。しかしもしこれが交通の便の好いところにあり、またはそうした海山(うみやま)の勝(しょう)を経来った後にあったのでなければ、決してこれほど旅客の興(きょう)を惹くようなことはなかったに相違ない。『千山万水』の著者が、その天下の名勝である男鹿(おが)半島の勝を究(きわ)めつくして、その湯本のさびしい湯に一人その疲労を医したさまは、私にも深い深い印象を与えた。

『千山万水』の著者は、その男鹿の勝を究むるに当って、先(ま)ず能代(のしろ)から入って行った。そして五、六里の荒涼寂寞とした海岸の砂山路を辿った。右は八郎(はちろう)

潟の巨浸である。左は淼漫として怒濤山の如くなる日本海である。この間をかれはその持った写真機と共に馬に乗って、一日かかって、寒風山の裾を掠めて、そして船越に出た。

船越からかれはくるりとその男鹿半島の勝を一巡した。門前、戸賀、すべてかれの足跡の印せられたところである。時が秋で、風濤の荒い時であったから、かれは舟を門前に艤して、海岸の奇岩の一々を見ることを得なかったであろうけれど、とにかくその半島を一巡して、戸賀からこの湯本のさびしい温泉に来て秋の夜長を一人すごした。

男鹿半島の勝は、世間には久しくきこえているけれども、そこに深く入って行った人は稀であった。殊に、船を艤して奇岩を一々巡覧したものはいよいよ稀であった。何故と言うに、海は荒く、いつでも舟を大海に漕ぎ出すことが出来ないからである。一年の中、五月のある期間、それも日和の好い、凪の日を選ばなければ舟を漕ぎ出すことが出来ないからである。従って遠来の旅客の、運好くその機会に際会することは稀に、多くはその半島の一周だけで満足しなければならなかった。

もし、真に男鹿半島の勝をさぐろうと思うならば、五月六月の頃、十日以上

奥羽線の追分駅から船川まで軌道がわかれて行っている。

船越から北浦へ自動車。

をその半島の中に費す覚悟がなければ駄目である。私もその時期を計ってそこに行ったけれども、連日の雨で、遂にその目的を達することが出来ないで門前から引返した。

男鹿の勝は、しかし、その海から見た岩石と徙崖と怒濤との奇にあるのであろうと思う。舟を艤して、蒿雀の窟あたりまで行って見なければ、その勝を尽したということは出来ないのであろう。しかし門前から戸賀まで行く間の海岸のすぐれていることは『千山万水』を読むものの皆な点頭くところであった。岩石の一部もそこから望むことが出来るらしかった。『千山万水』の記者は、半島の中に二泊して、ぐるりと廻った。そしてその一夜はその湯本の温泉に泊った。

しかし、かれはやはり真山にも、本山にも、寒風山にも登って見なかった。或はその勝を知らなかったのか、または知っていても、登攀の労を厭ったのか、とにかく惜しいことであると思う。真山、ことに本山の頂上は、三面に海と八郎潟を見、遥かに鳥海の青螺を指して、登臨の快忘るべからざるものがあるというのに……。また、その登路もそう大して嶮しくはないと言うのに……。

寒風山の頂上も、八郎潟を見るには、非常にすぐれているということであった。これも火山ではあるが、そう大して高くはないので、登るのにも、そう骨は折れなかった。

『千山万水』の著者に由ると、その戸賀から湯本に来る附近に、蘇武(そぶ)の跡と称するものがあって、かれが蛮地に羊を牧したのは此処(ここ)であるらしく書いてあるが、その真偽はどうでも好いとして、とにかく荒涼たる海浜のさまは、旅客の心を惹かずには置かなかった。

汽車の通って行くところは、八郎潟の東岸で、森嶽(もりたけ)駅を外れると、その淼々(びょうびょう)とした八郎潟の水光が、寒風山の扁平な形をした姿と共に汽車の窓に入って来るが、感じがいかにもひろびろとして、全く朔北(さくほく)の地にでも来たような気がした。中頃に、南面岡(なんめんこう)と言って、明治天皇(めいじてんのう)が巡回なされた時、しばし蹕(ひつ)を駐めて、その湖光の秀麗なのに見惚(みと)れられたという跡が今でも残っているが、そのあたりを汽車の馳る時分は、殊に山光水色の尋常一様(じんじょういちよう)にあらざるを誰も見た。『枕頭山水』の作者が夕日の影を帯びながらここを歩いて行ったさまなども私の眼の前にあった。

追分(おいわけ)から二、三里、潟(かた)の決水口(けっすいこう)にかけた八龍橋(はちりゅうばし)を渡って、船越(ふなごし)、船川(ふなかわ)の方へと出て行く路が即ち男鹿半島の門戸を成しているのであるが、この船川と言う港が、ちょっとカラアに富んだ港で、むしろ日本海の港の中でことにすぐれた地形を持っている港で、冬、海上の荒れる時は、日本海を航する汽船は、皆なそこに来て避難した。

九〇　羽後の海岸

秋田から酒田(さかた)へ出て行く海岸路、この路も非常に面白かった。そこはいかにも北海らしい気分の多く味わえるようなところで、玫瑰(はまなし)の花なども多く、ところどころにある漁村にも、詩趣に富んだところが尠(すくな)くなかった。それに、八、九里の間、つまり本庄(ほんじょう)町までの間は、道路が平坦で、車を駛(はし)らせるにも、好い心持がした。

本庄に入る三、四里手前の海岸から、もうその雄大な鳥海山(ちょうかいさん)はその髻(もとどり)やら、肩やらを雲の中からあらわして見せた。この海岸路では、実際、その鳥海の雄姿が一番心をそそるのであるが、それが本庄町の橋の上に行くと、殆ど手に取るようにはっきりとその眉目(びもく)を見せた。

しかし、本庄からは、路は次第にわるくなって行った。松あり、徙崖あり、沙漠あり、時には潮入川(しおいりがわ)の深く入り込んだ、和船の沢山碇泊(ていはく)している漁村など

この間は今は汽車が開通して、あたりがすっかりひらけた。荒涼とした下浜道川あたりにも立派な海水浴場が出来た。

もあったが、最早秋田、本庄間のような軽快な車道を発見することが出来なかった。出戸という村から平沢の先の岬頭を望んだ眺望は私に快哉を叫ばしめた。平沢から金浦に来ると、一時丘陵に遮られて見えなかった鳥海の秀姿がはっきりと午後の晴れた空にあらわれて来た。

やがて象潟だ。

私はかつて松島と東西その勝を争った潟湖が、海嘯のためにすっかり田塍になってしまったのを却って興味深く思った。昔、島であったものが田畑の中に処々に残っているさまや、潮入川の深く今でも入っているさまが、私に当年の景勝を語った。なるほど、蚶満寺のある位置あたりはその中心であったであろうと思われる。街道から蚶満寺へと入って行く松並木に夕日のさし透っているさまなども私の心を惹いた。

何にしても、鳥海の秀色は、昔の潟の風光の中心になっていたに相違なく、今でも、その美しい襞や、姿は街道の古駅の旅舎の窓に迫って聳えた。

ここから有耶無耶の関、『東遊記』にある「小砂川の鬼」の小砂川の漁村、海中に鯨のように浮んで見えている飛島、概して徙崖が沙浜と相交錯しているので、車行にあまり楽というわけには行かないが、路は次第に鳥海の海に尽き

この汽車の中から見て行く北海は、何とも言われず美しかった。

本庄駅のプラットフォムから鳥海山の雄姿が手に取るように見えた。

象潟は是非一覧すべきところ。

る末梢へとかかって行っているので、北海、波濤の眺めは、頗る雄大で且つ荒涼としている。

鳥海の末梢を越して、遥かに長い吹浦に達する沙浜を見渡した感じは、日本にも沢山にない海の眺めであろうと思う。それにこれからは、路が平坦で、車行頗る快である。女鹿を経て、やがて湯田の温泉に着く。

そこはこの海岸路では、唯一の温泉であるから、旅客はそこに一夜泊って見る方が好い。勿論、大してすぐれた温泉でもないが、附近に温泉がないので、浴客は遠くからやって来て、吹浦、湯田間の乗合馬車などがあった。地形は全く海に面して天空海闊、いかにも晴々した好い心持のするところである。旅舎にも二、三瀟洒な感じの好い家があった。

これから吹浦に行く間は、昔嶮峻であったのを、南光坊とかいう人が道路を開いたところで、沙浜から徙崖に登って行くあたりは、海山の眺めが決して凡でない。それに、その徙崖の松原の中に、ちょっとした休茶屋があって、そこから七、八町下りで行くと、海岸の岩石に無数に羅漢の像を刻したものがあって、頗る奇である。所謂吹浦の羅漢岩なるものである。しかし、その彫刻した年代はそんなに古くない。

湯田温泉は吹浦駅で下車。

吹浦に来ると、鳥海山が手に取るように見える。向うには月山も、金峰山も。

徙崖の上の松林を向うに下りると、吹浦の一駅があって、茅次瓦甍相接し、半ば漁村、半ば宿駅と言ったような感じがした。ここに鳥海山の下の社の大きな華表があった。山へは此処からも登れた。

吹浦、酒田間は五、六里、この間は今通って見ても、松林と砂丘とがあるばかりで、途中に人家というほどの人家も村落もないようなところであるが、ここが例の『東遊記』の「吹浦の砂磧」で、昔にあっては、旅客の砂に苦しんだところであることが想像される。南谿は此処で凄じい風に逢って、殆ど砂の中に埋れられようとした。

鳥海山登山者は多くは蕨岡から上って吹浦へと下りて来る。

松林の栽植は、実にその防砂林として植えられたのであるということが私にはよく飲込めた。

酒田は衰えた港であるけれども、また震災や火災で市街のさまが頗ぶる振わないけれども、流石に、昔聞えた和船の港だけあって、其処から受ける感じは決してわるくはなかった。市街の西の外れが一堆の松の多い砂丘で劃られている形も面白ければ、溶々と海に流れ込んでいる最上川のさまにも特色があった。砂丘の外側にある公園も、芭蕉の『暑き日を海に入れたり最上川』の句を思わせるに十分であった。旅舎の二階の窓からは鳥海山の秀色が手に取るよう仰いで眺められた。

九一　庄内平野にある湯

羽前羽後のこの海岸平野は、感じとして非常に好いところである。北には鳥海、東南には月山の山脈が高く連亙して、南に金峯山一帯の翠微の遠く海に尽きるを眺めて、それさえ既に他に多く見ることの出来ないものであるのに、最上川の一水は出羽山塊の間を破って、溶々としてこの平野を流れて海に注いだ。そしてそこにかけられた両羽橋の上から見た形は、殊にすぐれた印象を旅客に与えた。

この平野を其処から此処へと旅して歩くのは面白い旅の一つであるに相違ない。冬の雪もそう大して深いところではないから、春も暖かに、花などが一時に早く乱れ発いた。それに、鶴岡から湯の浜にかけては、美しい眼、白い肌、やさしいスラングの多いのできこえているところである。その上に、土地も豊饒で、富の程度も割合に高いので、気分が何となく応揚でそして、おっとりとしている。鶴岡の旅舎で見た美しい雛妓の印象は、東北地方では、他に見ることが出来ないほどすぐれていた。

酒田から余目駅に来て、新庄線と分岐する。

　羽黒山から月山へと登って行く登山の旅もまた面白い。羽黒への登山口、手向神社から、山の長い背を七、八里も行って、頂にある大きな社に一夜寝るのも決してわるくない。月山はかつて修験道の栄えたところだけあって、山の歴史も旧いし、社殿の址も多いし、またそこから見た連山の起伏のさまも好かった。帰りは月山から湯殿山の方へと下りて来られた。

　鶴岡の南に聳えた金峯山の麓に、楠氏の址のあるのも注意すべきことだ。そこには楠公に関したものや址が沢山にある。思うに、その族のあるものが此処に移住して来たのであろう。鶴岡から南して二、三里、そこはもう海が近く、砂丘と丘陵とを隔てて北海の怒濤を髣髴することが出来るようなところであるが、そこには酒の出来る大山町があったり、ぴたりと丘陵の陰にかくれたような加茂町があったりして、いかにも感じが好い。ことに加茂町の北一里を隔ててそこには東北の三楽園と言われた湯の浜の温泉場があるではないか。

　多少ゴタゴタした嫌いはあるけれども、また設備に田舎臭いところがないではないけれども、海の温泉場としては、其処は日本でも十指の一を屈すべきところであった。無論、熱海、伊東などよりは海山の眺めがよかった。或は単に風景の点から言えば、別府よりもすぐれているかも知れなかった。

羽黒山へは狩川から、湯殿山へは鶴岡から登山する。

湯の浜温泉へ行くには羽越線の大山駅で下車。

湯田川温泉も同上。但しその位置は反対になっている。

それに、ここで退屈したならこれから、加茂に戻り、海添いの風光明媚な路を三瀬（さんせ）に出て、鼠ケ関（ねずみがせき）の海岸に行って見るのも、面白い特色ある旅である。温（あつ）海川（みがわ）の渓谷には、温海（あつみ）の山の温泉があった。

これから葡萄峠（ぶどうとうげ）の嶮を越えて、越後の村上の方へ出て行く路は、前に既にこれを書いたが、この路を行くにしても、中を一夜泊る気ならば、そう大して難儀な旅でもなかった。

酒田、新庄間は、今は汽車が完成したので旅客はわけなく出羽山塊と鳥海山脈の交錯したところを横断し去ることが出来たが、昔は狩川（かりかわ）、清川（きよかわ）から最上川の谷に添って、一日かかって船形（ふなかた）乃至大石田（おおいした）の方へと出て行くようになっていた。そしてこの最上川に添った路は、渓（たに）の美しいのと、瀑（たき）の多いのと、また大陸に見るような蓆帆（せきはん）をあげた河舟の上下を見ることが出来るのできこえていたところであるが、また、山口の駅としての空気の濃（こま）やかな清川（きよかわ）の駅や、草薙（くさなぎ）の対岸に長くかかっている白糸（しらいと）の滝（たき）や、本合海（もとあいかい）の八向山（やむきやま）を前にした渡頭や、肱折（ひじおり）という山の中にある温泉場や、そうしたさまざまのシインがこの山中にあったのであるが、今は汽車で通過してしまって、更にそうしたものに眼を寄せるものがなくなったと思うと、私は惜しいような気がした。例の蓆帆（むしろほ）の河舟も、今

三瀬からまた海が見える。温海駅から湯温海に半里。

鼠ケ関——弁天島。

はさびしくなったであろう。

九二　雄物川の流域

秋田から新庄へと出て来る奥羽西線の汽車の貫通している間にも、温泉は二、三ないではないが、山に入って行けば、かなりにすぐれた温泉もあるのであるが、普通には、そう深く旅客の心を落附かせるような著名な温泉はなかった。

しかし見るに値するところはかなりにある。雄物川の流も面白ければ、その流域に添った市街――大曲とか、横手とか、湯沢とか、増田とかいう市街にも特色がある。大曲から東へ六里ほど入ると、角館という山中の町があって、その附近に田沢湖という幽邃な山湖がある。角館から生保内を経て、陸中の盛岡の方へ出て行く仙岩峠の路は、今はもう通るものもないであろうけれど、それでもちょっと面白い路だ。

金沢にある金沢柵址も、後三年の役の昔を語っている。増田から本庄の方へ出て行く路も面白い。この汽車の通過する沿線では、横手町、大曲町などが一番大きい賑やかなところだが、稲庭から小安川の谷に入って、そこにある温泉に浴して、まだ世に知れない山水を探ぐるのもまた決して興味がないことでは

大曲駅から角館を経て生保内に行く軌道が右にわかれる。

角館町附近に抱返りという山水の勝がある。

ない。

院内の銀山、小野小町の跡、それから汽車は、国境の山脈にトンネルを穿って、及位などいうところを通って、そして新庄の方へと出て来た。

新庄から前に書いた陸前の鳴子の温泉のある方へ出て来るのもわけはない。芭蕉はこの尿前の関のある路を通って、尾花沢に来て、それから山形平野へと出て行ったが、この尾花沢と言うところは、この附近でも非常に雪の深く積るところで、ちょうど越後で言えば、高田とか小千谷とか言ったようなところである。今でも芭蕉の泊った家はそのまま残っている筈である。

この尾花沢から一里ほど西南にある大石田の河港は、其処まで行ったついでに是非下りて見るべき価値がある。今は交通が便になったので、昔のような繁華を、蓆帆の林立したさまを、または岸に集まって来る旅客を見ることは出来なくなったであろうが、維新前は山形平野で出来る米穀は、皆なここから河舟で酒田まで出して、そして上方へと輸送した。それに、この下流には、碁点、隼などと言う難所があって、そこではよく舟が顛覆したということであった。

尾花沢から猿羽根新道を通って、山形平野へと出て行く路は感じが好かった。ここに来ると、月山の連峯は、よほど左になって見えているが、それでも、例の芭蕉の『雲の峯いくつ崩れて月の山』の趣を味うことが出来た。

汽車は坦々とした平野を南に向って駛った。

この沿線では、天童にある織田氏の末路の址、東根の古城址、それから漆山から東に二、三里入って、山寺の勝がある。芭蕉もそこまで入って行って『さびしさや岩に沁み入る蟬の聲』の吟を残した。

山形市では、馬見崎川の薬師堂、そこの欄間にある彫刻、専称寺にある最上義光の墓、六椹八幡、それからやや離れて、千歳山公園くらいのものであるが、一奮発すれば、旅客は『東遊記』にある大沼の浮島なるものを見ることが出来た。

山形駅から寒河江、左沢へ軌道。

そこに行くには、車で最上川の対岸にある寺沢町に行く。この間が五里、最上川には百目杭などというところがあって、河魚料理などが出来た。ここから大沼まではなお三、四里あって、その中一里くらいは、殊に由ると歩かなければならないが、また、その浮島というのもめずらしいにはめずらしいが気象の具合によって小さな芦や蒲の根の生えた島が浮いて動くさまは、奇観ではあるが、運のわるくそれの動かない日になど行くと、別にこれと言って見るものもないような田舎で、どうしてわざわざこんなところに来たかと思われるような

同駅から高湯へ自動車。

ところである。

最上川の沿岸には、明神禿(みょうじんはげ)と言う奇勝がその途中にあった。

九三　高湯と上の山と赤湯

山形から米沢(よねざわ)の方へ出て来る間には、名の聞えた温泉が沢山にあった。その中(うち)で、一番きこえているのは、例の東北の三楽園の称のある上(かみ)の山(やま)温泉、また東北の草津(くさつ)と称せらるる高湯(たかゆ)温泉、米沢に近く来たところにある赤湯(あかゆ)温泉などであるが、中でも殊に旅客の行って見なければならないのは、高湯温泉であった。

そこは上の山から東に起伏して見えている山の中にあって、ちょうど陸前の青根(あおね)温泉と蔵王嶽(ざおうだけ)の偉大な火山群を東西相挟んでいるという形になっているが、烈しい硫黄泉で、泉質といい、熱度といい、効能といい、さながら草津を此処(ここ)に持って来たというさまであった。

そこから、酢川(すかわ)という一水が流れ出して来ているが、それは末は最上川に落ちて行っているのであるが、硫黄泉が混り合うので、その流れはいやに白ちゃけていて、魚類は一疋も生息しないということであった。

山形駅から自動車で行く方が便利である。

ここに行くのは、上の山駅で下りて、酢川に添って三里ほど翠微の中に入って行く。初めは半(なかば)は田塍(でんよう)、半ば丘陵と言うようなところを通って行くが、次第に山は深く、雲煙が坌涌(ふんよう)し、嵐気が揺曳し、山村が処処に点綴せられて、温泉場の浴舎を目にするあたりは既に全く深い山の中になっているのを見た。

浴舎は層を成して重り合っている。いかにもすぐれた温泉場らしい。それに土俗が淳樸(じゅんぼく)で、関東あたりに見る温泉場とは、よほど違った感じを旅客に与えた。滞留十数日に及んでも、そう退屈するようなことはなかった。

小さな池などもあれば、山への楽みもある。山形少女(おとめ)の美しさもある。ここから案内者を雇うて、山越しに、陸前の青根温泉に出て行く旅の面白さは、既に前に詳しく書いた。

高湯の療養地らしい感じと比べると、上の山温泉は、全く遊楽の温泉場であり、また宿駅的発達を成した温泉場であるということが誰にもすぐ感じられた。湯の質からして、浴舎の構造からして既に全くそうであるのを誰も見た。

しかし東北の三楽園の一としては、とても会津の東山(ひがしやま)、または庄内(しょうない)の湯(ゆ)の浜(はま)には比ぶべくもなかった。東山には山が浅いと言ってもとにかく渓谷があり山巒がある。湯の浜には海の温泉にもめずらしいほどすぐれた海山の眺めがある。

ところが、此処にはそうしたものは、何もなかった。宿駅的温泉場の他に何もなかった。それに、歓楽という方面から言っても、ただ野卑で、淫猥であるばかりで、決して美しい歓楽はなかった。

もし取るべきものが此処にあるとすれば、それは、町の上にある旧城址、それも荒廃してはいるが、そこから四面の山巒の起伏を眺めるくらいが取るべきものであるであろう。私は二、三度そこに泊って見たが、別に心を惹くようなところを発見しなかった。

赤湯はこれに比べれば、いくらか好いかも知れないが、しかしやはり似たり寄ったりの宿駅的温泉場である。ただ、附近に小さな沼があるので、釣魚とか舟遊とかの興味はいくらか味うことが出来た。

この附近は、しかし、概して物価が廉かった。とても関東地方に見るような設備は望むことは出来なかったけれども、また美しい歓楽は望むことは出来なかったけれども……。この他にも、山の中に二、三里も入って行くと、学生の避暑に行くような小さな温泉場は沢山にあった。

山形から米沢まで行く間には、糠の目附近にある亀岡の文殊堂、それからこれは少し遠いが、田村将軍の恋のロオマンスの残っている神代桜その他、昔は米沢市にある佐氏泉公園などやや見るに値いするものであろう。米沢から西に深く山の中に入って、小国から越後の村上に出て行く路はきっと面白い特色のある路に相違ないが昔は米沢からは皆なこの路を通って越後の方へ出て行ったのだが、私はまだ越えて見たことはない。

上の山から金山峠を越して、乃至は糠の目あたりから入って行く山中七宿の路は、既に前にこれを書いた。そこには、例の渡瀬の材木岩があるのである。米沢から汽車は次第に深い山の中に入って、例の板谷峠の雲煙坌涌するあたりに行って、そして福島平野へと出て行った。

九四　大社線途上

これで大抵東北地方の温泉を描いた。これからは、遠く中国、四国、九州の方へと行って見よう。

何と言っても、温泉は関東、中部、東北で、近畿以西、殊に中国にはその分布が決して多くないが、九州に入ると、火山群の多いだけに、到る処温泉の散在しているのを旅客は見る。

中国でも、山陽線の汽車の駛っている線路では、温泉らしい温泉の湧出しているところはなかった。岡山市の少し手前に、勝田郡湯郷村に鷺の湯温泉があって、多少の設備もあり、浴舎も多く、浴客も少くはなかったけれど、まだ地方的温泉の区域を脱することは出来なかった。それからずっと先に行って、山口県の小郡駅から山口市に入って行くところに、湯田温泉があって、これはちょっと松本市の浅間温泉、松山市の道後温泉と言ったように、山口市の人たちの遊楽に出かけているところになっているけれども、しかしわざわざ入って行って見るほどのところではなかった。山陽線では、温泉よりも海水浴の方が旅客の心を惹くことが多かった。海水浴では、玉島附近の沙美の海水浴、広島の先の玖玻海水浴、下の関に行っては、小月海水浴などがすぐれていた。

山口市から湯田へ自動車。

しかし山陰線には、例の有名な但馬の城崎温泉があったり、伯耆、因幡にも湯村とか東郷とか言う温泉があったりして、多少書くべきことがないでもない。

大社へ参拝する汽車は、京都駅から大抵一日で杵築まで行くことが出来る。汽車賃も三等で行けばそんなにかからない、東京から出かけて行くとしても、五、六十円あれば行って来られる。夜行で行って、京都を出る大社線の七時十分に間に合った。

京都から綾部まで行く間は、全く丹波の山地で、別に見るところはないが、行っても行っても尽きない山巒（さんらん）の起伏と渓流の潺湲（せんえん）とは旅客の目をなぐさめることが出来た。

天（あま）の橋立（はしだて）へは、ここからわかれて、舞鶴（まいづる）の方へ行く汽車に乗って行く。その間に停車場が一つか二つしかない。やがて、舞鶴駅に着いて、更に海舞鶴（うみまいづる）まで切符を買い改（か）えて乗って行く。そこには宮津（みやづ）に通う連絡船が常に旅客を待っていた。

この航路は、北海だけに、とても瀬戸内海の汽船の甲板の上のように、楽ではないけれども、それでも、海山の眺めは頗（すこぶ）る奇で、旅客をして眼を眸（みは）らわしめるようなところが処々にある。

今は舞鶴から宮津へ汽車が連絡したからこの連絡船に乗るものはなくなったろう。

宮津に汽船が入る時、旅客はその有名な天の橋立をその左に見ることが出来るが、一夜はそこに泊って、あくる日は、船なり車なりで天の橋立に行って見る。切戸（きれど）の文珠閣（もんじゅかく）あり、長橋（ちょうきょう）の中の橋立神社のあるあたり、なかなか風景がすぐれている。笠松の上は殊にその縦一文字を見る形に於てすぐれている。

日本にも、この長松（ながまつ）に似た地形を持ったところは二、三ある。出雲の夜見浜（よみはま）の大天橋（だいてんばし）は人口に膾炙していないが、それを望む位置の如何（いかん）に由っては却って此処（ここ）よりもすぐれているだろうということである。福岡附近にある海（うみ）の中道（なかみち）もやはりこれと同じ地形、同じ松原である。しかしそれはとてもこの天の橋立には及ばなかった。

宮津で一夜泊って、午前中に橋立を急いで見て、なるたけ都合よく連絡船に乗るようにすれば、綾部から大社行の汽車で、但馬の城崎温泉に行って泊ることが出来た。かなりに忙しい行程ではあるけれども……。

汽車が出来たので宮津から城の崎まで行くのはそんなに忙しくはなくなった。

綾部から城崎に行く間は、大抵は山巒と渓谷との互に相交錯した中を汽車は走って行くのである。しかし、此処らで見る山巒乃至渓谷は、その形に於ても、またはその姿に於ても決して中部乃至東北に見るような線の太いまた粗いものではなくて、いかにも円味を持った細い線で描いたような感を起させるものであった。山は邐迤として靡き、渓は潺湲として流れた。

豊岡町のあるあたりは、そうした山巒と渓谷の中から、漸く平野に出て来たかというような感じのするところであった。夕日の山に栄たさまは、今だに私の眼に残って見えた。

玄武洞の洞窟の対岸に見えるあたりに来た時には、もう日は暮れ近く、城の崎川にさした夕日も淡く消えて行ってしまっているのを私は見た。

城の崎は、停車場から突当った川に添って、段々灯の多い町に入って行く感じがちょっと好かった。橋が一つ二つ暮色の中に横(よこたわ)っていたりした。

しかし、温泉場としては、決して落附いた感じのするところではない。土地が猫の額のように狭いのに、あたりがゴタゴタして、浴舎が浴舎と庇(ひさし)を並べているさまは、いかにも上方式(かみがた)である。規模としては、有馬(ありま)などよりももっと狭い。

それに、やはり、どの旅舎にも内湯がなく、旅客は皆(みん)な手拭を持って、湯銭を払って、そして、橋の向うにある共同浴槽へと入って行くのであった。

その共同浴槽は、最近に計画したものだけあって、有馬あたりに比べて、よほどすぐれて立派であった。道後(どうご)にある共同浴槽のように、あれほど階級のある違った浴槽はなかったけれど、単に大きさとか立派さとかから言えば、無論、是(これ)はかれに勝っていると言って好い。宝塚(たからづか)の持ったあの大きな浴槽を或は模したのかも知れない。

浴舎の設備は、流石(さすが)にすぐれている。いかにも上方式でかつ貴族的である。食うものなども旨かった。

しかし城の崎は、私がかねて聞いていた予想とは違って、行って見ると、そう大して私の心を惹かなかった。城の崎川の流れも平凡である。ただ、来日(くるひ)ケ(が)

嶽から下ろして来る翠嵐がやや町を山の町らしくして見せた。

九五　三朝と東郷

浜村温泉——大阪駅から自動車。

岩井温泉——鳥取市から自動車。

但馬と因幡の間に横った高い山巒を汽車は頃刻にして横断して去る。

この山の中も、ちょっと面白い感じがしたが、例の余部の陸橋のあるあたり鎧停車場から見た明媚な海山のシインのあるあたり、それも捨て難い心地がしたけれども、しかしそれよりも鳥取市のある平野を離れて、インプレッショニストの絵を見るような湖山池の砂山も松原とに向って進んで行くあたりが、一層私の心を惹いた。

鷲峯山に雲の靡いた形、その山裾に鹿野町のある形、賀露港の砂丘のかげにひそんでいるような形、そういうものが私の眼と心を楽ませた。

池の南部にある吉岡温泉なども私は行って一夜泊りたいと思った。

そこから少し来たところには、私は停車場の前に、田舎の温泉場らしいシインの展げられてあるのを目にした。二、三軒庇を列べた二階屋、手拭を持って浴客の立って汽車の通るのを見ている欄干、向うに杳かに予想された海、思うに、それは浜村温泉であったであろうと思う。

しかし私の好き嫌いから言うと、やはり、この線では、東郷池の池中から湧き出している東郷温泉が一番好い印象を私に与えた。私は加賀の片山津温泉を書く条に於て、既に一度この温泉のことを書いたが、湖水の中から湧出する温泉としては、日本でもめずらしいものの随一であろうと思う。

それは汽車で通って見ても松崎駅の向うに、小さい湖水が見え、その水上に旅舎らしい家の二、三軒浮んでいるのが見え、またその湖の三面を繞った丘陵がいかにものんびりした気分を漲らせているが、一夜下りて泊って見ると、一層そうした静かな落附いた気分を味うことが出来ると思う。湖水では、鰻、鮒、鯰などが獲れて、それが朝夕の膳に上った。

それに、この附近には、見るべきところが多かった。大山の裾野、その裾野の海に添った路を走って行く汽車、水天髣髴の間にそれと微かに指さされる隠岐島の青螺、赤崎の赤い松並木、御来屋駅近く来ると、大山の肩のところに船上山の独立しているさまが手に取るように見えて、元弘帝のために勤王した名和氏の事業を旅客に思わせずには置かなかった。

私はかつてそこを通って、次のような歌を得た。

赤崎の赤松並木ゆく子等の群に夕日のさしにけるかな

最近に私は三朝温泉に行った。そしてその設備の立派なのに驚いた。東郷温泉がそれに押されるのも無理はないと思った。上井駅で乗換えて倉吉駅に行

あら海の八重の八汐路はるばるとこえてましけん昔をぞ思ふ
けふもまたそひゆく海の色さびてわびしや雨に帆の影もなし
中の海のばなれ小島の船附のさや豆畠なつかしきかな

この最後の一首は、中の海の大根島で詠んだものであるが、宍道湖と中の海、それから境の潮の迅い瀬戸を通って、大海を美保の関に行く汽船の甲板の上は面白かった。いかにも旅客に遊覧の気分の漲って来るのを思わせるようなところであった。この汽船は松江の大橋の袂から出て、運河のような狭い蒲葦の叢生した間を通って、段々闊い中の海の方へ出て来るのであった。その周囲の山の姿と言い、遥かに見える大山の眺めと言い、日本にも沢山にはないような好いところであった。風の強い時には、小さな汽船は毬のように動揺した。

大根島は世離れたところであった。其処には、晩春の候、土地の名所の一つになっている牡丹園があって、松江の紳士などは、妓をつれて其処に出かけて行ったりした。青々とした畑、さや豆畑、そのインプレッシイブな色彩はいかに私の旅の心を惹いたであろうか。

境の瀬戸の前に聳えている山に登ると、夜見ケ浜の大天橋が、右に中の海、左に大海を控えて、長く緑を拖いているさまが何とも言われず美しく見わたさ

って下車、それから乗合自動車で二里。三朝川に臨んで旅舎が両岸にある。乾式呼吸室、湿式呼吸室があってラジュームを自由に吸うことが出来るようになっている。山陰線屈指の温泉と言って好い。

れるということであった。しかし私はまだそれに登って見なかった。

境から美保の関に行く間は、右は全く大洋に暴露しているので、時には波濤が高く汽船の甲板の上を洗った。しかしそこから見た大山の美しさ、東海の富士といえども、その美を擅にすることは出来なかった。

徙涯の彎曲した海岸にゴタゴタと巴渦を巻いている美保の関の繁華は、旅客に扇を書いた画が、でなければエッチングの半幀を思わせた。瓦葺、貝殻屋根の参差とした上にそれと見えている美保神社の華表、汽船の碇泊している桟橋旅舎、碧い海、そこには半は魚市らしい、半は狭斜街らしい空気が色濃く漲り合っていた。

　關の五本松
　一本切りや四本
あとはきられぬ夫婦松……

これを土地の妓が三味線に合せて唄うが「一本切りや」を「一本きら」といい「あとはきられぬ」を「あとは、きイられの」と一種不思議なスラングで唄ってきかせた。この五本松は美保の関に入ろうとする汽船の甲板の上から仰がれた。

九六　宍道湖畔

松江の明媚な市街であることは誰も知っている。凡そ県庁のある町で、これほどすぐれた感じを持ったところは沢山はない。長崎、鹿児島、すべて海の都会であるけれども、とてもこの松江の風光の明媚なのには比すべくもなかった。水に臨んだ旅舎の二階からは、明るい美しい瀲灔（れんえん）とした湖水がかくすところなく眺められた。

それに、娘たちの気分にも何処（どこ）か明るい気分があった。上方（かみがた）風と言っても、いやにべたべたしたものでもなく、また野卑なゴテゴテした色彩でもなく、何処かさっぱりとした品の高いところがあった。皆美館（みなみかん）の一室に泊って、世界にもめずらしいという蜆汁（しじみじる）や、鯛（たい）や、烏賊（いか）の生作（なまつく）りを肴にして酒を酌（く）んだ興味は私には忘れられなかった。

宍道湖（しんじこ）の眺めは、日本でありとあらゆる湖水、琵琶湖、諏訪湖、猪苗代湖、そうした湖水の中で、一番すぐれた線の柔らかさと空気の明るさとを持っていた。それと言うのも周囲を繞る山巒の形にもよるのであろうし、両方に大海をひかえている形にもよるのであろうし、また土地の気風に一種古国（ここく）らしい感が残っているためであろうが、とにかくにすぐれた印象を旅客に与えた。湖の北岸をめぐって杵築に行っている汽車のレイルの上から見ただけでも決して人を失望させなかった。

それに附近には見るべきところが多い。細く探れば、なかなか際限がないくらいである。米子から来て、安来節の本場である安来港、その港頭に聳えている十神山、佐多神社、臨済宗の巨刹雲樹寺、それから広瀬町に入って、尼子氏の古城址を探るも、興味が饒く、その他、古代の神社の所在を到処に見てあるくのも面白かった。

この附近にある温泉では、玉造温泉が一番世に知られている。それは、一に湯町と言われている。松江の一つ先きにある湯町停車場で下りるともういくらもない。そこは、松江の人たちがよく妓を伴れて行ったりするようなところで、旅舎の一、二軒は、かなりに設備も完全しているのを私は見た。

地形としては、そう大してすぐれているとも思われなかったが、それでも半は丘陵、半は田塍の間にある温泉町らしい気分が私の心を惹いた。

杵築の大社は、伊勢の大廟には比すべくもないが、それでもその古風なつくりや、千家、北畠両氏が太古からその左右に侍している形は旅客の心を惹くには十分であった。稲佐浜から船を雇って、日の御岬の鼻まで行って見るのも面白い。

軌道が出来たから、木次の方まで入って行って見ても好い。少しく奮発すれば、その奥にある鬼の舌震という渓山を探ぐることが出来る。概してこの簸川平野の南部は深い山また山で、交通はちょっと不便ではあるが、まだ世に知られないような山水の奇勝は随分あるということであった。

掛合から備後の三次の方へ出て行く路も、概して深い山嶺の起伏で峠を三つも四つも越えなければならなかった。

今市という町はちょっと特色に富んでいる。いかにも宿駅らしい、瓦甍茅茨相参差すと言ったような町ではあるが、ここから石見の方へ遥かに通じている起点を成しているような形が地形上面白かった。ここからは土地での流行仏一畠薬師に通ずる軌道がわかれて行っていた。

九七　石見の諸温泉

「あれは？」

こう指して私は訊いた。

「あれは三瓶です」

石見の三瓶火山群、なるほどあれがそうかと思うと、私はなつかしい気がせずにはいられなかった。低い丘陵性の山巒を前景にして、駱駝の背でも見るように面白い形をして連って聳えている親三瓶、子三瓶、孫三瓶、それを望むと、私は流石に名山であると思った。

私は不幸にして、まだ一歩も足を石見国には入れていない。それだけそれを見ても私の旅情は湧き上った。沿海七、八十里に近い文化に後れた交通の不便な国にある世にかくれた奇勝はどんなであるであろうか。そう思うとその奇勝が一つ一つ私の眼の前にあらわれて来るような気がした。私は備後の三次の橋の畔で江川を下る河舟に何故あの時乗って下らなかったかと思った。その河舟で下りさえすれば、私は川本の附近にある断魚渓の渓谷にも、三瓶の火山群にも、そこにある志学の温泉にも行って浴することが出来たのであるのに……。

それにその江川は、日本の脊梁山脈を南北に破って流れている唯一の渓谷である。中国では、山陽の川は皆な南流し、山陰の川は皆北流して海に注いでいるのに、この川ばかりは、源を山陽に発して、脊梁山脈の凹所を破って、そして日本海に注いでいるのである。それだけですら既に旅客の心を惹くに足りる。

最近私は山口の方から石見に入って見た。長門峡は美しい渓谷だった。六月末であったが蛍の沢山いるのに驚いた。温泉では温泉津、有福にも行って見た。何方かと言えば有福の方が好かった。三瓶の志学ましてやその渓谷の中には、すぐれた山水がまだ多く世にあらわれずにかくされてあるに於ておやである。私はつくづくその河舟に身を託さなかったことを悔いた。

しかし、今では汽車がかなりに深くその国中に延びて行っているから、乗合馬車を利用し、自動車を利用すれば、浜田乃至萩あたりまで行くことは、そう大して不便を感じなかった。

三瓶に登り、志学の温泉に浴し、更に山の中深く断魚渓の勝を探り、再び海岸に出て温泉津の温泉に一泊し、それから一路杳かに浜田に向って進む旅は、春の旅行などとしては殊に興味が饒いであろうと私には思われた。

この他に、境港を出て、下の関に向って海岸に縫って行く航路があるが、これも面白いに相違ない。但し、海が大洋であり、汽船がそう大きくないから、決して楽な航路でないことを覚悟しなければならない。この汽船は浜田、萩に寄港し、それから油谷湾をぐるりと廻って、そして二日目に下の関港へと入って行った。

山陽の汽車の幹線から入って行くには、小郡から山口に行くラインに乗換えて、そこに一夜泊って、それから、萩に行くものは左し、津和野に行くものは

温泉にも行って見たかったのであるが、都合があってそれは見落した。今では石見から山口の方へ出て来るのも決して骨は折れない。松江から大社まで行ったなら、思い切ってずっと伸して山口から山陰線

右した。津和野も面白いところらしかった。その途中にある青野山（あおのやま）の姿は、地理学上面白い地形の一つとして知られていた。

（の方へ出て来る方が好い。）

長門峡（ながときょう）は山口駅から四ツ目くらいのところにある同名の停車場で下車、そこからすぐ丁字川（ちょうじかわ）の橋をわたって向う側の細い路を川にそって下る。峡は狭く屈曲して、到るところに激潭（げきたん）をつくっている。龍宮滝（りゅうぐうたき）などことに見事である。湯の瀬にある旅舎に一夜泊ったが、そこは非常に好い。これから二里ほど下（さが）って、萩町への川舟を求めるのもわるくはない。

萩の方へ出て行く路は、峠を一つ越すと、あとはすべて下りで、四、五里にして既に大洋の波光（はこう）を指すことが出来た。萩附近には、また世にあらわれていないすぐれた海山の勝が沢山にあがった。

俵山温泉――幹線小月駅から西市へ行く軌道に乗って、そこに行って、それから自動車。

油谷湾に面した地方から、中央の山地を横断して、下の関附近の幹線に出て行く路も、一度は通って行って見たいところであった。正明町（せいめい）のある位置なども旅客の心を惹いた。この間には、二、三、温泉の分布があるのを私は覚えている。

九八　武蔵温泉

「好い処だね」

「本当ですね」

「ちょっと、こうしたところに、こうした温泉があろうとは思わなかったね、武蔵温泉って、僕はわかし湯か何かと思った。こんなところとは思わなかった」

私たちは太宰府の天満宮と都府楼址とを見て、それからレールを越して、田塍の間を此方へとやって来た。田舎相撲があるらしく櫓太鼓の音が晴れた初夏の新緑にひびきわたってきこえた。

天拝山の松はくっきりと晴れた碧い空に捺したように見えた。

室のつくりも立派であれば、折れ曲って行く廊下も趣致に富んでいた。中庭にある大きな楓は、美しい眼もさめるような緑をあたりにひろげた。

栽込の深く繁った向うは麦畑で、雲雀の囀る声が高くきこえた。

「好い感じだな……雲雀が垣の外に鳴いているのなど何とも言われないいかにも田圃の中の温泉という気がするね。ちょっと日本にもこうしたおだやかな気分のする温泉は少いね」

「そうですね、好いですね、静かで」

一緒に伴れて来た女は言った。

女の妹とその夫も一緒に来ていた。かれらは福岡に住んでいた。

私は妹の夫に訊いた。

「これでも、福岡あたりからやって来る温泉場ですかね」

「そうですな、此処らでは、温泉場としては此処か武雄ですね、武雄の方が此処よりは好いんですけれども、やはり、此方の方が近いもんですから」

「女なんかもつれて来るんだね」

「そうですね、まア」

「それにしちゃ、福岡の持った温泉場としては、ちょっと小さすぎるけれど」

「九州では、温泉といえば、大抵別府ですからな」

「そうだな、なるほど、別府というところがあるな。そうだろうな、大抵あそこに行くだろうな」

「長く滞留するっていう人は皆なあそこです。武雄は、好いけれど、湯が少いですからな」

「武雄は俗だ……」

こう私は言った。

あの俗な岩山、薄っぺらな旅舎の番頭の追従、家ばかり大きくって湯の少ない物価の高い温泉場を私は思い出していた。武雄には私は一夜泊ってそして匆々にして出て来た。

「じゃ、ここなんか、福岡の人がちょっと遊びに来て、午飯を食ったり、一夜泊ったりして行くようなところですな」

「まあ、そうですね」

こう女の妹の夫は言った。

私はそこの絵葉書に「静かな温泉です、いかにも田疇の中にあるという気がします。雲雀が垣の外の麦畑で囀っています」こう書いてそれを東京の友達に出したりした。

私は一昨日、下の関海峡をわたって此方にやって来たことを思い出した。女の妹の夫はそこまでかれを迎えに来ていた。私たちは汽車の中から、八幡製作所の空に漲る凄しい煤煙だの、洞の海にかがやく日の光りだの、若松港の帆檣の林立したさまだの、玄海灘に往来する白帆だの、香椎駅の手前の立花宗茂の城址のある立花山だのを指したりして、そして福岡までやって来た。福岡では今任旅館に腰を据えて、女と女の妹夫婦と、千代松原に行ったり、箱崎宮に詣でたり、日蓮と亀山天皇の銅像を見たり、電車で真直に西の公園に行ったり、夜は柳町の新しい遊廓を歩いたり、水茶屋の妓の博多節をきいたりした。福岡は最初来た時には、ほんの素通りであったので、俗な、人気のわるい、物価の高いところとばかり思ったが、今度はいくらかその真相に触れて、そこに住んでいる人たちの面白い生活などをきいた。ドンタクの賑いなどは、私も一度見たいと思ったくらいであった。相の手の入らない博多節は、いかにも昔の小唄らしい感じを私に与えた。

その日は私はやはり四人づれで、太宰府へとやって来た。途中で見た脊梁山脈の連亙は美しく私の眼に映じた。天満宮では、奥の休茶屋で拙い餅などを食った。そして私たちはぶらぶらと歩きながら、都府楼址からこの温泉場へとやって来た。

太宰府址は詳しく見る価値がある。

九九　唐津と呼子

唐津一帯の風光は、九州島では多く他にその匹をみることの出来ないようなものであった。私は西の浜の海水浴に一夜泊って、すぐ引返すつもりで出かけて行ったが、あまりにあたりの海山の眺めが美しいので、旅情を促されて、更に深く半島の奥をきわめるために呼子港まで行った。

加部島にも渡った。例の名護屋の秀吉の本営のあったところへも行った。七つ釜にはしけの具合があまり好くなかったので、渡って行って見ることは出来なかったけれども、帰りに、湊の方へ出て来たので、その柱状節理の奇岩を奥深く蔵した土器岬の鼻を後から望むことが出来た。

すべてこの間、海山の勝が非常にすぐれていた。呼子港の漁市らしい感じもよければ、加部島との間に横った海峡から望んだ広島の根元に怒濤の打寄するさまも美しかった。それに、夏で、日光が強烈なので、すべてが光って、かがやいて、マネイのあの強い色彩の画を見るような気がした。

名護屋の本営のあったあたりは、中でも殊に私の心を惹いた。老松七、八幹、その丘からは、碧い海と、島嶼の散点したさまが指さされて、晴日には壱岐島を髣髴することが出来るということであった。私は秀吉の雄図を思って長い間其処に立尽した。

呼子から湊の方へ出て来る路は、ことに荒涼としたところであった。始めは高原、それから松原を越すと、土器岬が見え出して来て、やがてひろい碧い海が展開されて来た。殊に、右は一帯の高い絶崖で、それに沿って車は駛った。

やがて湊の立神岩が見え出して来た。

いかにも壮観であった。虹の松原も好い。また鏡山から下瞰した海も好い。西の浜の海水浴場も明るくって好い。けれど、その附近の眺望と比べると、果して何方が好いであろうか。

立神岩を隔てて、芥屋の大門を持った山巒が海中に落ちているさまの微かに見わたされるのも、何とも言われなかった。

「好いな！」

こう私は心の中に叫んだ。

湊の漁村に下りて行こうとするところに、ふと見ると、温泉宿らしい家があって、涼しい吹き晴らしの座敷に、浴客らしい男が二、三人集って何か話しているのが私の眼に入った。

「温泉があるのかな此処に……」

こう私は訊いて見た。

「え」

こう言ったが、走りかけに車の足をとどめて、「温泉というほどでもないんですが、此処によくきく冷泉(れいせん)が出ましてな。それをわかして、稼業しておるんですよ」

「そうかえ。それはめずらしいな」

私はこうしたところに来ている浴客たちを羨むようにして見た。

「何んて言うんだね、此処は」

「やはり、湊(みなと)でさ」

温泉のないこの半島では、こうした冷泉もめずらしいと私は思った。

私は其処から、唐房(とうぼう)という方へ出て、そして、そのあくる日は、虹の松原の海水浴に行って泊った。

西ケ浜の海水浴場はちょっと銚子(ちょうし)の酉明(とりあけ)に似た感じのするところである。無論、酉明よりは、風光が明媚でかつリファインドされている。しかし、その明るい空気や、前にひろい大洋に面した形は、私に銚子を思わせた。

沖にある島に波濤の白く打寄せているさまも見事であった。

一〇〇　小浜と温泉岳

上海(シャンハイ)、香港(ホンコン)、乃至は印度(インド)地方の酷暑の中で働いている外国人たちは、夏はよく海をわたって、日本島の涼しい場所に避暑にやって来た。

我々日本人に取っては、九州島などには、夏は何処に行ったたって涼しいところはないのである。京都以東でなければ、避暑地として適当なところはないように思われるのである。しかし、香港乃至印度あたりから来ては九州島も好い避暑地でありまた楽園であるに相違ないのであった。

そうした外国の避暑客、富んだ、贅沢な、金を使うことを何とも思わない人たちのやって来るところは何処かと言うに、それは島原半島の東の海岸、あの温泉嶽の裾の海に落ちたところにある美しい瓦甍粉壁、即ち小浜温泉がそれであるのであった。

かれらは長崎に上陸し、それから西の海岸の一港茂木に来て、小さな汽船でその小浜温泉へとわたって行った。炎暑灼くがごとき瓦甍の中、または日光の強烈に直射する暑い殺風景な町乃至港にいたかれらの眼には、この東洋の島の緑がいかに美しく、またいかに爽やかに感じらるるであろうか。またいかに涼しく呼吸つかるるように思わるるであろうか。ピエル、ロチでなくとも、色彩の濃やかな、彼らに取っては不思議な異国情調のある、静かな涼しい海風と気候とを感ぜずにはいられないであろう。従って汽船の甲板の上から、遥かに小浜温泉の瓦甍粉壁を望んだ時は、何とも言えない爽涼の気に撲(う)たるるであろう。そのために、そうした避暑客のやって来るために、小浜温泉は、九州島でもめずらしいすぐれた浴舎と設備とを持っていた。そこだけは、確かに一ところ切り離された外国の絵か何ぞのように見えた。

碧い海は静かに宏壮なペンキ塗の洋館の影を蘸(ひた)し、そこを徂徠(そらい)する帆影は、大きなスワンでもあるかと疑われた。そして幾組の避暑客は、或は海浜を散歩し、或はバルコニイの椅子に凭(よ)り、或はその背後の路を求めて、温泉嶽(うんぜんだけ)の中腹にある広い高原の上あたりまで行った。

しかし、此処(ここ)がそういう風に外国人に気に入るのも尤であった。何故なら、其処(そこ)は九州島の中にある種々のシインを展(ひら)いて見せているところであるから。またいかにも外国の海岸に似たような気分を持ったところであるから……。海の碧(みどり)が濃かで、そして何処か世を離れたような処があるから……。

島原半島、実際そこは好いところであった。それは半島すべてがあの温泉嶽で出来ているようなところであるが、その名山の秀姿(しゅうし)があるために、到るところの魚村蟹舎(かいしゃ)も、皆(みん)な一種言うに言われない趣致を帯び、濃い影を帯び、涼しい晴嵐を帯びた。従って何処に行っても旅客の思いを惹かないようなところは

高原の上にある温泉岳温泉は九州でも屈指のすぐれた温泉である。湯の量も多いし、温度も高いし、旅舎などの設備も非常にすぐれている。今では大村、諫早の方から島原に行く軌道が出来

なかった。

　中でも殊に小浜温泉あたりが好い。即ち有明海に面した東海岸よりも、長崎附近の山巒に面した西海岸の方が、複雑した影に富み、彩に富み、嵐気に富んでいたのである。海の色なども、深き濃さに於て非常に東海岸よりもすぐれていた。

たので、陸から行ってもわけなく行けた。

　そこに行くには、外国の避暑客が行くように、やはり、長崎から一里ばかりの峠、峠と言っても楽に車の通ずる間を通って、そこにかくれたようにして、東に開いた茂木港に行き、そこから汽船で海上二、三里の間を渡って行くのが一番好いのであるが、しかし、我々が行くには、それではあまりに飽気ないような気がした。我々はやはり諫早から島原に行き、それから山に登って、そして向うに下りて行くか、でなければ千々岩あたりに行って、そこから温泉ケ嶽の秀姿を仰いで、そして浜づたいに其処に入って行くかしなければならない。少くともその方が島原半島の全斑を窺い知ることが出来た。

　しかしそういう風に、そこは外国人のために大きなホテルや洋館や浴室が出来ているけれども、また一方自炊の客なども やって来るようなところで、普通の旅客のためにもそれぞれ相当した設備は出来ていた。

其処では海水浴も出来た。

ここに滞留して、温泉ケ嶽に登って行って見るのも興味が饒(おお)かった。一里ほど登ると、ひろびろとした高原で、海山の眺めが何とも言われないほど明媚であったが、そこにも温泉が湧出(わきだ)して、瀟洒な浴舎が二、三軒出来ていた。

九州では不思議にも、その一角が外国のカラアと姿とを持って私の眼に映って見えた。

一〇一　阿蘇附近

武雄(たけお)温泉は旅舎の構造や設備は、頗(すこぶ)る立派で、始めて訪ねて行った旅客の目を驚かすけれども、温泉は既に老衰して、その湧出量(ゆうしゅつりょう)は少く、土俗また浮薄で多く言うに足らないようなところであったが、ここから長崎まで出て行く間に一寸(ちょっと)見遁すことの出来ない温泉場が一つあった。

それは嬉野(うれしの)温泉であった。

ここは昔長崎街道(ながさきかいどう)を大勢の旅客が通った時に栄えたような温泉場で、『西遊記』にも南谿(なんけい)が此処(ここ)で上手な三味線を聞て遠い故郷を思ったという一文があるが、今でも静かで、山の温泉らしくって、武雄などよりはよほど好いということであった。ただ、その位置が昔と違って、汽車の線路に離れた多良嶽（たらだけ）の北の一隅になっているので、普通遊覧者には入って行くのがちょっと億劫（おっくう）である。

その他、幹線線路を鳥栖（とす）から熊本の方へ行くと、矢部川（やべかわ）駅附近に船小屋の鉱泉があるが、これは地方的で多く言うに足りないものであろうと思う。それから例の炭坑の煙突の多い大牟田（おおむた）市附近を経て、肥後（ひご）に入ると、山鹿（やまが）に有名な山鹿温泉がある。ここは肥後国中でも一番有名な賑やかな温泉場で、私は行って見ないけれども、浴舎の設備などにも非常にすぐれたものがあるという話である。七月にはことに灯籠祭（とうろうまつり）と言うのがあって、町内すべていろいろな形をした花鳥人物などの灯籠が飾られて、頗ぶる一奇観であるということであった。

山鹿温泉は肥後ではすぐれた温泉場である。

阿蘇（あそ）地方には、今は汽車が出来た。活火山として世界的基盤を持ったその有名な噴火山は、従って今は何の努力もなしに入って行って眺めることが出来た。白川（しらかわ）緑川（みどりがわ）二川（にせん）の合流したところにかかっている雄大な数鹿留（すかる）の瀑布（ばくふ）、それも立野（たつの）駅あたりから下りて行けば、そう遠くもないであろう。そして一度その大きなひろい外輪山で囲繞せられた火口原に入って行った旅客は、その眺望の雄大なのに目を驚かさずにはいられないであろう。それに坊中（ぼうなか）から登る路は、そう大して嶮しくなく、下駄穿（げたば）きでも上って行かれるから、容易にその新噴火坑（ふんかこう）

の心胆をも寒からしめる壮観を目することが出来るであろう。

この火口原の中には、二、三、温泉の分布がある。噴火口を見て、そこに一泊すると、遠く静かに渓流などがきこえて、いかにも旅らしい感が起って来る。

肥後には、この他には八代から三太郎の険を越えて、鹿児島に入って行く街道に添って日奈久温泉がある。此処には私はまだ行って見ない。従ってその詳しいことは書くことは出来ない。けれど階級をなした丘陵の斜阪に蜜柑畑などがあり、前には碧い海が見えて、いかにもラスチックな好い感じのする温泉場であるらしかった。無論、設備は田舎式、自炊式で、随分ごたごたした温泉場であるには相違ないと思うが……。

この附近、八代には征西将軍宮の遺址があり、これから人吉の山の中に入って行く間には九州第一の山水球摩川の勝が横っているから、旅客に取っては、この附近は決して興味を惹かないことはない。八代から三太郎の嶮を越して、鹿児島の川内地方に出て行く路も一度は通って見て好い処だ。

人吉附近に林温泉がある。自動車の便がある。玖摩川に臨んで、ちょっと景色が好い。

一〇二　霧島の栄の尾温泉

霧島火山群の中にある栄の尾温泉、これはいかにも山の温泉らしい、日本アルプスの中房（なかふさ）や上高地（かみこうち）や白骨（しらほね）を思わせるような温泉場であった。九州では、こうした温泉はこの他に何処（どこ）に指を屈することが出来るであろうか。別府（べっぷ）は七、八里も十里も山の中に入って行くと、こうした世離れた温泉があるそうであるけれども、そこはあまりに人寰（じんかん）と隔絶しすぎていて、入って行くにも容易なことではない。それに、別府はどうしても山の温泉というよりも海の温泉としての価値の方がすぐれているようである。

　霧島火山群の中は、影に富んでいる。変化に富んでいる。霧に富んでいる。密林に富んでいる。それでいて、晴れた日は、何処の山の上からも、鹿児島の錦江湾（きんこうわん）の晴色を一目に見わたすことが出来る。地理学者などでもこの火山群の中は一月くらいはあまり倦（あ）きずにいられるということである。それに、山の麓にはひろびろとした高原などもあれば、美しい目を刮（かっ）せしむるに足るような渓流などもある。小さな沼なども無数にある。

　高千穂（たかちほ）、即ち東霧島山（ひがしきりしまさん）に登るのに、日向（ひゅうが）の方面の祓川（はらいがわ）から上るのが一番近いが、しかし一ところ非常に嶮（けわ）しいところがあるから、注意しなければいけない、大隅（おおすみ）の国分（こくぶ）から登る正面路は、神社のあるところまで行って、それから密林の間を一里ほど辿って、錦江湾の一目に見える高原へ出て、それから噴火口へと登って行くようになっている。

栄（えい）の尾（お）温泉へは、この密林の間を山の方へ登らずに、真直（まっすぐ）に一里半ほど行ったところにある。近在の人たちは、春秋によくそこに湯治に行くと見えて、到（いた）る処（ところ）立札などがしてあって、路も迷うようなことはない。

行って見ると、いかにもさびしい山の中の温泉場だ。浴舎も二、三軒くらいしかない。しかし湯は綺麗だし、量は多いし雲霧の影は深いし、渓流の音は夢を撼（うご）かすし、いかにも気の澄むようなところである。九州の山の中ではなしに、信飛（しんぴ）地方の山の中にでも来ているような気がする。

十日くらいじっと落附いて、物でも書いていたら、さぞ好かろうと思われた。しかし、やはり、九州であるから、夏はその山の中でも、そう涼しいという訳には行かない。蚊もかなりに多くいる。

ここから牧園（まきその）村の軍馬（ぐんば）養成所（ようせいじょ）のあるところを通って、幹線の汽車へと出て来ることも出来るが、この間もいかにも嵐気の揺曳（ようえい）が多くって好い。

幹線々路に添っては、嘉例川（かれいがわ）附近に、西郷隆盛（さいごうたかもり）が狩猟の途次によく行って浴したという日当山（ひあたりやま）温泉などがある。しかし、これは純乎（じゅんこ）たる田舎式で、シインにもそれと言い立てて言うほどのことはなかった。

国分から加治木（かじき）に来ると、風光がまるで一変したように明るくなる。錦江湾、どうかすると日本の新三景などによく選ばれる錦江湾の晴波がその前にあらわれて来る。『西遊記』にある龍門瀑（りゅうもんだき）、越後の米山に似ているという米山薬師（よねやまやくし）、重富（しげとみ）の海岸の松並木、そこから見た明るい海、いずれも捨て難いものの一つであった。

鹿児島以南にある温泉は、鰻池（うなぎいけ）火山群の周囲に湧出したもので、此処（ここ）は八州でも、別府と相並んで、一種南国的気分の多い色彩の濃（こま）やかな別天地を形成している。毎日鹿児島港から出て行く汽船に乗って、指宿（いぶすき）乃至山川（やまかわ）あたりに下りると、感じがまるで違って、外国にでも来たような気がした。

そこでは言葉は鹿児島以上にわからなかった。半ば裸体で夏は人々が往来（ゆきき）した。芭蕉（ばしょう）や椰子（やし）などが多く、ビロオも少しはあった。海岸の砂湯に人がごたごたと簇（むらが）って入っているのを見ると、何だか熱帯地方にでも来たような気がした。

しかし、その別な、変ったカラアは、日本の他の温泉場にはちょっと見られないようなところがあった。指宿あたりの温泉場は殊にそうである。概して自炊設備で、宿料なども安く、居心もそうわるくない。

それに、この鰻池火山群の起伏は、そう大して高峻ではないけれども、皺曲（すうきょく）

鹿児島に行ったものでも、つい億劫なので、此処までは入って来ないが、今では、汽車が出来て、わけなく行けるから行って見る方が好い。海門岳、池田湖、穎娃から、枕崎の方に行く海に添った道、すべて非なども複雑に、池田湖（いけだこ）、鰻池などという小さな山湖（さんこ）などがあって、そこを本拠にして、あちこちと出かけて行って見るに値いあるところが多い。ことに、池田湖の向うに聳えている秀麗な海門岳（かいもんだけ）は、旅客の思いを惹かずには置かぬであろう。

常に見事である。

一〇三　別府温泉

しかし何と言っても、温泉は別府（べっぷ）だ。九州ばかりではない。日本でもこれほど種類の複雑した、分量の多い、それでいて、海にも山にも近く、平民的にも貴族的にも暮らせる温泉はまア沢山はあるまいと思われる。別府に比べたら、伊豆の熱海や伊東などは殆ど言うに足りない。

外国人なども此処（ここ）にやって来て、その地形のイタリアのネイプル附近に似ていることを言わぬものはない如く、南国的で、色彩が濃やかに、海の碧くあざやかに、いかにも旅に来たという気がする。

ここでは、旅舎に一日いくらで泊るよりも、木賃（きちん）制度の方が面白く、またその木賃制度よりは、一軒温泉のついている二間三間くらいの貸家を浜脇あたりに借りて、そこで一月なり二月なり暮して見るのが面白い。何処（どこ）の家でも、温泉があり、豆腐屋にも、肴屋（さかなや）にも、また旅舎にも銘々泉質の違った温泉の湧出しているなどは、ちょっと他の温泉でも望んで得られぬことであった。

但し、別府は見ように由っては、甚だ俗である。船着らしい気分、狭斜街らしい気分、別荘地の気分、または遊覧地の気分、更にまた漁市らしい気分、そうしたものがごたごたに巴渦を巻いている。甚だ喧噪にすぎるようなところである。しかし、温泉場と言うものは、由来そうしたゴタゴタした色彩が多いほどそれほど温泉場らしくって好いものであって、そこにかくれた面白味を発見するものである。それは静かな山の中の温泉も宜い。栄の尾、中房、鐘釣あたりの温泉もわるくはない。藪塚、西長岡のような平野の温泉にも趣味はある。しかし、本当から言うと、別府から受けるような感じが、一番温泉場らしい気分と言って然るべきであろう。

それに、俗には俗でも、温泉の分布が多いので、静かなところを望む人は奥に入って行きさえすれば、いくらでもある。観海寺あたりでももうよほど静かだ、更にカナワあたりに行けば一層静かである。それに、私は行ったのではないが、ある人の話では、これから由布、鶴見の山巒を越して七、八里も山の中に入ると、何とかいう湯があって、並立した岩の中から五条も六条も温泉が迸出しているところがあるということである。とにかく、その山巒の中には、まだ世にかくれて、平凡化されてしまわないところが到るところにあるのである。かと思うと、前にも何処かに書いたように、亀川温泉のような温柔郷の気分に満たされたところもある。羽前の湯の浜、または会津の東山のような気分をそこに発見することが出来る。遊廓が町の中央にあるのなども此処でなくては見られない。

城の崎が好いとか、道後が好いとか、有馬が好いとか言うけれど、足一度此処に入ると、そうした温泉などは何でもなくなってしまう。別府ならば、半年くらいは飽きずに滞留していられるであろうと思う。

ある人は言った。「そうです、あそこに本拠を置いて、あっちこっちに行って見るようにすると、面白い旅が出来ますね、耶馬渓も汽車で行けばわけない。宇佐にも半日かかれば行ける。更に面白いのは、大分の奥の臼杵、佐伯あたりの海岸を探って見ることです。今は汽車が出来たからわけはない。そこは海も凡でなくて、冬も気候が温かいし、小紀州と言われる蜜柑の出来るところがあって、カラアがいかにも南国的です。それに、九州アルプスを横断する汽車が遠からずして完成するでしょうから、竹田、久住の方から阿蘇の方へ出て行く九州山脈の横断も面白いに違いないです。そうですな。見るところは周囲に随分ありますな」

とにかく何と言っても色彩の濃やかな東九州の一角である。

一〇四　登別と北投

さて、こう書いて来て、もう二つすぐれた温泉が日本にあるのを私は思わずにはいられない。沢山書いて来たどの温泉場にもすぐれて勝っているという温泉場が――。

それは何処か？

即ち北海道の登別温泉と、台湾の北投温泉とである。共に非常にすぐれた設備がしてあって、内地などではとても見られないということである。殊に、登別温泉の湯の分量の多いのなどは、人の目を驚かすに足りるということである。遺憾ながら、私はまだ両方とも行っていない。他日を期するより他為方がないのである。しかしそうした温泉が内地になくって却って外藩にあるということは、一種不思議な皮肉を私に感ぜしめずには置かなかった。

一〇五　満鮮の温泉

最近満洲(まんしゅう)から朝鮮(ちょうせん)の方に旅行したので、そっちにある二、三の温泉にも行って見ることが出来た。少しばかり此処(ここ)に書いて見る。

何と言っても、満洲にある湯崗子(とうこうし)の温泉はすばらしいものだ。ああした温泉は本州の何処(どこ)にもないと言って差支(さしつかえ)ない。あの陶器で張った浴槽、ピンと錠(じょう)の下りる浴室、いかにも貴族的である。泉質はアルカリで透明である。大石橋(おおいしばし)と鞍山(あんざん)との間に位置していて、千山(せんざん)への入口になっている。しかしあたりの風景は単調で、赤ちゃけた丘陵ばかりなのは遺憾である。で、それを補うために、池を掘ったり、築山(つきやま)をつくったりしているが、その池にボウトを浮べたり何かすることも出来るようになっているが、要するに人工なので、そう大したものにはならない。たしか杜若(かきつばた)なども咲いていたと思っている。建物が三つにわかれていて、一等、二等、三等という形になっている。一等で間代(まだい)が八、九円から十二円くらいである。食物は別である。茶代と言ったようなものは召仕(めしつかえ)のものに一割のチップをやれば好(い)い。召仕も温泉場の女中と言うよりも、貴族的な小間使(こまづかい)と言ったような形をしている。あそばせ言葉などをもつかっている。何となく変だ。何でもこれが満鉄(まんてつ)の重役の好みだということである。その重役の意を受けて此処の名高い女将(おかみ)がそういう風に教育しているのであるそうである。

美しい上品なメイドが多い。

この満鉄の沿線にもう一つ温泉がある。それは熊岳城(ゆうがくじょう)の温泉である。その設備は湯崗子に比べるとやや下(さが)るが、それでも浴槽なども清潔で、好い温泉場である。停車場から三十町ほど離れているので、鉄道馬車が出来ていて、支那人の御者が耳の長い驢馬(ろば)に鞭を当てて滑(なめら)かにそこを走らせて連絡している。湯崗子より近いので、大連(たいれん)の人たちはよくそこに出かけて行く。胃腸などには非常に好いということである。何方(どっち)かと言えば、周囲の景色が湯崗子よりは好(よ)く、東北に連った山の翠微の日に光るさまも美しい。楊柳(ようりゅう)やアカシヤの緑なども多い。川原には蒸湯(むしゆ)の設備がある。それに石原の中から到るところに湯がわき出しているのも奇観である。

この他に満洲では、安東(あんどう)近くに五龍背(ごりゅうはい)の温泉がある。五龍山(ごりゅうざん)という山脈の後(うしろ)になっているのである。これは停車場からわけはない。川をわたればすぐである。やはり、湯崗子と同じように池を掘ったり杜若を植えたりしている。背後は低い丘で、疎(まばら)な柏の林で劃されてある。やはりアルカリ泉である。浴槽は清潔ではあるが、熊岳城よりももっとわるい。

朝鮮にはもっといろいろな温泉があるのであろうが、私はねっから行っていない。ただ、通りすがりに寄って来たというくらいのものである。金剛山の温井里にある温泉はあれはわかし湯であるそうであるけれども、何と言ってもあたりの山水が凡でないので、感じが非常に好かったのを記憶している。満鉄のホテルには湯がないので、タオルを持って、一、二町歩いて、他の旅舎の湯を借りて入るのであったけれども、それでも非常に温泉らしい感じがした。ちょっと軽井沢の温泉にでも来ているような心持がした。この他には東萊温泉、これは釜山から電車も通っていて、下の関から連絡船でわたってしまいさえすれば、すぐわけなく行けるような温泉場だが――満鮮から内地に往ったり来たりするものがちょっと寄って見るのに都合の好いところが、割合にそう大してすぐれてはいるとは思えなかった。内地で言って見れば、越前の芦原ぐらいの温泉場で、あたりの風物もそう大して好いとは思えなかった。それに、満洲の温泉とは違ってわるく空気が濁っていて、女中の感じなど卑しく下等だった。つまりわるい方の温泉気分の多いところである。

私はその日慶州の仏国寺ホテルを立って、汽車で蔚山に着き、そこから自動車で十一、二里をそこに走らせ来たのであったが、存外路も好く、金剛山の往復に嘗めたような苦しみにも逢わずに楽にやって来たことを今でも思い出した。

解説

亀井俊介

田山花袋（一八七一―一九三〇）の『温泉めぐり』は、「温泉というものはなつかしいものだ」という文章で始まる。「というものは」「ものだ」と、同じ言葉がくり返されていて、あまり上手な文章ではないような気がするが、感じはよく分かる。そして私もそう思う。

もう半世紀も前、アメリカで留学生として極貧の生活をしていた頃、妻とよく語り合った二人の願いは、何かを食べたいとか見たいとかということではなかった。温泉に入りたい、と二人が同じ嘆声を発した。アメリカの友人にこの思いを語り、言葉をつくして理由を説明しても、納得してもらえなかった。いや自分自身でも、よく納得できる理由づけができないのだ。ほとんど本能みたいなものだろう。文化や習慣から生まれる本能だってあるのではないか。

私は濃尾平野の東のはて、木曽谷の始まるあたりに生まれ育った。それで子供の頃から、木曽谷べりの小さな鉱泉宿や、その先の信州におびただしく散らばっているひなびた温泉宿に、よく親につれていってもらった。大学生となって親元を離れると、自分で温泉を探し楽しむことが、親から独立したことの証明のように思え、いわば温泉道楽にふけったものだ。

中央本線の木曽福島の隣りに、たぶん材木集散のための上松（あげまつ）という小さな駅があり、そこから森林との間にトロッコが走っていた。それに二十分ほど乗せてもらい、森の中の小道を三十分も登っていくと灰沢鉱泉という宿があった(いまもある)。私は大学の四年生の夏休みに、卒論のために読みたい本を何冊か背負ってそこへ行き、十日間ほど滞在した。鉄分の多い赤ちゃけた湯で、胃弱に利くという。一階は木賃になっていて、時々、きこり風の人たちが集まって酒をくみかわしていた。客室は二階の三室だけで、一番静かだからといって、私は奥の部屋をあてがわれた。

ふと気がつくと、隣りの部屋に中年の女性が入っていて、夕方になると、浴衣姿で廊下の欄干に腰かけて歌をうたっていた。画家であるご主人と泊まりに来たのだが、ご主人はどこかへ写生に行ってしまって帰らず、退屈しのぎにうたっているのだという。私なども知っている古い歌曲をつぎつぎと美しくうたっていた。その少ししどけない姿が私にはまぶしかった。たったそれだけのことで、何の事件も起こったわけではない。だがいまになると、あれも自分の青春の一端であったかしらなどと思い出される。

もう一つ、同様に中身はないけれどもなつかしい温泉の思い出。卒論もとおって、いよいよ大学を終える時、私は数人の友だちと連れだって伊豆半島一周の旅をした。近頃の言葉でいえば卒業旅行というやつだ。東海岸沿いに電車で下田まで行き、下賀茂温泉で一泊、あとはバスを乗り継ぎ、徒歩をまじえて西海岸沿いに北上、土肥のあたりで東に折れて山越えし、修善寺に出た。へとへとの体でおまけに全身に砂ぼこり。で、温泉に入ろうということになったが、旅の終わりで、もう残り金も少い。私たちは小さな旅館に湯を乞うてみようかなどと話し合った。が、どうせ乞うなら一か八かと、私は思い切って豪華な構えの宿の門をたたいてみることを提案した。

まだ昼間で、風呂が空いていたからかもしれない。菊屋というその旅館は、私たちを学生と見てとると快く入れてくれて、金をとろうともしなかった（当時、湯銭をとって客を入れる方式はまだひろまっていなかったような気もするが）。何ともいえず嬉しかった。菊屋が明治の終わり頃、夏目漱石愛顧の旅館だったことなど、まったく知らなかった。そういう無知さも含めて、あれも青春だったなあという思いにひたる。

温泉のなつかしさは、もちろん、単にこういう懐旧の情と結びつくだけではない。文字通りの「馴れ付く」思い、親しみを深くする思いとも結びつく。話はとぶようだが、私は大学教員になってから、よくよその大学に集中講義を頼まれた。それをたいてい、いそいそとお引き受けしたのには、講義に合わせて温泉を楽しむ機会の多いことが、大きな理由になっていた。

山口大学で教えた時には、大学側が山陽の名湯、湯田温泉に宿をあてがってくれた。集中講義はたいてい一週間続く。それを毎日、温泉宿から出勤するなんて、極楽ではないか。信州大学も、美ケ原温泉に宿をあてがわれてそこから出講したことがある。大学内に教職員宿舎ができてから、そういう待遇はなくなってしまったが、私はなおしばらく、松本市内の浅間温泉に自費で宿をとって出講したものだ。愛媛大学で教えた時は、宿はこちらまかせだったのでもちろん温泉旅館を選んだが、加えて、夏目漱石ゆかりの道後温泉本館と大学とに、同じくらいの回数通ったものだ。

集中講義が終わった後の温泉となると、なつかしむ思いや行動はさらにさまざまになる。山形大学で教えた後は、先方の先生の紹介で蒼古たる銀山温泉に遊んだ。熊本大学では、大学院時代の後輩が教授をしており、天草地方の温泉めぐりを案内してくれた。ある時期、毎年のように出講させていただいた富山大学となると、時には数人に及ぶ先方の先生方が、富山県のほとんどあらゆる温泉に私を案内、あるいは一緒に探索して下さった。

その他、私の温泉めぐりもあちこちにひろがり、結構、年季が入り情熱がこもっていたように思う。さてしかし、こんな愚にもつかぬ私ごとを語ってきたのは、花袋の『温泉めぐり』が私ごときをはるかにしのぐ年季と情熱を盛り込み、豊かな内容と一種自在な表現で、私にとってまさになつかしい本になっていることを述べたかったからである。

♨

田山花袋の『温泉めぐり』が最初に出たのは大正七年で、いまから九十年ほど前ということになる。袖珍判（しゅうちんばん）（現在の文庫判に近い小型本）で出たのは、はじめから携帯便利な旅行案内書となることが意図されてのことだったに違いない。語られる温泉は、北は登別から南は霧島におよび、ほぼ日本全国を網羅する。しかしさすがに、今日の旅行者にとって、実用性はあまり期待できない。私もまた、自分の温泉めぐりには今日の旅行案内を持参した。だがたとえば旅行の先々でこの『温泉めぐり』をひもとくことによって、約一世紀前の旅行を再体験し、いまの体験とつき合わせて、いわば旅行を重層化させることができる。またたとえば行った温泉場をめぐる感想、評価などについて、本書の記述とつき合わせることにより、自分の立場を確認することができる。大切なのは、そういう心の作業を誘う中身と表現がこの『温泉めぐり』には満ちていることだ。

最初に述べたように、本書は入念な美文で書かれているわけではない。時々は漢文の辞句を散らし、また自作の和歌などを引いてもいるが、だいたいにおいては無骨な文章で、自分の行動や観察、あるいは思うことを、気取りなく、率直に述べている。そこにある種の自由自在さが醸し出されていて、読む者からも同様に率直な反応を誘うのである。

私に快い青春の思い出をつくってくれたような気がする修善寺温泉についての記述(七章)を例にしてみよう。その後も、私はあまり遠くない場所に小さな山房を設けたこともあって、この温泉をしばしば訪れ、何となく親しみを覚えている。だが花袋には、まずその位置が「そう大してすぐれたものとは思われない」。「谷も川も山も平板である」という。「伊豆の西海岸にでも出て行って、美しい富士の晴雪でも仰ぐとかするならば、また面白い興も湧いて来るであろうが、その猫の額のような谷の中に蹲踞っているのでは余り面白いことではないに相違ない」。おまけに「割合に脂粉の気に富んでいる。……従って温泉場としての気分が純という訳に行かない」。

いやはや、さんざんの悪口である。だがそれでも東京からここへよく人が出かけるのは、「途中に見るものが多い」からだと彼はいう。そして「相模の海」「大島の三原山噴烟」「箱根、足柄の山巒の絵巻」「御殿場の富士の晴雪」さらには三島からの伊豆鉄道沿線の風物などをつぎつぎとあげ、はては清水港、三保の松原、久能山へと視野をひろげていく。視線の動かし方がダイナミックである。おかげで、ひいきの温泉場の悪口でも、いわれてみればそういう面もあるなあ、といったような気分にさせられる。

ここの記述からも明かなことだが、『温泉めぐり』は単に温泉のことだけを語るのではない。この本の初版にはごく簡単な「凡例」がついていたが、そこで花袋自身がいうように、著者は「温泉を中心にした日本の風景や地形や名勝の描写を心懸け」ている。しかも、たとえば温泉（泉質）の上下だけでなく、風景や地形や名勝にも彼独自の価値判断を下し、その判定をずばずばと表現するのだ。

いま、そのずばずば表現に説得力があると私はいったが、いささか言い過ぎかもしれない。谷も川も山も「平板」とは、いったいどういうことなのか。本当のところはよく分からぬ。ほかにもたとえば諏訪温泉（四〇章）を語りながら、「諏訪湖そのものがあまりすぐれていない。……湖水も老衰し」云々という。湖水の「老衰」とは何事なのか、やはりよく分からぬ。まことに大ざっぱな言葉遣いというべきだろう。

だが大ざっぱさはほかの方面にも及ぶ。たとえば伊香保（一）の章（一五章）では終始、藪塚温泉のことを語っている。表題と内容が一致していないのである。それから、この温泉が「田舎の百姓相手」の「汚い温泉」であることを強調しながら、花袋は「少年時代に読んだワシントン、アルヴィングの『スタァト、ゼントルマン』という小品を思い出した」という。アルヴィングがアーヴィングであることはすぐに分かるが、『スタァト、ゼントルマン』が『スタウト・ゼントルマン』(流布した邦題「太った旦那」)であることにたどりつくまでには、かなり時間がかかるのではなかろうか。

またたとえば草津の奥(二八章)の秋山郷や越後の諸温泉(六〇章)に関連して、鈴木牧之の『北越雪譜』への言及がある。だがこの名著について花袋は「山東京山が越後の塩沢町の鈴木牧之という人の許に遊びに行って、そこでいろいろとその深山窮谷の中の民の生活を聞いて……書いた」と述べている。京山のこの本とのかかわり方は複雑だが、それにしてもこの紹介では肝心の鈴木牧之が本書の執筆と出版に注いだ情熱は無視されたも同然になっている。

こういう大ざっぱさは、こまかく検討すれば本書にあふれているだろう。花袋自身が本書の改版に際して、あまり直してしまうと全く別のものになってしまう、と述べたのも、よく分かるというものだ。しかし、また、藪塚の田舎温泉からアーヴィングの『スタウト・ゼントルマン』に描かれたイギリスの田舎旅館を思い出すあたりは、旅好きな花袋の面目躍如たるところでもある。山川湖水の強引な評価についても、たとえば宍道湖(九六章)の眺めを語って、「日本でありとあらゆる湖水、琵琶湖、諏訪湖、猪苗代湖、そうした湖水の中で、一番すぐれた線の柔らかさと空気の明るさとを持っていた」と述べるような時には、いそいそと賛成したくもなる。ひょっとするとラフカディオ・ハーンの文章が頭の片すみに残っているからかもしれないが、要するに花袋のずばずば表現に正否を越えた快さを感じるのであろう。

視野を縮め、温泉場そのものについての花袋の言い草と、こちらの思いとをつき合わすのも楽しい作業である。まず温泉旅館の構えについて、たとえば南伊豆の温泉(三章)を語りながら、「街道に沿った浴舎二、三軒、小さな欄干には今しも湯から上って来たらしい客が、心地好さそうな顔をして、濡れた手拭をそこにかけて立っていた」という文章がある。あるいは信州諏訪の山裏の温泉宿(四一章)を語って、「渓に臨んだ二階の欄干などもあって」といった文章がある。ともにまったく何でもない表現だが、私などはほとんど興奮する。私の「青春」の頃でも、二階に欄干があって、手拭が干してあったりする宿を下から眺め、泊りたい気持になって玄関の戸をあける、といったことをよくしていたものだ。こういう、いまはなくなってしまった温泉場の原風景を花袋はくり返し描いている。

温泉のお湯そのものについても花袋は何度かふれる。箱根の芦の湯(一〇章)に関連して硫黄泉の話になり、「白粉をつけた顔をぬれた手で知らずに拭えば、顔は真黒に焼けて、ちょっとびっくりするような温泉だ」と、それこそびっくりするような紹介をする。だが「しかし、硫黄泉は私はそう嫌いではなかった」と花袋はいい、「私には温泉らしくって好い。いかにも効能がありそうで好い」と語る。私もまったく同じ意見で嬉しくなる。女連れの時には「玲瓏透徹した炭酸泉」も悪くはないが、「私には硫黄泉の方が男性的で好い」とまで話が進むと、ちょっと割り切り過ぎじゃないかと思えてもくるのだが。

こうしてずいぶんと断定的なことをいいながら、花袋の価値判断が必ずしも首尾一貫しないところもまた楽しみである。修善寺温泉を語った時、彼はここが「脂粉の気に富んでいる」ことを、温泉場の「純」さを汚すものとして嫌うような口吻をもらしていた。ところがじつのところ、彼はその方面のことに、いろんな温泉場で積極的な関心を示し続け、しばしば「脂粉の気」をむしろ歓迎する姿勢も示すのである。会津の東山温泉(七六章)について、「そこではいかにも温泉場らしい温泉場、女と男と戯れ合った温泉場を見ることが出来た。そうした温泉場にとまって見るのもまた旅の一興であろう」と述べている。

全国の温泉をめぐった挙句に、花袋は別府温泉(一〇三章)を語る。そして「何と言っても、温泉は別府だ」と言い切る。その理由は、「海にも山にも近く、平民的にも貴族的にも暮らせる温泉」だという点にある。ただし、「見ように由っては、甚だ俗である」と彼はいう。「甚だ喧噪にすぎる」ともいう。それから言葉をついで「しかし、温泉場と言うものは、由来そうしたゴタゴタした色彩が多いほどそれは温泉場らしくって好いものであって、そこにかくれた面白味を発見するものである」としめくくっている。

ここまで来ると、小説家（それも自然主義文学の驍将とされる小説家）田山花袋の面目が、おもてにあらわれてきているような気がする。

♨

先にも述べたが、『温泉めぐり』は大正七年十二月、博文館から出版された。手許の九年刊行の版（初版第十九刷）では巻末の広告頁に大類伸『史蹟めぐり』、大町桂月『山水めぐり』、笹川臨風『古跡めぐり』など同じ袖珍判の本の宣伝がのっているから、いわばシリーズのようにして出たこういう旅行案内書の一冊だったのだろう。

かなりよく売れたらしいことは、大正十三年九月までに二十八刷まで刷を重ねていることからも想像できる。そして大正十五年四月には「改訂増補」版がやはり袖珍本で出、翌昭和二年七月には第三刷となっている。この間、初版は一〇四章からなっていたものが改訂増補版では一〇五章になるようなことはあったが、本文の異同は少い。花袋自身が改訂増補版の「序」で「訂正増補するに当って、なるたけ以前の体裁を保留することに努力した。何故というのに、あまり直して了(しま)うと、全く別のものになって了うからである。昔はこうであったかと思わせるためには、却ってあまり直さない方が好い。その方が却っていろいろなことを読者に考えさせる料になる」と述べている。ただし、初版でのせていたいろんな温泉地などの写真が当時の写真だから不鮮明で、再使用に堪えられなかったのだろう、改訂増補版では省いて、代わりに簡単な頭注をつけ、初版以来の状況の変化や著者の追加の感想を記しており、これが非常に面白い(本文庫はこの大正十五年の「改訂増補」初版を底本としている。ただし頭注は脚注に置き換えた)。

　こうして実用的な案内書でもあり、よく売れもしたことから、私は本書を楽しく読みながら、ある種の偏見を育ててもいた。初版の出た大正七年、花袋は満で数えてもう四十七歳だった。自然主義作家として活躍した花袋は、もっと若々しい明治人のイメージだ。事実、そういうイメージを生む決定的な力となった『蒲団』が発表されたのは、明治四十年である。『温泉めぐり』はこれより十一年後の出版だ。

　明治文学史における思潮や作家の人気の消長はまことにめまぐるしい。自然主義文学なるものも、明治三十年代の後半から急速に文壇の主勢力となったかと思うと、四十年代にはもう行き詰まり状態に陥った。花袋の『蒲団』はセンセーションを巻き起こし、一面では日本における自然主義文学の方向を確立したとも評価されるが、彼の人気の凋落も早い。大正九年十一月、彼が徳田秋声とともに生誕五十年祝賀の会や記念出版を催してもらった時、これを花袋の文壇退場の告別式だなどという陰口もたたかれたという。

こういうことを念頭においた時、私は『温泉めぐり』を、もう盛りを過ぎ世の中から忘れられてきた文学者が、創作以外の身過ぎ世過ぎの著述に精を出すたぐいの仕事だったのではないか、とつい思ったのだった。だが、もしそうなら、この面白さはいったいどこから来るのか、ということになる。

ここで、私は田山花袋の年譜をめくってみて、大いに驚いたことを告白しなければならない。旅は彼の生涯で早い時期から大きな部分を占め、文学者になってからも彼は精力的に日本全土を旅していた。「私は孤独を好む性が昔からあった。いろいろな懊悩、いろいろな煩悶、そういうものに苦しめられると、私はいつもそれを振切って旅へ出た。それにしても旅はどんなに私に生々としたもの、新しいもの、自由なもの、まことなものを与えたであろうか。旅に出さえすると、私はいつも本当の私となった」(『東京の三十年』〈大正六年〉所収「私と旅」)と彼はみずから述べている。そして旅の文学――紀行文にしろ旅案内にしろ地誌的な著述にしろ――は、小説と並んで彼の文学活動の中枢につながっていた。数えたことはないが、紀行集の出版点数は小説集などよりもむしろ多いくらいだったのではないか。

しかも花袋は明治三十二年、紀行作家として盛名を得ていた大橋乙羽の斡旋で博文館に入社し、同三十六年から山崎直方と佐藤伝蔵による画期的な『大日本地誌』(全十巻)編集の仕事に参加した。蛇足をつけておけば、『蒲団』の主人公も花袋自身を反映し、小説家ではあるが「地理書の編輯の手伝に従っている」。「文学者に地理書の編輯！」という境遇に彼は「煩悶」もしているが、「渠は自分が地理の趣味を有っているからと称して進んでこれに従事している」という記述もある。

『蒲団』は結末で、恋人に去られた後、その夜着を引き出して襟に残る女の匂いに顔を埋めて泣く主人公を描く。それは作者のちっぽけな人間としての正直な自己告白とされるが、しかしこの主人公が、文学者であることも終始、描写の中心におかれ、「煩悶また煩悶、懊悩また懊悩」が強調されている。だが花袋の「本当の私」は「地理の趣味」にもっとおおらかにふけり、旅する自分を積極的に肯定していたのではあるまいか。少くとも『温泉めぐり』にはそういう人生の態度が随所に見られる。

たとえばこんな文章に出くわす。松本市郊外の浅間温泉(三七章)について語りながら、「今日考えて見て、自分ながら、自分の脚の韋駄天に近いのを思わずにはいられなかった」という。なぜなら木曽の福島に友人(島崎藤村)を訪れた後、「私は午前の九時に福島を出て、その日の午後の六時にはもうこの温泉に来ることが出来た」のだから、と。実際、これはとても九時間ほどで歩ける距離ではない。今日の鉄道線路で計って六十キロほど、昔の中仙道はもっと曲がりくねり、難路でもあったに違いない。それを花袋は平然と、むしろおかしいことのように語るのである。

春三月、雨の中を紀州熊野の瀞八町から本宮へ出て湯の峯温泉(五〇章)へ行った時の旅の有様——たっぷり引用したいところだが、本文を見ていただければすむことなので控えたい——は、途中で「路を失った」こともあって「私に辛い旅の困難を染々(しみじみ)と覚えさせた」という。しかし、ようやく本宮に着いた時には「もう歩くに歩けないくらいであった」のに、三十町も行けば湯の峯温泉だと聞いて、頑張って雨にしょぼ濡れながらさらに歩いていく。やっとの思いで温泉場を「発見」した時には、「故郷にでも帰って来たようななつかしさを覚えた」という。花袋の最初の紀行文集でこの方面の代表作ともされる『南船北馬』(明治三十二年)に収められている「熊野紀行」は、この旅の前半、瀞八町に遊んだあたりに材料をとったものに違いない。ただし文語調で綴られ、私には美文に流されているように思える。それと比べても、「旅の困難」も飾り気なく淡々と語る『温泉めぐり』の記述には、文学的生気がこもっているような気が私にはする。

さて、花袋が苦労してたどり着いた温泉に「故郷にでも帰って来たようななつかしさ」を覚えたという記述は、この本の冒頭の、温泉を「なつかしい」ものだと述べた文章を思い出させる。しかもこれまたすでに見たように、花袋はこの『温泉めぐり』で、温泉場だけでなく「日本の風景や地形や名勝の描写」を心懸けていた。温泉というものは「なつかしい」ものだという思いは、そういう周辺をひっくるめてのものであったと見てよいだろう。もしそうなら、たとえば志賀重昂の『日本風景論』(明治二十七年)のように、温泉をめぐって日本人の心情の特質やら本質やらが探られ、語られる本にもなりえたはずである。

♨

しかし、事実はいっこうそうなっていない。温泉やその周辺の風景などから日本論や文化論を形成するようなことを、田山花袋はいっさいしていないのだ。「なつかしい」という感情は精神論として深められることなく、ほとんど本能のレベルに留められ、その故にこそむやみと深遠にさせられることもなく、自由にゆったりとくりひろげられる。花袋が最もあけすけに究極の好き感情を示している別府温泉が、何でもありのゴタゴタぶりを強調されているのも、このことと結びつくだろう。

こういう八方破れの「なつかしい」気持の表現は、八方破れの文章に支えられている。「露骨なる描写」（明治三十七年）などのエッセイで花袋は文章上の技巧を斥け、「天意無縫、雲の行き水の留るがごとき自然の趣を備えたる」表現を求めたが、小説においてその実行を試みた感じの『蒲団』さえ、なるほど「自分も大胆に手を出して、性慾の満足を買えば好かった」というような露骨な感情描写をしてはいるが、すぐに「煩悶また煩悶、懊悩また懊悩」が続き、女の寝ていた蒲団の中で泣いてしまうというセンチメンタリズムで作品が終わる始末である。それに比べると、『温泉めぐり』の一見無骨な文章こそがまさに「自然の趣」をよりよく備え、本書の内容を自在にしているような気がする。

『温泉めぐり』は、九十年あるいは一世紀前の日本の温泉の姿を具体的に語り、いちいち正直な評価を下して、それだけでも十分に価値があるが、八方破れの姿勢と文章により、読者を個々の温泉地や、あるいは広く温泉世界の中に誘い込み、いうなれば温泉をあらためて体験させようとする。これを読んで、私はしばしば、温泉についての自分の思いや行動を確認し直そうとする。こうして『温泉めぐり』自体が、私には「なつかしい」本なのである。

〔編集付記〕

一、底本には、『改訂増補 温泉めぐり』初版(博文館、大正十五年四月八日発行)を使用し、一九九一年五月発行の博文館新社版の復刻版『温泉めぐり』を参照した。なお、底本にある序は割愛した。

一、明らかな誤植は、改訂前の初版本(大正九年七月二十日第十九版及び十三年九月十日第二十八版)を照合のうえ訂正した。

一、本文中、差別的ととられかねない表現が見られるが、作品の歴史性に鑑み、原文通りとした。

一、原文は総ルビであるが、振り仮名は、初版本以来の特殊なもの(例→巴渦(うず))と地名を優先的に採用した。ルビをはじめ、清濁音などはなるべく原文を尊重し、送り仮名は原文どおりとした。

一、なお、左記の要領に従って、表記がえをおこなった。

岩波文庫(緑帯)の表記について

近代日本文学の鑑賞が若い読者にとって少しでも容易となるよう、旧字・旧仮名で書かれた作品の表記の現代化をはかった。そのさい、原文の趣をできるだけ損なうことがないように配慮しながら、次の方針にのっとって表記がえをおこなった。

(一) 旧仮名づかいを現代仮名づかいに改める。ただし、原文が文語文であるときは旧仮名づかいのままとする。

(二) 「常用漢字表」に掲げられている漢字は新字体に改める。

(三) 漢字語のうち代名詞・副詞・接続詞など、使用頻度の高いものを一定の枠内で平仮名に改める。

(四) 平仮名を漢字に、あるいは漢字を別の漢字にかえることは、原則としておこなわない。

(岩波文庫編集部)

温泉(おんせん)めぐり

2007年6月15日　第1刷発行
2024年7月26日　第8刷発行

著　者　田山花袋(たやまかたい)

発行者　坂本政謙

発行所　株式会社 岩波書店
〒101-8002 東京都千代田区一ツ橋 2-5-5

案内 03-5210-4000　営業部 03-5210-4111
文庫編集部 03-5210-4051
https://www.iwanami.co.jp/

印刷・三秀舎　カバー・精興社　製本・松岳社

ISBN 978-4-00-310217-6　　Printed in Japan

読書子に寄す

——岩波文庫発刊に際して——

岩波茂雄

真理は万人によって求められることを自ら欲し、芸術は万人によって愛されることを自ら望む。かつては民を愚昧ならしめるために学芸が最も狭き堂宇に閉鎖されたことがあった。今や知識と美とを特権階級の独占より奪い返すことはつねに進取的なる民衆の切実なる要求である。岩波文庫はこの要求に応じそれに励まされて生まれた。それは生命ある不朽の書を少数者の書斎と研究室とより解放して街頭にくまなく立たしめ民衆に伍せしめるであろう。近時大量生産予約出版の流行を見る。その広告宣伝の狂態はしばらくおくも、後代にのこすと誇称する全集がその編集に万全の用意をなしたるか。千古の典籍の翻訳企図に敬虔の態度を欠かざりしか。さらに分売を許さず読者を繋縛して数十冊を強うるがごとき、はたしてその揚言する学芸解放のゆえんなりや。吾人は天下の名士の声に和してこれを推挙するに躊躇するものである。このときにあたって、岩波書店は自己の責務のいよいよ重大なるを思い、従来の方針の徹底を期するため、すでに十数年以前より志して来た計画を慎重審議この際断然実行することにした。吾人は範をかのレクラム文庫にとり、古今東西にわたって文芸・哲学・社会科学・自然科学等種類のいかんを問わず、いやしくも万人の必読すべき真に古典的価値ある書をきわめて簡易なる形式において逐次刊行し、あらゆる人間に須要なる生活向上の資料、生活批判の原理を提供せんと欲する。この文庫は予約出版の方法を排したるがゆえに、読者は自己の欲する時に自己の欲する書物を各個に自由に選択することができる。携帯に便にして価格の低きを最主とするがゆえに、外観を顧みざるも内容に至っては厳選最も力を尽くし、従来の岩波出版物の特色をますます発揮せしめようとする。この計画たるや世間の一時の投機的なるものと異なり、永遠の事業として吾人は微力を傾倒し、あらゆる犠牲を忍んで今後永久に継続発展せしめ、もって文庫の使命を遺憾なく果たさしめることを期する。芸術を愛し知識を求むる士の自ら進んでこの挙に参加し、希望と忠言とを寄せられることは吾人の熱望するところである。その性質上経済的には最も困難多きこの事業にあえて当たらんとする吾人の志を諒として、その達成のため世の読書子とのうるわしき共同を期待する。

昭和二年七月

岩波文庫の最新刊

ゲルツェン著／金子幸彦・長縄光男訳
過去と思索（一）

人間の自由と尊厳の旗を掲げてロシアから西欧へと駆け抜けたゲルツェン（一八一二－一八七〇）。亡命者の壮烈な人生の幕が今開く。自伝文学の最高峰。（全七冊）〔青N六一〇-二〕 **定価一五〇七円**

ゲルツェン著／金子幸彦・長縄光男訳
過去と思索（二）

逮捕されたゲルツェンは、五年にわたる流刑生活を余儀なくされた。「シベリアは新しい国だ。独特なアメリカだ」。二十代の青年は何を経験したのか。（全七冊）〔青N六一〇-三〕 **定価一五〇七円**

復本一郎編
正岡子規スケッチ帖

子規の絵は味わいある描きぶりの奥に気魄が宿る。最晩年に描かれた画帖『菓物帖』『草花帖』『玩具帖』をフルカラーで収録する。子規の画論を併載。〔緑一三-一四〕 **定価九二四円**

ハインリヒ・マン作／今井 敦訳
ウンラート教授
あるいは一暴君の末路

酒場の歌姫の虜となり転落してゆく「ウンラート（汚物）教授」を通して、帝国社会を諧謔的に描き出す。マレーネ・ディートリヒ出演の映画『嘆きの天使』原作。〔赤四七四-一〕 **定価一二二一円**

……今月の重版再開……

揖斐 高訳注
頼山陽詩選
〔黄二三一-五〕 **定価一一五五円**

魯迅作／竹内 好訳
野草
〔赤二五-一〕 **定価五五〇円**

定価は消費税 10% 込です　　2024. 5